Fabio Andina

Tage mit Felice

PIPER

Fabio Andina

Tage mit Felice

Roman

Aus dem Italienischen von
Karin Diemerling

PIPER

Mehr über unsere Autorinnen, Autoren und Bücher:
www.piper.de

Wenn Ihnen dieser Roman gefallen hat, schreiben Sie uns unter Nennung des Titels »Tage mit Felice« an *empfehlungen@piper.de*, und wir empfehlen Ihnen gerne vergleichbare Bücher.

Unser Versprechen für mehr Nachhaltigkeit
- Klimaneutrales Produkt
- FSC®-zertifiziertes Papier
- Hergestellt in Europa

FSC www.fsc.org
MIX
Papier aus verantwortungsvollen Quellen
FSC® C083411

Ungekürzte Taschenbuchausgabe
ISBN 978-3-492-31759-7
Piper Verlag GmbH, München 2022
Februar 2022

Titel der italienischen Originalausgabe: *La pozza del Felice*
Rubbettino Editore, Italien 2018
Lektorat: Daniela Koch
Umschlaggestaltung: zero-media.net, München,
nach einem Entwurf von Rotpunktverlag
Umschlagabbildung: Guido Magnagugno
Satz: Patrizia Grab
Gesetzt aus der ITC Mendoza Roman
Druck und Bindung: CPI books GmbH, Leck
Printed in the EU

Der vorliegende Roman ist zwar von wahren Begebenheiten inspiriert, aber dennoch ein rein fiktionales Werk. Jegliche Übereinstimmungen mit realen Tatsachen, Orten oder Personen sind daher rein zufällig.

Eins

Er ist es, der klopft und mich weckt. Es ist noch nicht einmal halb sechs. Ich steige die Treppe hinunter, mache die Tür auf und sehe ihn dort im Dunkeln unter einem Schirm, das Hemd offen, kurze Hose, barfuß. Kalte Luft strömt herein, es regnet. Ich ziehe mich an und gehe hinaus. An einem Nagel in der Hauswand hängt das Thermometer, das Vittorina mir geschenkt hat. Fünf Grad. Ist gar nicht mal so kalt, sage ich mir. Muss wohl daran liegen, dass ich es nicht gewohnt bin, so früh aufzustehen.

Gestern hatte ich Felice vor meinem Haus getroffen, es war ein sonniger Nachmittag, um die Berggipfel zogen sich die ersten grauen Wolken zusammen, die den Himmel noch vor Sonnenuntergang verdunkeln sollten. Ich lasierte gerade die Tür des Holzschuppens, er ging vorbei, genauso angezogen, barfuß und mit einer Plastiktüte voller Kakis. Wir wechselten einige Worte, dann fragte ich ihn, ob ich ihn ein paar Tage lang begleiten dürfe. Um ein bisschen so zu leben wie er.

Wir gehen die drei Steinstufen hinunter und tauchen schnellen Schrittes in den Nebel ein, in die Nässe und die kopfsteingepflasterte Gasse, die sich zwischen den niedrigen Häusern hindurchschlängelt. Häuser jahrhundertealt und eindrucksvoll wie die Steine ihrer Mauern. Die Dachbalken krumm gebogen unter dem Gewicht der Steinziegel und die kleinen Fenster noch dunkel. Eine von der Gemeinde aufgestellte Straßenlaterne leuchtet uns schwach den Weg.

Seit eh und je munkelt man im Dorf, dass Felice sich jeden Morgen noch vor dem ersten Hahnenschrei aufmacht, um splitterfasernackt, weiß der Teufel wo, in einer eiskalten Gumpe in einem Wildbach zu baden. Manche sagen, er habe das schon immer gemacht. Andere, er habe nach seiner Russlandreise in den sechziger Jahren damit angefangen. Wieder andere behaupten, er mache es erst, seit er in Rente ist. Für manche liegt diese Gumpe im Gurundin, nahe dem Selvaccia-Kiefernwald. Für andere im Bach Altaniga, zwischen dem Hof von Celso und den Tognola-Höfen. Wieder anderen zufolge sogar oben bei der Alpe del Gualdo, auf eintausendsechshundert Metern Höhe.

Nachdem wir das Dorf hinter uns gelassen haben, biegen wir in die Kantonsstraße ein, die von Leontica hinauf Richtung Nara führt. Das Klatschen von Felices bloßen Füßen auf dem nassen Asphalt und das Wiehern von Vittorinas Maultier in seinem Pferch ein Stück weiter vorn.

Dort angekommen, erwartet uns das Muli bereits, und Felice streichelt es. Ich ebenfalls, ausgiebig. Sein grobes, nasses Fell, schon das Winterfell, und das Trommeln des Regens auf dem Blechdach.

Wir gehen weiter, er in seinem sommerlichen Aufzug versucht, den Schirm auch über mich zu halten. Wir passieren das Haus von Floro und seinem Kater Rasta. Eine elende Hütte, jetzt im Dunkeln fast unsichtbar, die er vor rund zwanzig Jahren mehr schlecht als recht hergerichtet hat. Eternitdach, kein Strom, eigentlich nicht bewohnbar, der Wasseranschluss ein Gummischlauch von einem Bach ins Haus. Als Toilette der nahe Eschenwald. Die Fenster dunkel, Floro schläft noch, wir gehen weiter.

Floro hat mal zu mir gesagt, dass das mit Felices Gumpe totaler Quatsch sei. Ja, es stimme, dass er ständig durch die Gegend laufe wie ein alter herumstreunender Wolf. Vor Jahren, solange er es schaffte, sei er sogar die Berge rauf- und runtergerannt, das sei der einzige Sport, für den man nichts weiter brauche, hätte er gemeint. Er ging aus dem Haus und fing an zu rennen. Oft weiß er aber nicht mal selbst, wohin er läuft, erzählte Floro weiter. Wie damals, als er um neun Uhr abends oben in Cancorì in der Nähe des Genzianella mit einem Beutel in der Hand gesehen wurde. Er würde Wildspargel suchen, hatte er behauptet.

Wir verlassen die Kantonsstraße bei der Kehre der Alten Lärche, eines hundertjährigen, allein stehenden Baums, und nehmen die Abkürzung über einen Schotterweg zur Pian di Sella hinauf. Eine viereckige Hochebene von einem Kilometer Seitenlänge, die sich vom oberen Dorfrand bis zum unteren Rand des steil abfallenden Selvaccia-Kiefernwalds erstreckt. Rechts wird sie von der tiefen Schlucht des Gurundin, links von den Serpentinen zum Nara hinauf begrenzt. Eine Ebene mit Viehweiden, ein paar Ställen und zwei, drei Ferienhütten. In der Ferne ist der Stall des Bauern Sosto zu sehen. Ein heller Spot außen an der Fassade führt uns zum Eingang.

Man erzählt sich auch, dass Felice im Winter das Eis aufschlagen muss, das sich auf der Gumpe bildet, und dass er eine Seife mitnimmt, um sich zu waschen, und dass er früher oder später dort drin bleiben wird, in dieser eisigen

Wanne, klapperdürr wie er ist. Und wer soll ihn dann finden, die Füchse werden ihn auffressen.

Sosto, fünfundvierzig Jahre alt, Statur eines Bauern, Bart und Haare ungepflegt und eine Parisienne im Mund, hantiert mit dem Melkapparat herum und grunzt Flüche ohne Ende, weil sich die Schläuche verwickelt haben und es nicht richtig saugt. Also grüßen wir ihn nur und machen uns wieder auf den Weg.

Wir gehen im ersten Morgengrauen voran und lauschen dem Geräusch unserer Schritte im Matsch. Das gelbe Licht einer Straßenlaterne beleuchtet die kleine Holzbrücke über den Altaniga. Ich frage mich, wo diese Gumpe bloß sein kann, ob wir jetzt an diesem Wasserlauf entlang bergauf steigen, doch wir gehen geradeaus weiter.

Vorn kommt der andere Steg, der über den Gurundin führt. Wir überqueren ihn. Hier endet der Schotterweg in einem Wendeplatz, und das trübe Licht der letzten Straßenlaterne spiegelt sich in den schwarzen, zitternden Pfützen. Vor uns der dunkle Kiefernwald.

Felice klappt den Schirm zusammen, schwenkt nach rechts und verschwindet, verschluckt von der Finsternis. Ich will ihn einholen, aber nach ein paar Schritten bleibe ich erschrocken stehen. Ich sehe nichts mehr. Warte darauf, dass meine Augen sich an die Dunkelheit gewöhnen. Fehlanzeige. Ich halte den Atem an und spitze die Ohren. Höre ihn einige Meter weiter vorn. Wenigstens bin ich hier vorm Regen geschützt.

In langsamem Tempo steigen wir einen steilen und rutschigen Weg hinauf, von dem ich nichts erkennen kann. Ich versuche, ihn mir vorzustellen. Ich trete auf den Absatzkanten auf und hebe die Knie an, um nicht über einen Stein oder eine Tannenwurzel oder sonst was zu stolpern, und halte die Hände vors Gesicht aus Angst, dass ein Zweig sich mir ins Auge bohrt. Felice, rufe ich.

Ho, ertönt seine Antwort aus dem Schwarz.

Nichts, ich wollte nur wissen, wo du bist. Es sind die ersten Worte, die wir miteinander wechseln. Nach einer langen Weile sagt er, pass gut auf, dass du nicht auf den Arsch fällst, jedoch leise, vielleicht aus Achtung vor der Stille, die im Wald herrscht.

Wie fast alle Bewohner von Leontica spricht Felice nur den Dialekt des Bleniotals, das auch Valle del Sole genannt wird.

Felice, rufe ich wieder, ebenfalls gedämpft.

Ho.

Hast du keine Taschenlampe?

Taschenlampe? Hm, kann sein, dass ich eine hab, irgendwo.

Wir sind vielleicht eine Viertelstunde bergauf gegangen, als es plötzlich ein lautes Krachen gibt, wie vom Brechen eines Asts, gefolgt von einem Getrappel, das sich schnell entfernt. Überrascht bleibe ich stehen. Hirsch?, frage ich.

Aé. Wird schon ein Hirsch gewesen sein. Ist voll von Hirschen hier. Seine Stimme klingt beruhigend. Wir gehen weiter. Es gelingt mir, dicht hinter ihm zu bleiben, indem ich auf seinen Atem und das schwache Geräusch seiner Schritte höre.

Minuten später erkenne ich allmählich seine Waden, grau, zwei oder drei Meter vor mir. Und die schwarzen Baumstämme ringsherum. Der dichte Kiefernwald über unseren Köpfen beginnt, sich zu lichten. Wie viel Uhr es wohl ist. Es wird langsam Tag, sage ich mir. Dann ist ein ferner Glockenschlag zu hören, dann noch einer und noch einer. Das Ave-Maria-Läuten der Glocken von Leontica um halb sieben. Eine klare, fröhliche Melodie. Er bleibt stehen, wendet sich dem Talgrund zu und verharrt so, ganz versunken, bis die letzten nachhallenden Töne verklungen sind.

Nach dem Kiefernwald wird die Steigung etwas sanfter, und Felice beschleunigt seine Schritte. Wir gehen durch eine Fülle von Heidelbeersträuchern und Alpenrosen und vielleicht auch Alpenazaleen hindurch. Im Dunkeln sehen sie alle gleich aus. Hier und da sind die schwarzen niedrigen Umrisse von Latschenkiefern zu erkennen und die hohen schlanken einzeln stehender Tannen. Es regnet immer noch, und der fast unerträglich raue Wind peitscht mir ins Gesicht. Meine Nase läuft, und ich wische sie mit dem nassen, kalten Ärmel meines Wollpullovers ab. Mein übriger Körper ist erhitzt.

Inzwischen ist der Pfad unter meinen Füßen halbwegs sichtbar. Eine Furche von einer Handbreit Tiefe und dreimal so breit. Wie sie die Kühe auf den Alpen treten. Rechts von mir höre ich den Gurundin raunen, kann ihn aber nicht sehen. Grob geschätzt müssten wir jetzt etwa auf fünfzehnhundert Metern Höhe sein. Sicher bin ich allerdings nicht, weil ich mich immer noch nicht orientieren kann und das Zeitgefühl verloren habe. Ich trage keine Uhr, und das Handy habe ich zu Hause gelassen. Wer soll mich um diese Zeit schon anrufen? Felice hat auch keine Uhr. Federnd und barfuß geht er vor mir, trägt nur die Shorts aus einer abgeschnittenen Jeans, das kurzärmelige, offene Flanellhemd und hält den aufgespannten Schirm über dem Kopf.

Letzten September ist Felice neunzig Jahre alt geworden.

Das Gurgeln des Gurundin begleitet uns, während ich mit jedem Schritt die Formen wie auch die Distanzen besser unterscheiden kann. Wolken steigen auf, und die Berge zeichnen sich schemenhaft vor dem ganz allmählich heller werdenden Himmel ab.

Schließlich, nach endlosem Schweigen, sagt Felice bòn und bleibt stehen. Auch ich bleibe stehen und verschnaufe, und dann sehe ich sie.

Ein bleigrauer Fleck zwischen den schwarzen Felsen.

Die Gumpe.

Er zieht sich aus. Seine Haut scheint im Kontrast zu der Dunkelheit ringsum zu leuchten. Keine Unterhose. Die Shorts und das Hemd hängt er an einen nahen Tannenzweig, und dann steigt er ohne Zögern in das Becken, ganz hinein, ganz nackt, genau wie man es sich erzählt. Ich stehe reglos da und halte den Atem an aus Furcht, dass selbst die kleinste Bewegung mich von diesem Moment ablenken könnte.

Er ist vollständig ins Wasser eingetaucht, nur die Nase schaut heraus. Die Dampfwölkchen auspustet. Ich stelle mich unter die Tanne, obwohl ich inzwischen schon fast durchnässt bin. Und warte erst mal. Meine Schultern werden kalt, Frostschauer überlaufen mich. Ich schlage mit den Armen, reibe mir die Hände, stampfe mit den Schuhen auf. Warte.

Felice richtet sich auf, steigt aus dem Becken, spannt den Schirm auf und stellt sich auf einen Felsen, um die weißen Punkte der Straßenlampen unten im Tal zu betrachten. Er kehrt mir den Rücken zu. Ich mustere das düstere Becken. Wer zwingt mich denn dazu, sage ich mir, ich friere, es regnet, es ist dunkel. Aber ich habe es selbst gewollt. Ich ziehe mich aus und tauche mit einer Art Sprung hinein, schreie auch irgendwas. Und schramme mir die Knie an dem steinigen Grund auf.

Wie er würde ich gern nur die Nase herausschauen lassen, aber ich schaffe es nicht, es ist zu kalt. Mit einem Satz bin ich neben ihm. Er hebt den Schirm ein wenig an und hält ihn auch über mich. So stehen wir da, nackt und schweigend, um uns vom Wind trocknen zu lassen.

Der jetzt den Himmel aufreißt, sodass es aufhört zu regnen, während es hinter dem Simano immer heller wird. Als wir trocken sind, ziehen wir uns wieder an und gehen in den jungen Tag hinein.

Nebelstreifen steigen rasch vom Talgrund auf und lassen sich herumschwebend von den Spitzen der Tannen den Bauch kraulen. Dann erreichen sie uns und hüllen uns sanft ein, kalt und feucht, bis ich höchstens noch drei oder vier Meter weit sehe. Hier oben auf dem Berg könnte man sich verirren bei einem solchen Nebel, oder man könnte sich noch einsamer fühlen.

Felice zupft die zarte Spitze vom Zweig einer wie aus dem Nichts aufgetauchten Latschenkiefer ab und kaut darauf herum, jedoch ohne sie zu schlucken. Er kaut sie wie Kaugummi. Der Nebel verzieht sich, die Wolken lösen sich auf, und ein Sonnenstrahl trifft uns, das Tal fängt Feuer.

Ab dem Wendeplatz gehen wir leichtfüßig und gleichmäßig über die ungepflasterte Straße, die zwischen Reihen von kahlen Kastanien und Eschen verläuft. Eschen mit sichtbaren Narben auf der Höhe der Mäuler von Hirschen, die in vergangenen Wintern aus Hunger die Rinde angenagt haben. Wir vermeiden die von den Traktoren hinterlassenen schlammigen Furchen. Unsere Fußabdrücke von vor einer knappen Stunde sind zum Teil noch sichtbar und zum Teil vom Schlamm aufgesogen. Ringsherum vom Regen gewaschene Viehweiden und ein frischer Geruch in der Luft.

Ehe er den Stall betritt, spuckt Felice einen grünen Brei aus. Die Latsche. Mittlerweile melkt die Melkmaschine auf vollen Touren, und Sosto steht da und kontrolliert die Höhe der Milch in einer Kanne.

Fleißig, fleißig, ruft Felice ihm zu, worauf der Bauer mit Jo antwortet, den Blick fest auf die Literzahlen gerichtet.

Sosto, begrüße auch ich ihn. Er dreht sich um und taxiert mich mit seinen Äuglein. Ich will ihm sagen, dass es die Gumpe wirklich gibt, dass sie oben hinter dem Selvaccia-Wald liegt, im Gurundin, aber Felice wirft mir einen strengen Seitenblick zu. Bòn, sagt er. Auf.

Ciao, dann.

Ciao, Sosto.

Also ciao.

Draußen vor dem Stall steht sein Haflinger-Geländewagen mit dem kleinen Anhänger für den Transport der Milchkannen. Ohne Kennzeichen, vor Jahrzehnten von seinem seligen Vater Anselmo bei einer Auktion der Schweizer Armee in Thun erstanden. Wir gehen im Marschschritt hinunter ins Dorf. Ich stampfe mit den Schuhen auf, um den Schlamm abzuschlagen. Felices Füße waschen sich von allein im nassen Gras am Straßenrand.

Floro, scheint es, schläft immer noch, nichts regt sich, nicht mal im Schornstein. Inzwischen ist seine Hütte, der notdürftig ausgebesserte Stall, gut sichtbar. Hingespuckt zwischen vier Ferienchalets mit geschlossenen Fensterläden, Parabolantennen auf den neuen Dächern aus gleichmäßig zugeschnittenen Natursteinplatten, Lattenzäunen aus Kastanienholz und Schutzdächern für die

Autos. Wieder einmal denke ich, dass Floros Behausung wirklich das schwarze Schaf von Leontica ist.

Das in der beißend kalten Luft dampfende Muli kommt erneut auf uns zu, um sich streicheln zu lassen. Wir tun ihm den Gefallen. Aus seiner Nase schnaubt es übel riechende Wassertropfen.

Im Dorf angekommen, verschwindet er in seinen Schuppen, um Holz zu holen, und ich gehe auf einen Sprung zu mir, um etwas Trockenes anzuziehen, dann bin ich wieder bei ihm. Er sitzt auf einem Stuhl, die Beine übereinandergeschlagen und den Blick auf einen Riss in der kalkverputzten Wand geheftet. Ich sage nichts, rücke einen Stuhl an den kleinen Tisch ohne Tischdecke und setze mich. Der Sparherd ist angefeuert. Das Holz knistert, und es ist angenehm warm.

Als das Wasser in einem Töpfchen überkocht, steht er auf. Er nimmt eine Handvoll getrocknete Kräuter aus einer Pappschachtel und wirft sie hinein. Öffnet dann eine Schublade des Küchenschranks und holt einen Schokoriegel heraus. Aus der anderen Schublade nimmt er ein in Zeitungspapier eingewickeltes Stück Brot, packt es aus und legt das Papier mitten auf den Tisch, um geröstete Marroni aus einer weiteren Pappschachtel darauf zu verteilen. Er macht ein Fenster auf, nimmt einen Joghurt im Glas von der Fensterbank und stellt ihn vor mich hin. Gießt den dampfenden Aufguss in eine Tasse, sagt bòn, dreht den Stuhl um und setzt sich mir gegenüber. Im Nu hat er mir Frühstück gemacht. Kräutertee, Nussjoghurt, dunkle Schokolade, Brot und ein paar Marroni, kalt und hart wie Stein. Der Tee ist bitter, wärmt aber immerhin und vertreibt sofort das innere Frösteln, das ich noch im Körper hatte. Während ich mir eine zweite Tasse einschenke, legt er ein

Scheit in den Herd, regelt mit dem Hebel den Rauchabzug und geht hinaus, lässt die Tür offen.

Der Himmel hat sich jetzt völlig aufgeklart, der Wind sich gelegt. Die milde Sonne steht eine Handbreit über dem Simano. Ich schiebe meine Pulloverärmel hoch und mache es mir auf der Granitbank rechts der Haustür bequem. So sitzen wir da, still und stumm wie zwei Eidechsen. Die Rücken an die unverputzte Steinwand gelehnt.

Ein Nebelstreif unten im Tal verbirgt die Dörfer Dongio, Acquarossa und Lottigna. Hinter uns bellt der Hund der Lehrerin Sabina, weiter entfernt antwortet ihm ein anderer. Auch heute über unseren Köpfen ein ständiges Hin und Her und Gezwitscher von Mehlschwalben. Hunderte und Aberhunderte. Sie bilden Kolonien zum Wegzug. Von unsichtbarer Hand gelenkt, lassen sie sich alle auf einmal auf den Stromleitungen nieder, fliegen dann auf, drehen eine Runde knapp über den Steindächern und kehren schließlich auf die Leitungen zurück. In den letzten Jahren sind sie immer später aufgebrochen. Die Erderwärmung ist auch hier oben in Leontica angekommen.

Felice sitzt auf der linken Bank, die geschlossenen Augen zur Sonne gehoben. Das alte Gesicht von den Jahreszeiten gezeichnet, die Arme kräftig und die Füße schwielig und rau wie die Rinde der Alten Lärche. Vielleicht weil er meinen Blick spürt, bewegt er die Lippen und sagt, die Kälte ist da, als würde er laut denken. Ich sehe weg. Der Schnee ist im Anzug, höre ich ihn sagen, der Winter ist da. Ich betrachte den grauen Gipfel des Simano, dann wieder den Flug der Mehlschwalben mit ihrem kreischenden Zwitschern und schließlich seinen Gemüsegarten. Ein gut gepflegter Garten mit rechtwinklig gestochenen Beeten, Gemüsepflanzen mit gesunden Blättern und fetter, aufgelockerter Erde, die feucht riecht. Salat, Radieschen, Lauch, Kartoffeln, Zwiebeln, Knoblauch, Petersilie, Sellerie, Mangold, Rosmarin, Salbei, Lavendel, Minze, Thymian, Malven. Birken- und Buchenlaub, wo im Sommer die grünen Bohnen wuchsen. Ich hatte ihm ein Tütchen Samen geschenkt, aus denen so viele Pflanzen gesprossen waren, dass er herumging und die Bohnen in alten Farbeimern verschenkte. An der Gartenmauer der Komposthaufen. In der linken Ecke steht ein alter Birnbaum, der sich zum Tal hin neigt. Oben etwa ein Dutzend Birnen. In der rechten Ecke ein schöner Kakibaum, so voll mit Früchten, dass manche Äste fast den Boden berühren. Ich stehe auf und pflücke mir eine. Esse sie, wobei ich achtgebe, mich nicht vollzukleckern.

Möchtest du was aus dem Garten?, fragt er mich, regungslos bis auf den Mund.

Von hier aus sieht man ein Stück von meinem Haus. Die Eingangstür und die des Holzschuppens, das Steindach, den Schornstein. Das Haus war einmal die Käserei. Da wurden früher, vor dem Krieg, Käse und Butter gemacht. Nach Kriegsende war es dann nur noch die Milchsammelstelle. Die Milch aller Kühe des Dorfes kam dorthin, in einen riesigen Kühlbehälter, doch alle sagten weiterhin die Käserei. Bis heute, da ich dort wohne.

Emilio hat mir einmal erzählt, dass es früher hier in Leontica überall Kühe gab. Ställe an jeder Ecke. Hinter dem Dorfplatz. Unterhalb des Friedhofs. Hinter der Bar. An den Hängen hinauf zum Nara, auf der Sella-Ebene und bis hinüber nach Negrentino. Überall. Auch wer kein Bauer war, hatte mindestens eine Milchkuh hinterm Haus. Und Mastschweine. Und Schafe und Ziegen und Kaninchen und Hühner. Von September bis Juni, wenn die Kühe nicht auf der Alp waren, wurden bis zu tausend Liter Milch am Tag zur Käserei gebracht. Tausend. Emilio hat viele Jahre dort gearbeitet. Von Ende der fünfziger Jahre bis Anfang der siebziger fuhr er die Milch von Leontica nach Biasca. Ein Lieferwagen. Hin und her. Zweimal am Tag. Bis fast das Dach der Käserei auf ihn herunterkrachte und meine Eltern das Haus kauften. Um in den Ferien hier heraufzukommen. Felice hat es renoviert, als ich noch ein Kind war. Jetzt ist es eine Edelhütte. Und seit einem Jahr wohne ich darin, geflüchtet aus der Stadt.

Die Milchsammelstelle hat man dann an ihren heutigen Platz verlegt, ein Raum im Erdgeschoss des Gemeindehauses. Viel moderner, viel hygienischer. Vorschriftsmäßig. Isothermischer Kühlbehälter aus Edelstahl, viertausend Liter Fassungsvermögen. Ein Kühlwagen kam zwei- bis dreimal die Woche von Biasca herauf, um ihn zu leeren. Heute kommt er nur noch montags und nur für die Milch von Sosto. Und Emilio, der seine Anstellung verloren hatte, verkaufte den Lieferwagen und schlug sich bis zur Rente durch, indem er zusammen mit Felice Hütten und Ställe renovierte, Mauern hochzog und Steindächer reparierte.

Felice hat sein ganzes Leben lang als Maurer gearbeitet, das Bleniotal rauf und runter. Eine seiner letzten Arbeiten war das Dach des alten Waschhauses hier vor seiner Hütte. Das Wasser läuft darin das ganze Jahr, auch im Winter. Es gefriert nie. Hin und wieder wird es noch von jemandem benutzt, um Decken zu waschen, die zu groß für die Waschmaschine sind. Als Kind habe ich zusammen mit den anderen Dorfkindern den Abfluss verstopft und zum Spaß dort drin gebadet.

Nein, antworte ich ihm und schaue wieder in den Garten. Ich brauche nichts. Sonst frage ich dich.

Da holt er tief Luft und sagt, weiter gehts. Er macht drei Schritte und fängt an, das Lauchbeet mit bloßen Händen aufzulockern, benutzt die Finger wie eine Harke. Präzise und methodisch, von links nach rechts, gräbt er um jedes Pflänzchen einen Kreis. Bevor er sich wieder aufrichtet, nimmt er ein wenig Erde in die Hand und presst sie zusammen. Öffnet die Faust und begutachtet die dunkle, feuchte, feste Kugel, schnuppert daran, lässt sie zerkrümelnd fallen. Schließlich reißt er ein Unkraut aus, das einzige, das ich entdecken kann. Der Garten ist wirklich gut in Schuss. Er pflückt zwei Rosmarinzweige und geht ins Haus. Gleich darauf kommt er mit der zusammengerollten Zeitung und dem kleinen Topf wieder heraus und wirft die Marronischalen und die für den Tee verwendeten Kräuter auf den Kompost. Dann geht er wieder hinein. Nach einem Moment folge ich ihm, mache die Tür hinter mir zu.

Er sitzt am Tisch und hackt den Rosmarin auf einem Brett und mit einem vom vielen Schleifen ganz abgenutzten Messer. Ich setze mich, um ihm zuzusehen. Den zerkleinerten Rosmarin gibt er in das fast bis zum Rand mit Wasser gefüllte Töpfchen und fügt eine Prise Salz hinzu. So, nicht zu viel, weil zu viel Salz nicht gut ist, denkt er laut. Er stellt den Topf auf die weniger heiße Seite des Herds, wäscht Messer und Brett im Spülbecken ab, holt einen Reisigbesen hinter der Tür hervor und fegt den Steinplattenboden, dann sagt er, auf, und verlässt das Haus.

Im Garten ist Emilio aufgetaucht, achtundachtzig Jahre alt, distinguierte Erscheinung, der mit einem Salatblatt in der Hand herumgeht und den Boden mustert, als suche er etwas. Felice beobachtet ihn interessiert, sagt dann, bisschen kühl heute Morgen, worauf Emilio antwortet, schon, aber einen werde ich schon finden.

Felice geht los. Ich hinterher. Rechts von seinem Haus ist der Schuppen, in dem er das Holz stapelt und sein Auto abstellt. Einen alten Suzuki, blau, klein und schmal, mit dem er zwischen den Häusern hindurch die enge Gasse entlangfahren kann, um an meiner Hausecke auf die Gemeindestraße abzubiegen.

Wir steigen in den Suzuki, schnallen uns an, Felice steckt den Zündschlüssel ins Schloss und dreht ihn auf der ersten Kerbe. Mit einer Hand am Lenkrad und der anderen an der Handbremse sieht er mich an und fragt, schiebst du? Ich öffne den Gurt und steige aus. Felice löst die Handbremse, woraufhin das Auto langsam rückwärts aus dem Schuppen rollt. Mit einem Schub helfe ich ihm, die richtige Richtung einzuschlagen, mit einem nächsten, dass es Fahrt aufnimmt, er legt den Gang ein, und der Motor springt an. Ich werfe noch einen Blick auf Emilio, der weiter irgendetwas zwischen den Beeten im Garten sucht. Dann steige ich ein, und wir fahren los. Ich frage mich, wohin. Lehne mich zurück.

Wir fahren vielleicht dreihundert Meter und parken auf dem Dorfplatz. Am Brunnen füllt ein Radfahrer seine Wasserflasche auf. Er ist verschwitzt und rot im Gesicht. Gerade vom Tal heraufgestrampelt. Etwas über vier Kilometer enge, in den Fels gehauene Serpentinen. Vor der Bar Gallo Cedrone, Zum Auerhahn, stehen zwei, drei Bauern mit einem Rotwein in der einen Hand und einer Zigarette in der anderen. Wir grüßen sie und gehen in den Laden von Marietto Del Negozietto.

Er ist fast fünfzig und wohnt unten in Corzoneso mit seiner Mutter Giacinta, verwitwet, schwerbehindert und ans Bett gefesselt, nahe achtzig. Seit jeher arbeitet er im Dorfladen, den einst sein seliger Vater Evelino eröffnet hat. Er ist ein bisschen begriffsstutzig, der Marietto. Gibt nichts von sich preis und redet wenig. Und wenn er Schinken schneidet, redet er gar nicht mehr. Obendrein steht ihm der Ruf einer Tranfunzel auf die Stirn geschrieben.

Das Messinglöckchen an der Tür kündigt uns bimmelnd an. Ein Touristenpaar aus Luzern, das in einem Chalet oberhalb des Parkplatzes der Sesselliftstation wohnt, lässt sich gerade belegte Brötchen machen. Er ein unauffälliger Vierzigjähriger, Trekkingschuhe und Rucksack. Sie eine üppige Blondine, ganz Beine und Hintern. Marietto tut so, als hätte er uns nicht hereinkommen sehen, und hält den blöden Blick mit dem rechten Auge auf die Schneidemaschine gerichtet, während er mit dem linken auf die Arschbacken der Deutschschweizerin schielt. Felice stellt seine Einkäufe auf der Kassentheke ab. Schokolade, Joghurt, Brot, Streichhölzer und eine kleine Seife und wartet. Die Zubereitung der Schinkenbrötchen zieht sich in die Länge, also holt er einen Zwanzigfrankenschein aus seiner Shortstasche, legt ihn neben die Kasse, nimmt seine Sachen, und wir lassen wieder das Glöckchen bimmeln.

Er hat den Suzuki leicht abschüssig geparkt. Gurte, Zündschlüssel, Kupplung, er schaltet in den Zweiten und löst die Handbremse, wir rollen, er lässt die Kupplung kommen, und der Motor springt an. Wir lassen Leontica hinter uns und fahren talwärts. Nach ein paar Kehren aber fährt Felice rechts ran, stellt den Motor ab, zieht die Handbremse und steigt aus. Entlang eines schon seit ewigen Zeiten trockenen Bachbetts stehen ein paar hundertjährige Kastanienbäume. Ich beobachte, wie er zum ersten geht, eine Plastiktüte aus der Hosentasche zieht und beginnt,

Kastanien aufzusammeln, wobei er darauf achtet, nicht mit seinen bloßen Füßen auf eine der stacheligen Schalen zu treten. Ich steige ebenfalls aus und helfe ihm. Ich sammle eine Handvoll, betrachte sie. Sie sind klein. Zu klein, sage ich mir.

Das hier sind die mickrigen, die nach den anderen fallen. Sind späte Marroni, das hier, sagt er. Als hätte er meine Gedanken gelesen.

In Corzoneso halten wir und parken hangabwärts vor der Kirche. Felice nimmt die Tüte mit den Spätmarroni und läuft los. Ich folge ihm wortlos. Zwei alte Frauen mit ihren an den Ellbogen abgescheuerten und vorn etwas speckigen Kittelschürzen sitzen auf einer Bank und sehen dem Flug der Mehlschwalben zu. Wie im Theater.

Wir gehen am Gemeindehaus vorbei, im vergangenen Jahr pastellgelb gestrichen, und biegen in eine gepflasterte Gasse ein, die zu einem Grüppchen Natursteinhäuser führt. Die ersten drei sind neu hergerichtet und gut gepflegt, exotische Gärtchen mit Pergolen voller Kiwis, dazu Palmen und Olivenbäume, ich frage mich, wie die den Winter hier oben überstehen. Die Zäune aus gedrechselten Lärchenpfählen, die geschlossenen Fensterläden blau und rot und gelb lackiert, Parabolantennen auf den neuen Steindächern, Überdachungen für die Autos, Briefkästen. Ich lese Van Basten, Hitz und Windmüller. Deutsche und holländische Urlauber. Wir gehen weiter. Die letzten beiden Häuser sind alt und heruntergekommen, aus den Schornsteinen steigt eine Rauchfahne auf, und Briefkästen gibt es nicht.

Felice klopft bei dem schäbigeren an. Nach langem Warten öffnet uns eine alte Dame mit dunkelblauer Schürze.

Bondì, grüßt Felice sie und gibt ihr die Tüte, die sie nimmt und sich mit mèrsi bedankt. Wir verabschieden uns und kehren zu dem Suzuki zurück, er legt den Gang ein, der Motor springt auf Anhieb an, und wir fahren los. Hier im Tal sagt man mèrsi statt grazie. Eine Abwandlung des französischen Worts, mitgebracht von ausgewanderten Kaminfegern, die mit etwas Geld aus Paris zurückkehrten. Einige kehrten zurück. Von anderen hingegen verlieren sich die Spuren, und niemand weiß, auf welchen Friedhöfen sie nun begraben liegen, hat Felice mir mal erzählt.

Im Talgrund angekommen, fahren wir am Restaurant Valle del Sole in Acquarossa vorbei und halten an der Kreuzung zur Kantonsstraße. Felice blickt nach rechts zur Pizzeria Da Beppe und der Praxis von Doktor Gianmaria, dann nach links zur Brücke über den Brenno. Die Straße ist frei. Wir biegen nach links ab, überqueren die Brücke und fahren gemächlich in nördliche Richtung. Wir kommen am Museum von Lottigna vorbei, dann an der alten Schokoladenfabrik Cima Norma in Torre, dann an Aquila.

Felice, wohin gehts?

Rivöii.

Eh?

Rivöii, wiederholt er entschiedener, glaubt wohl, ich hätte ihn nicht gehört.

Wir erreichen Olivone, Rivöii, und parken leicht abschüssig vor der Bar Posta. Auch hier sammeln sich die Mehlschwalben zum Abflug und machen ein Heidenspektakel. Wir betreten die Bar. Die junge Bedienung kennt ihn. Buongiorno, Felice.

Bondì.

Wie gehts?

Na, solange man sich plagt, gehts weiter. Wenn man sich nicht mehr plagt, amen.

Amen, wiederholt die junge Bedienung und legt ihm La Regione und einen Beutel Pfefferminztee auf den Tisch. Felice beginnt, in der Zeitung zu blättern, wobei er sich den Finger leckt und bei der letzten Seite anfängt, wie es die Alten machen. In dieser Bar bin ich bestimmt schon zehnmal gewesen, aber die junge Kellnerin habe ich noch nie gesehen. Ich mache ihr ein Zeichen und bestelle einen Kaffee. An den Tresen gelehnt trinken drei Bauern mit mistbeschmierten Gummistiefeln einen Roten und reden laut übers Wetter.

Der Erste fragt die anderen beiden, und ihr, was meint ihr, ist der Winter da, he?

Der Zweite antwortet, hm, weiß nicht, ist auch nicht einer wie der andere.

Der Dritte fügt hinzu, klar, aber wer von euch beiden, du oder das Wetter, schlechter aussieht, weiß ich nicht, nè?

Sie lachen glucksend.

Ich angle mir den Giornale del Popolo vom Nachbartisch und schlage ihn auf, muss ihn aber gleich wieder zusammenfalten und die Schultern einziehen, um die junge Bedienung hinter mir durchzulassen, die meinen Espresso und eine Tasse heißes Wasser mit einem Löffel darin auf den Tisch stellt. Felice nimmt den Teebeutel aus der Papierhülle und taucht ihn an der Schnur in die Tasse. Tunkt ihn beim Lesen immer wieder ein. Das Wasser färbt sich zusehends dunkler. Dann zieht er den Beutel heraus, drückt ihn mit den Fingern aus und wickelt die Schnur drum herum, ehe er ihn auf die Untertasse legt, rührt anschließend mit dem Teelöffel um, obwohl er keinen Zucker hineingetan hat. Er rührt und liest. Ohne Eile. Bei der Seite mit den

Todesanzeigen zuckt er zusammen. Den hier hab ich gekannt, sagt er und tippt mit seinem kräftigen, knorrigen Zeigefinger auf die Todesanzeige eines Mannes Jahrgang neunzehnhundertneunundzwanzig. Besser er als ich, fügt er hinzu und blättert die Seite um. Wenigstens muss er sich nicht mehr plagen.

Ein Artikel beschäftigt sich mit der Arbeitslosigkeit im Kanton Tessin. Die Arbeitslosigkeit nimmt zu, murmle ich, woraufhin Felice seine Zeitung zuschlägt. Die Politik ist eine einzige große Sauerei, machen wir uns nichts vor, und die Welt ist in der Hand von lauter Halunken, sagt er in einem Atemzug und sieht mir dabei in die Augen.

Stimmt. Und die ganze Welt ist ein Dorf, sagt die junge Bedienung.

Felice stürzt seinen Pfefferminztee hinunter, steht auf, bezahlt und geht. Machs gut, sagt er und ist mit seinen bloßen Füßen schon zur Tür hinaus.

Okay, ciao Felice, ruft die junge Bedienung ihm nach.

Ich falte meine Zeitung zusammen und hole ihn ein. Wir steigen ins Auto. Er schaltet in den Leerlauf, wir rollen und beschleunigen, er legt den Gang ein, und der Suzuki fährt los. Richtung Süden.

Wir lassen Olivone hinter uns. Am Fenster ziehen die typischen alpinen Postkartenansichten des Hochtessins an einem Spätherbsttag vorbei. Auf der Höhe von Lottigna biegen wir nach rechts unten ab und fahren zwischen den Weiden und Feldern der Ebene von Castro hindurch. Ställe, Traktoren, Hunde, Kühe, Kälber, Esel und Pferde. Wir parken am Ufer des Brenno. An diesem Abschnitt strömt er durch ein Bett mit dicken Felsbrocken, die dicht an dicht herausragen. Bis zu einem Meter tiefe Becken, weiße, tosende Gischt und ein Dutzend Sprünge, um ihn zu überqueren. Felice setzt sich auf einen Stein und steckt die Füße ins eiskalte Wasser. Ich tue es ihm nach, sobald ich Schuhe und Strümpfe ausgezogen habe. Das Wasser strömt von rechts nach links an uns vorbei, beständig und zuverlässig wie das Vergehen der Zeit.

Ich schaue nach oben. Der enge Himmel, die hohen Berge. Die Tessiner Alpen. Ich orientiere mich. Rechts, im Norden, der Pizzo Sosto mit seinem felsigen, spitz aufragenden Gipfel, auch das Matterhorn des Bleniotals genannt. Links führt das Tal zu den voralpinen Regionen des Tessins hinab, die sich schließlich zur italienischen Poebene hin öffnen. Hinter mir, im Osten, ragen der Adula und der Simano auf. Vor mir die Gipfel des Pizzo Erra und der Bassa di Nara und auf halber Höhe Leontica mit seinen Steinhäusern, ein paar Chalets. In der Mitte des Dorfs springt die romanische Kirche San Giovanni Battista aus dem zwölften Jahrhundert ins Auge. Wenn ich mich anstrenge, kann ich sowohl mein Haus als auch das von Felice erkennen.

Rechts vom Dorf, einsam auf den Wiesen jenseits des Negrentino, der in tiefen Schluchten talwärts stürzt, sieht man die kleine, San Carlo geweihte romanische Kirche aus dem elften Jahrhundert. Aber alle sagen Negrentino-Kirche. Gleich darüber die Talstation des Sessellifts zum Nara-Skigebiet mit ihren Parkplätzen. Die neuen gelben Fiberglassessel glänzen an ihrem Drahtseil in der Sonne. Die alten waren aus verzinktem Eisen mit drei rot lackierten Brettern, dazu gab es eine Armeedecke, um die Knie vor der Kälte zu schützen. Unterwegs wurde die Decke meist zum Eisbrett, und der Sicherheitsbügel fror mindestens bei jedem zweiten Mal fest, bei der Ankunft oben in Cancorì mussten sie den Lift anhalten, um einen zu befreien.

Als die alten Sessel ersetzt wurden, hat man sie für fünfzig Franken das Stück verkauft, sodass manch einer als Zierde im Garten eines Ferienhauses im Tal endete, mit Geranientöpfen darin. Oder als Sitzbank für Touristen an einem Wanderweg oder Gott weiß wo sonst. Floro hat auch einen in seinem Haus.

Ich lasse den Blick weiter hinaufwandern und schärfe ihn noch etwas mehr. Nach sechshundert Höhenmetern erreicht der Sessellift Cancorì mit dem Gasthaus Genzianella. Weiter oben, über einem hier und da vom Gold der Lärchen durchsetzten Kiefernwald, der Pass Bassa di Nara auf zweitausendzweihunderteinunddreißig Metern. Ich blicke zwei Handbreit weiter nach links und versuche, Felices Gumpe auszumachen. Also, da sind die zweitausendvierhundertsechzehn Meter des Pizzo Erra, knapp darunter die Alpe del Gualdo, dann der Selvaccia-Kiefernwald, die lange, tiefe Schlucht des Gurundin. Schwer zu sagen, die Sicht verschwimmt mir. Ich schaue woandershin. Hoch und frei am klaren Himmel kreist ein Raubvogel. Große Flügelspannweite. Ein Steinadler oder vielleicht ein Bartgeier, der Wilderer Brenno könnte es sagen. Wer weiß, was er von dort oben alles sieht. Vielleicht erkennt er Felice und mich, zwei winzige Punkte am Ufer des Flusses Brenno.

Nämlich, dass die Politik eine einzige große Sauerei ist und die Welt in den Händen der üblichen zwei, drei Halunken, das wissen auch die Fische in diesem Fluss, wenn du mich fragst, sagt Felice in meine Gedanken hinein.

Ich will gerade etwas erwidern, da durchfluten Glockenschläge das Tal. Die von Lottigna hinter uns machen den Anfang, und nach dem ersten Schlag sind auch die vom anderen Flussufer aus Prugiasco und Castro zu hören, gleich darauf die von Dongio links unten und als Letzte die oben in Corzoneso und Leontica. Es ist zehn Uhr. Sechzig Schläge. Sie verklingen über dem Tal, und das Rauschen des Flusses wird wieder stärker.

Aber wenn wir das herumerzählen, fügt er nach Ende des Geläuts fast schreiend hinzu, dann nennen sie uns Kommunisten, ist doch wahr. Ich antworte, dass er wohl recht hat und dass ich vor drei Monaten wegen eines vorschnellen Personalabbaus entlassen worden bin. Er guckt mich an wie um zu sagen, siehst du?

Auf einmal steht ein Angler mitten im Fluss. Fliegenrute, grüne Stiefel bis zur Leiste, Tarnweste, Polarisationsbrille, grüner, breitkrempiger Hut, grüner Rucksack. Mit geschmeidiger Bewegung aus dem rechten Handgelenk lässt er die Trockenfliege auf jede tiefe Stelle niedergehen, an der sich eine Forelle verbergen könnte. Eine Stelle rechts, kurzer Peitschenhieb, Abwurf. Eine Stelle links, Peitschenhieb, Abwurf. Eine Stelle ein Stück flussaufwärts, neuer Peitschenhieb, neuer Abwurf. Zwischen einem Wurf und dem nächsten eine nervöse Bewegung mit der linken Hand, die für einen Augenblick die gelbe Angelschnur loslässt und mit dem Zeigefinger blitzschnell die Brille auf der Nase hochschiebt. Vielleicht rutscht sie ihm vom Schwitzen immer herunter.

Beißen sie?, ruft Felice. Mit verärgerter Miene rückt der Angler zum zigsten Mal seine Brille zurecht und dreht den Kopf in unsere Richtung, wobei ein Pst aus seinem Mund zu kommen scheint, doch durch das Tosen des Flusses hören wir es nicht.

Die Glocken der Dörfer schlagen elf. Wir lassen seit über einer Stunde die Füße in den Brenno hängen, um dem herumwatenden Angler zuzusehen, der nichts gefangen hat, und ein bisschen zu schwatzen, meistens aber stumm wie die Fische.

Ich gehe barfuß, die Bergschuhe in der Hand. Meine Füße sind taub vor Kälte. Wieder muss ich den Suzuki anschieben, der beim ersten Versuch nicht anspringt, dann fahren wir los. Ich habe noch nie mit einem Neunzigjährigen am Steuer im Auto gesessen. Er fährt vorsichtig und hupt vor jeder Kurve.

Wohin jetzt?

Er sieht mich kurz an. Was essen, sagt er.

Wo gehst du denn essen? Im Passo? Im Valle del Sole?

Ach, das kommt sich gleich. Wenn man Hunger hat, kommt sich das gleich. Außerdem sind die von den Restaurants auch alles Schlitzohren, wenn mans recht bedenkt. Alles berufsmäßige Halsabschneider, reden wir nicht drumrum.

Wir erreichen Prugiasco und parken am Hang vor der Trattoria del Passo. Ein schöner brennender Kamin mit zwei Holzbänken an den Seiten empfängt uns. Auf einem Stuhl stehend fegt Signora Gigliola, eine Kusine unseres Tito aus Leontica, die Spinnweben aus einer Ecke der Holzbalkendecke und sagt, dass sie gleich zu uns kommt. Mit einem Satz ist sie da. Neuigkeiten, Felice?

Gute oder schlechte?

Gibts was dazwischen?

Leider nein, liebe Gigliola. Neuigkeiten sind entweder gut oder schlecht.

Dann erzähl mir eine gute.

Eine gute? Die machen immer den Eindruck, als wären sie nicht wahr, als wären sie so was wie Träume, und deshalb redet man fast nie darüber, über die schönen Dinge. Über die hässlichen redet man dagegen dauernd, wenn du mal drauf achtest, die Leute reden immer nur über hässliche Sachen, wie in den Nachrichten … Eine gute? Es gibt einen Neuzugang in Leontica, und das ist eine gute Nachricht, wenn du mich fragst. Ansonsten nichts Neues.

Paolina gehts gut?

Das musst du sie selbst fragen, aber ich glaube schon. Auch wenn sie es bestimmt satt hat, diesen Bauch mit sich herumzuschleppen …

Gigliola lächelt und führt uns zu einem Tisch, wo sie das Tagesmenü aufzählt, die zwei oder drei Varianten der Saison. Ihr Dialekt ist eine Mischung aus dem des Bleniotals und dem von Bellinzona, der Geburtsstadt ihres Mannes Mattia, den ich drüben in der Küche mit Töpfen klappern höre. Dabei kommt ein manchmal unverständlicher Singsang heraus. Weshalb Gigliola sich angewöhnt hat, einen Großteil von dem, was sie sagt, ins Italienische zu übersetzen. Ich kenne sie von klein auf, denn früher hat sie den Gallo Cedrone in Leontica geführt.

Kartoffelstock. Mit Ossobuco für mich und mit zwei Spiegeleiern für Felice. Felice ist Vegetarier. Das habe ich vor Jahren bei einem Geburtstagsessen seiner Schwester Evelina erfahren, als sie noch geistig klar war. Später hat sie Alzheimer bekommen, und jetzt erinnert sie sich nicht einmal mehr daran, einen Bruder zu haben, obwohl es zuweilen den Anschein hat, als erinnerte sie sich doch, vielleicht tut sie aber auch nur so. Ich weiß es nicht. Niemand kann es sagen. Sie erzählte damals, wie oft Felice sich mit den seligen Eltern gestritten hat, als er noch ein kleiner Bub war, weil er absolut kein Fleisch essen wollte, und dass sie ihn zu Hause Querkopf nannten.

Die Tür geht auf, und eine Wolke von Mistgestank kommt mit zwei Bauern in Arbeitskleidung herein. Sie husten laut, räuspern sich und grüßen Felice, während sie sich an den Tisch nebenan setzen. Gigliola bringt ihnen zwei Bier. Und, wie gehts?, fragt sie die beiden.

Wie solls schon gehen, meine liebe Gigliola. Die Krume ist tief unten, antwortet einer. Er sieht zu uns herüber und sagt, stimmts, Felice?

Moment, antwortet Felice mit Blick auf seinen Teller, den er mit einem Stück Brot blank putzt. Er steckt es in den Mund und mustert dann die beiden, kaut dabei in aller Ruhe. Moment, sagt er noch mal, nachdem er geschluckt hat. Ich weiß nicht genau, ob sie immer noch so tief unten ist wie zu meiner Zeit. Wie ich es sehe, hat sie sich für euch ein klein wenig gehoben, frei heraus gesagt.

Die beiden Bauern nicken ernst, kippen ihr Bier herunter, einer rülpst, der andere kratzt sich, und dann verschwinden sie wieder.

Nach dem Essen holt Felice ein Bündel Scheine aus der Hosentasche und legt zwei zu zehn Franken auf den Tisch.

Er löst die Handbremse, wir nehmen Fahrt auf, er schaltet in den zweiten Gang und lässt die Kupplung los, der Motor springt an, und wir fahren zurück, hinauf nach Leontica. Wir stellen den Suzuki im Schuppen ab, schließen die Tür und gehen ins Haus.

Mach die Sarina an, ich geh aufs Klo, sagt er und steigt die schmale und steile Treppe hinauf.

Die Sarina … Mach die Sarina an, murmle ich. Ich sehe mich um. Knipse das Licht an und wieder aus. Suche nach einem anderen Schalter. Nichts. Das Einzige, was man anmachen kann, ist das Licht, aber man sieht eigentlich genug. Die Sarina … Ich öffne die beiden Türen des Küchenschranks, ein paar Gläser mit Gewürzen oder gemahlenen Kräutern. Die beiden Schubladen, ein Buch und eine Zeitung in der ersten und Schokoladentafeln und Besteck in der zweiten. Sarina… Dann fällt mir das angeschraubte Blechschildchen an der Klappe des Sparherds ins Auge. Sarina. Im Nu wird es warm in der Stube, und ich lasse mich auf den Stuhl fallen.

Der Topf mit dem Sud aus Rosmarin und Salz beginnt zu brodeln, er füllt zwei Tassen, und wir gehen hinaus und setzen uns auf die Granitbänke. Das dampfende Gebräu ist grünlich und kochend heiß. Ich schnuppere daran und schiele zu Felice hin, der es bereits trinkt, dabei geräuschvoll schlürft. Das ist Medizin, das hier, sagt er. Trink. Ich puste und trinke.

Hohe Sonne. Milde Luft. Kaum zu glauben, dass der Dezember vor der Tür steht. Felice streckt die Hand aus und pflückt eine Kaki, während Vittorina aus ihrem Haus geflattert kommt und in ihren Gemüsegarten geht. Sie ist die Witwe des seligen Osvaldo, der früh am Morgen des vierundzwanzigsten Juni neunzehnhundertneunzig von einem Walnussbaum fiel. Er wollte Nüsse ernten, um Nusslikör zu machen. Es war nicht das erste Mal, dass er von einem Baum fiel, nur dass er sich diesmal, statt sich den Knöchel zu verstauchen, das Genick brach. Er war gerade mit dem Kühemelken fertig und hätte wenig später die Uniform der Historischen Garde von Leontica anlegen sollen.

Am vierundzwanzigsten Juni jeden Jahres, zum Fest Johannes des Täufers, Schutzpatron von Leontica, marschiert die Historische Garde traditionell durchs Dorf, um an das Gelübde der Bleneser Vorfahren zu erinnern, die achtzehnhundertzwölf, während Napoleons Russlandfeldzug, in der Schlacht an der Beresina kämpften. Die Garde ist sogar als immaterielles Kulturerbe der UNESCO eingetragen.

An jenem Unglückstag jedoch schwiegen die Gardetrommeln, und die Statue des Täufers blieb unter dem weißen Laken, das sie vor Staub schützen soll. Kinder hatten sie keine, Osvaldo und Vittorina. Das sei wegen ihr, tönten die Männer des Dorfs, zu klein und zu mager. Seine Schuld, tuschelten dagegen die Frauen, weil er sein Pulver unten im Tal verschoss.

Felice sieht Vittorina zu, beißt in die Kaki und kleckert sich das Hemd voll. Vittorina tut, als sähe sie uns nicht, sie kehrt uns den Rücken zu und fängt an, mit beiden Händen Unkraut auszureißen, einmal links, einmal rechts. Langer schön geflochtener Zopf aus braungrauen Haaren, zweiundachtzig ist sie und zierlich wie ein Zaunkönig.

Hinten in der Gasse, bei der Kurve vor meinem Haus, taucht Floro auf. Fast ein Meter neunzig, Bart und Haare blond, lang und ungepflegt. Spindeldürr und ganz in Schwarz gekleidet, wie immer alles zwei oder drei Nummern zu klein. Eine Arbeitshose, die ihm nur bis zu den Knöcheln reicht, und ein Flanellhemd mit aufgekrempelten Ärmeln, das ein wenig zu eng um die Hüften ist, aber eine richtige Arbeit hat Floro nicht. Sie nennen ihn Kaminfeger wegen der wenigen Kleider, die er immer anhat und die seinem seligen Vater gehört haben, der wirklich ein Kaminfeger war. Man könnte Floro für sechzig halten, er ist aber erst vierzig. Man täuscht sich, weil er aussieht wie das dem Pinsel eines betrunkenen Malers entsprungene Leiden Christi, so jedenfalls beschreiben ihn manche Alte im Dorf. Oder wie eine Vogelscheuche mit einem Wischmopp auf dem Kopf, sagen andere. Wenn er durchs Dorf geht, scheint er immer zwei Säcke Zement auf den Schultern zu tragen, so mühsam schleppt er sich voran.

Gelegenheitsarbeiter, wenn es ihm passt, denn mir reicht das bisschen, was ich zum Essen und für meine Zigaretten brauche, erwidert er denen, die ihn einen Faulpelz nennen. Blenio Turismo, von dem rund hundert Ferienhäuser im ganzen Tal verwaltet werden, hat ihm die Instandhaltung von vier Hütten anvertraut. Praktisch muss er nur die Vorgärten für die Touristen während der Sommersaison in Schuss halten. Einzelkind und mit zehn Jahren Waise geworden. Seine Eltern sind bei einem Autounfall zwei Serpentinen unterhalb des Dorfs gestorben, im späten November von der vereisten Straße abgekommen. Er ist von den Großeltern und seinen Onkeln und Tanten aufgezogen worden. Junggeselle, vielseitiger Musiker, blind wie ein Maulwurf. Trägt aber keine Brille, weil er sowieso nicht gern Bücher liest, wie er sagt.

Müder Gang, Gummistiefel, eine Selbstgedrehte im Mund, bleibt er stehen, um Vittorina zu grüßen und zu verschnaufen. Er hustet heftig, wendet den Kopf ab und rotzt auf das Pflaster, zieht ein Taschentuch aus der Hosentasche und putzt sich die Nase, macht schließlich ein paar Bemerkungen über den Garten.

Danach trinkt er Wasser im Waschhaus und kommt zu uns. Aus der Nähe sieht er erst recht aus wie ein schmutziger Lumpen am Stiel. Triefäugig und strubbelige, fettige Haare, die ihm am Schädel kleben. Bleich und mit gelben Zähnen fragt er Felice, ob er sich ein Tickchen Salat nehmen darf, nur ein Tickchen, denn zur Zeit bring ich nichts anderes runter als Grünzeug, sagt er. Muss wohl sein, dass ich irgendwas nicht richtig verdaut hab, muss wohl. Weiß nicht. Sein Atem stinkt nach Zigaretten und Alkohol.

Er schneidet etwas Salat mit einem Schweizer Armeemesser ab, und als er eine halbe Tüte voll hat, geht er wieder. Ciao, Kaminfeger, rufe ich ihm hinterher, worauf er eine müde Geste macht, kaum den Kopf hebt. Wir sehen ihm nach, bis er hinter der Kurve verschwunden ist, dann stupst Felice mich mit dem Ellbogen an und erzählt mir ein Gerücht, das ich schon von anderen im Dorf gehört habe. Es heißt, dass die selige Mama von Floro es faustdick hinter den Ohren hatte. Und dass der selige Kaminfeger wohl kaum der leibliche Vater von Floro war, denn wie zum Teufel soll diese Frau einen so großen und so blonden Sohn zur Welt gebracht haben, der aussieht wie ein Deutscher, während wir hier im Tal alle klein und schwarzhaarig sind? Felice wirft mir einen ernsten Blick zu, seufzt und steht auf, geht mit seinen kräftigen, schwieligen Füßen über die Kieselsteine des Pflasters.

Ich beobachte, wie Vittorina mit zwei Zucchini unter ihren zarten Flügeln ins Haus zurückkehrt, und folge ihm dann hinter den Schuppen. Dort, unter einem Schutzdach, gibt es einen Holzstapel. Dicke, lange Scheite. Damit sie in die Sarina passen, muss er sie zersägen und dann mit der Axt spalten. Es gibt eine Säge, und es gibt eine Axt. Wortlos machen wir uns an die Arbeit.

Einen halben Kubikmeter Feuerholz später sagt Felice bòn, legt die Säge ab und geht zum Waschhaus. Er zieht sein Hemd aus, wäscht sich und trinkt. Dann geht er tropfend los, das Hemd über die Schulter geworfen. Ich hinterher. Wir erreichen die Piazza gleichzeitig mit dem Schulbus aus Acquarossa. Grundschule und Mittelstufe. Am Steuer sitzt Giovanna, Titos Tochter, von den Dorfjungen Giovanna Tutta Panna genannt, reinste Sahne, womit sie recht haben.

Duska und Priska, acht Jahre alt, steigen aus. Zweieiige Zwillinge. Duska, immer den Inhalator für ihr Asthma in der Hand, die arme Kleine, ist oft krank, und das sieht man ihr an. Sie wiegt ein paar Kilo weniger als ihre Schwester und geht langsam. Es sind die Töchter der Lehrerin Sabina, Teilzeitlehrerin im Kinderhort von Acquarossa.

Auch Giulia und der kleine Elia steigen aus, dreizehn und neun Jahre alt, die Kinder von Sosto und Paolina. Der kleine Elia ist ein aufgewecktes Kind, das Brot und Fuchs gefrühstückt hat, wie man im Dorf sagt. Giulia dagegen, mit ihrem Metallica-T-Shirt, den zerrissenen Jeans, langen Haaren und Ohrstöpseln, ist ein Fall für sich mit einem Faible für Heavy Metal. Sie redet kaum, noch weniger als Marietto. Manche sagen, dass sie nicht ganz dicht ist wegen der Musik, die sie hört. Andere behaupten, dass sie mal eine Künstlerin wird, vielleicht Musik macht so wie Floro oder malt wie Orazio Picasso, ein Landschaftsmaler, der im Dorf lebt. Wieder andere befürchten, dass sie schon auf dem besten Weg ist, wie die Stumme zu werden, eine alte Frau, die nie spricht. Eine mürrische Einsiedlerin.

Wir gehen weiter, überqueren die Tito-Brücke, die Brücke über den Gurundin, der das Dorf in zwei Teile teilt, und schlagen einen steil bergan führenden Weg ein. Früher war das mal ein Maultierpfad, der das Dorf mit der Sella-Hochebene verband, aber jetzt ist er fast zugewuchert. Wir kommen bei der Alten Lärche heraus, die jetzt fast völlig golden ist und sich mit ihren klauenartigen Wurzeln an den Fels der Kehre klammert wie ein alter Gebirgler an seine Heimaterde, seine Gewohnheiten. Und betrachten das Dorf von oben. Die Stromleitungen scheinen ein Eigenleben entwickelt zu haben, sind dicht besetzt von Aberhunderten Mehlschwalben, alle zwar ordentlich nebeneinander, aber unruhig wegen des bevorstehenden Aufbruchs. Vielleicht morgen bei Sonnenaufgang.

Wir gehen zum Parkplatz der Sesselliftstation hinunter und trinken dort am Brunnen. Das Wasser ist so kalt, dass es die Zähne spaltet. Dann laufen wir über eine Wiese. Ein Spaziergang ums Dorf, um noch ein Stündchen draußen zu sein. Meistens ist das Gehen für Felice nicht unbedingt eine Fortbewegung, sondern ein Zeitvertreib.

Wieder zu Hause, nimmt er einige geröstete Kastanien und setzt sich an den Tisch. Wir essen ein paar, aber die meisten sind zu hart. Er bringt sie zum Komposthaufen. Derweil kommt Emilio mit einem großen orangefarbenen Kürbis auf der Schulter. Felice dankt ihm, mèrsi, packt den Kürbis mit seinen starken Händen, setzt ihn sorgsam auf dem Tisch ab, schneidet ihn entzwei und holt eine Menge Kerne heraus. Die er auf einem Blatt Zeitungspapier verteilt und zum Trocknen auf die Fensterbank legt.

Emilio mit seiner dichten, nach hinten gekämmten Silbermähne wohnt schon seit einer Ewigkeit allein in einem geräumigen Haus hinter dem von Felice. Massive Mauern, kleine Fenster mit abgeblätterten Rahmen und ein baufälliges Steindach. Die beiden Alten kennen sich von klein auf. Sie sind zusammen in Leontica zur Schule gegangen, dort, wo jetzt das Gemeindehaus ist.

Zu unserer Zeit gab es nur eine Lehrerin für alle, haben sie mir mal in der Bar erzählt. Die Elvira aus Prugiasco. Eine echte Betschwester. Boshafter als der Teufel, wenn du mich fragst, vorausgesetzt, den Teufel gibt es wirklich, sagte Felice und brachte Emilio damit zum Grinsen. Wir waren mindestens dreißig, vielleicht auch ein paar mehr. Jungen und Mädchen, alle zusammen im selben Klassenzimmer. Damals gab es überall Kinder, hier in Leontica.

Ah, Felice, aber damals waren die Leute auch wie die Karnickel, immer scharf aufs Rammeln, sagte Emilio und brachte Felice damit zum Lachen.

Dann waren da noch die Rosalba, und die Evelina, und dann der Fosco, begann Felice, sich zu erinnern.

Ja, der selige Fosco. Und die selige Angiolina.

Angiolina?

Aé, Felice. Erinnerst du dich nicht an die Angiolina? Und dann der Olmo.

Der Olmo, wiederholte Felice, sein Blick leuchtend vor Erinnerungen.

Emilio ist im Tal dafür bekannt, dass er fast jeden Nachmittag in der Bar Gallo Cedrone von Leontica Scopa spielt und schwer zu schlagen ist. Abstinenzler von jeher, Junggeselle, dem ein Elefantengedächtnis gegeben ist, auch wenn er behauptet, dass die eigentliche Kunst des Merkens in der Aufmerksamkeit liegt. Nicht selten sieht man ihn gegen Leute von außerhalb spielen, die extra nach Leontica kommen, um ihn herauszufordern. Das Drei-Ferkel-Turnier im Cedrone gewinnt immer er. Dieses Jahr hat er in der Endrunde den bärtigen Pep aus Castro geschlagen, einen pensionierten Mittelschullehrer. Und im Halbfinale hat er einen Typ fertiggemacht, der, wie es hieß, unten in Malvaglia das ganze Jahr noch nicht verloren hatte.

Die drei Ferkel verschenkt Emilio jedes Mal, weil er schon genug anderes zu tun hat. Er züchtet haufenweise und wie besessen Kaninchen. Die Kinder im Dorf nennen ihn Emilio Coniglio, Karnickel-Emil. In einem Stall hinter seinem Haus hält er immer einen Rammler und fünf bis sechs Häsinnen, die er abwechselnd decken lässt, und laufend isst und verschenkt er Kaninchen. Seine Tierchen füttert er mit ausgesuchten Kräutern, die er auf den Wiesen sammelt. Einmal habe ich ihm einen Sack mit gemähtem Gras aus meinem Garten gebracht, aber er meinte, dass seine Kaninchen das nicht fräßen, weil es mit der Motorsense geschnitten sei und sie den Abgasgestank riechen würden.

Jetzt sitze ich mit Felice in der Küche. Er öffnet die Ofenklappe der Sarina, sodass sein Gesicht orange erstrahlt, kneift die Augen zusammen, während er Holz nachlegt. Dann gibt er zwei Stück Kürbis zu bereits in Wasser kochendem Rosmarin und weiß Gott welchen anderen Kräutern hinzu. Er nimmt eine Zeitung aus einer der Schubladen des Küchenschranks und geht hinaus. Setzt sich auf die linke Granitbank und beginnt, von hinten in dem zwei oder drei Tage alten Giornale del Popolo zu blättern. Den er von der Wirtin des Cedrone bekommt. Felice hat weder Fernseher noch Radio noch Telefon. Er hat noch nicht mal einen Briefkasten. Die Postbotin Alfonsa bringt ihm seine wenigen Briefe persönlich oder legt sie mit einem Stein beschwert auf die Bank oder bei Regen drinnen auf den Tisch, denn die Tür ist immer offen.

Der Himmel hat sich vor einem Weilchen zugezogen und färbt die Kakis braun, die im von Norden herabwehenden Abendwind schwanken. Die Straßenlaterne unten flackert ein wenig auf ihrem hohen Tannenmast und geht an. Hier oben in Leontica erlischt Ende November der Tag schon um kurz nach fünf, und im Nu wird es Nacht.

Ich recke den Hals und sehe ihn in dem wenigen Licht lesen, das aus dem Fenster hinter ihm fällt, und mit dem Wind kämpfen, der ihm die Seiten umblättert. Die vom Lukmanierpass herunterströmende Luft gewinnt an Kraft und weht immer heftiger. Doch Felice hält bis zur letzten

Seite durch. Als er die Zeitung zusammenfaltet, rüttelt der Wind die Zweige des Kakibaums und schlüpft sogar hier herein und rüttelt auch mich, der ich mit dem Kopf auf dem Tisch schon fast am Einnicken war. Ich habe gar nicht bemerkt, dass es in der Küche kälter geworden ist. Er schließt die Tür hinter sich, drückt mir die Zeitung in die Hand und legt ein Buchenscheit in die Sarina. Während ich mich aus meiner Schläfrigkeit reiße, nimmt Felice einige Kastanien aus einer Plastiktüte und beginnt, sie fürs Rösten einzuschneiden. Ich fische ein Messer aus der Schublade und helfe ihm. Nach einer Weile sagt er, dass es reicht, und öffnet, ehe er die Kastanien auf die Herdplatte legt, die kleinen vorhanglosen Fenster und die Tür.

Der Rauch zieht ab, die Marroni rösten. Gelegentlich wendet er sie mit bloßen Fingern und ritueller Aufmerksamkeit. Auf dem Tisch breitet er eine Seite der gerade gelesenen Zeitung aus. Wir warten.

Als sie fertig sind, sammelt er sie ein und legt sie auf das Zeitungspapier. Neben der Treppe ist die Tür zum Keller, er geht hinunter und kommt mit zwei gereiften kleinen Käsen und zwei Karotten zurück. Wir essen Marroni, Käse, zwei Stück Kürbis, Brot und Karotten und trinken den Sud aus Rosmarin und den anderen Kräutern, in dem er den Kürbis gekocht hat.

Kauend sehe ich mich um. Da ist der kleine Topf für die Kräutertees, den er gerade auch für den Kürbis benutzt hat. Unter der Sarina steht ein Kupfertopf mit langem Stiel und einem Lochdeckel zum Wärmen des Betts, ähnlich dem, der zur Dekoration über meinem Kamin hängt. Es gibt weder Pfannen, Quirls, Siebe, Tiegel noch Kochlöffel. Ich frage mich, ob Felice jemals Risotto oder wenigstens eine Pasta macht.

Mein Augenmerk wandert zum Wasserhahn, der ein wenig tropft. Derweil lässt Felice den Blick zur offenen Tür hinausschweifen, als würde er in seinen Erinnerungen stöbern. Irgendeine Stelle dort draußen fixierend, fängt er an zu erzählen. Ich esse im Restaurant zu Mittag oder das, was ich hier und da zusammenklaube, sagt er wie zur Antwort auf meine Gedanken eben. Meine selige Mama dagegen, die konnte wirklich gut kochen, meine selige Mama. Gnocchi, die konnte sie gut, muss ich sagen. Sonntags. Mit Soße und allem Drum und Dran. Aber sie hatte auch den ganzen Morgen damit zu tun, die arme Frau. Sie feuerte die Sarina an, kochte die Kartoffeln und zerstampfte sie dann mit Eiern und Mehl. Wenn es Mehl gab. Sonst mit ein bisschen Semmelbröseln. Danach wurden daraus Rollen geformt, dabei habe ich mit meiner Schwester geholfen, und auch der kleine Bruder hat mitgeholfen. Mein kleiner Bruder... Dann haben wir sie in Stückchen geschnitten. Es reichte immer gerade eben, denn es waren magere Zeiten damals, und es wurde nie was verschwendet, man wusste gar nicht, was das war, Überfluss, zumindest für uns war es so, hier im Tal war es so. Man war heilfroh, wenn man was zu beißen hatte damals, nicht so wie heute... Dann schnell zur Messe, um sich den üblichen Quatsch anzuhören, und dann eilig zurück, um die Sarina wieder anzufeuern und die Gnocchi zu kochen, damit sie Punkt zwölf fertig waren. Immer am Rennen, diese Frau, hat nie still gesessen.

Felice verlagert sein Gewicht auf dem Stuhl und richtet den Blick wieder ins Haus und auf die Herdplatte. Und dann die Marroni, fährt er fort. Wie viele Marroni sie mir zu essen gegeben hat, meine arme Mama, erzählt er, als sähe er seine Mutter dort vor sich beim Kochen. Schon zum Frühstück, in Milch gekocht. Wir Kinder sind immer in den Wald gegangen, um sie zu sammeln, haufenweise, denn damals, wenn es keine Kartoffeln gab, gab es Marroni. Und umgekehrt, reden wir nicht drumrum. Entweder geröstet oder gekocht. Gekocht oder geröstet, die Marroni. Dazwischen gab es nichts. Bei den Kartoffeln dagegen schon. Die konnte sie auf alle möglichen Arten zubereiten, und damals sagte auch keiner, dass man immer nur Kartoffeln essen würde. Nein, man sagte, dass es Gnocchi gegeben hatte, dass es Kartoffelstock gegeben hatte, Ofenkartoffeln mit Rosmarin oder die in der Glut gegarten. Es gab Kartoffelsuppe, Kartoffeln mit Zwiebeln, dann die mit einer Prise Salz gekochten und so weiter. Und amen. Er stößt einen tiefen Seufzer aus und sagt bòn, steht auf, macht Tür und Fenster zu und räumt den Tisch ab.

Es ist Ruhe in diesen vier Wänden. Es ist Stille zwischen uns. Wir brauchen uns nichts zu sagen. Der Tag neigt sich dem Ende zu. Ich frage mich, ob Felice auch morgen bereit sein wird, mich zu Gast zu haben.

Er geht hinaus, kommt mit drei Holzscheiten wieder und legt sie neben die Sarina. Unter dem Herd zieht er den Topf mit dem Lochdeckel hervor, aus dem er eine kleine Eisenschaufel nimmt. Er macht die Klappe der Sarina auf und schaufelt ein paar glühende Holzstücke in den Topf. Danach schürt er das Feuer, schließt die Klappe und steigt mit dem Topf, aus dem es durch die Löcher im Deckel ein wenig qualmt, die schmale und steile Treppe hinauf. Ich folge ihm. Ohne das Licht in seinem Schlafzimmer anzumachen, hebt er die Bettdecke an, schiebt den Topf darunter und geht wieder nach unten.

Jetzt sitzt Felice regungslos da. Er sieht müde aus. Er gähnt und steckt mich damit an, also gähnen wir zusammen. Ich sehe ihn an, weiß aber nicht, was ich sagen soll.

Lasse die Verrichtungen Revue passieren, die er vor dem Zubettgehen macht, seine Gewohnheiten in seiner Einsamkeit. Mit so viel Stille und so viel Leere bleibt viel Zeit zum Nachdenken. Wer weiß, was Felice gerade denkt.

Draußen bellt ein Hund, er bellt und bellt, bis man die Lehrerin Sabina rufen hört, still jetzt, Bobi, womit sie ihn zum Schweigen bringt. Danach herrscht wieder Ruhe. Nur das Knistern des brennenden Holzes ist zu hören. Er rückt seinen Stuhl vor die Sarina, öffnet die Klappe und bleibt so, schaut ins Feuer wie man Fernsehen schaut. Ich betrachte ihn und sehe einen Mann von neunzig Jahren, der gerade wieder einen Tag wie schon viele andere verlebt hat, dabei aber so erfüllt und einzigartig. Erfüllt und einzigartig.

Beim nächsten Gähnen schließt er die Klappe, steht auf und sagt, dass er ins Bett geht. Da frage ich ihn, ob wir uns morgen früh wiedersehen.

Wenn meine Batterie heute Nacht nicht den Geist aufgibt, sehen wir uns morgen wieder. Wenn doch, amen, antwortet er, ehe er die dunkle Treppe hinauf verschwindet.

Ich mache das Licht aus und gehe nach Hause.

Zwei

Der Wecker klingelt um Viertel nach fünf. Ich ziehe mich an, gehe nach unten und verlasse das Haus. Es ist kalt, aber wenigstens regnet es nicht wie gestern Morgen. Das Thermometer von Vittorina zeigt zwei Grad an, und der Himmel ist voller Sterne. Am Ende der Gasse sehe ich das Licht in Felices Küche.

Ich betrete den Garten, und da taucht er auf. Eingerahmt vom offenen Fenster steht er da, ein Brustbild, das Hemd offen, zwei Gläser Joghurt in der Hand und weitere auf dem Fenstersims. Ich sehe ihn an. Er sieht mich an. Es ist ein Augenblick, der sich mir wie ein Gemälde einprägt.

Als ich hineingehe, stellt er gerade den Joghurt zusammen mit Brot und Marroni auf den Tisch. Er hat mich kommen sehen, hat mich erwartet. Die Fenster sind beschlagen. Das Wasser im Topf kocht, er streut seine getrockneten Kräuter hinein.

Was sind das für Kräuter?

Das sind Heilkräuter, die da. Thymian. Das hier ist Brennnessel. Und das da Schöllkraut, für die Augen.

Ah ja, ich weiß, wovon er redet. Als Kinder haben wir uns beim Spielen mit dem orangen Pflanzensaft das Gesicht und die Arme eingefärbt.

Wir frühstücken zusammen, schweigend, in aller Ruhe. Ich fühle mich wohl. Man könnte glauben, dass wir das schon hundertmal gemacht haben, dabei ist es erst das zweite Mal. Die Zeit verrinnt sachte. Auf der Ablage des Küchenschranks liegen zwei Zucchini, die gestern Abend noch nicht da waren. Es scheinen die zu sein, die Vittorina gestern geerntet hat. Von der Holzbalkendecke hängt eine schwach leuchtende Glühbirne. Sie kann nicht mehr als fünfundzwanzig Watt haben. Unter der Sarina steht der Topf mit dem Lochdeckel. Der kleine Holztisch hat eine Schublade, ich ziehe sie auf, sie ist leer. Er sieht mich an, wie um zu sagen, was glaubtest du denn da drin zu finden?

In dem alten, aber blanken Stahlspülbecken wäscht er die Joghurtgläser aus und putzt sich anschließend ausgiebig die Zähne. Er bringt die beiden Gläser in den Keller, belädt die Sarina, fegt flüchtig den Boden und sagt bòn, auf.

Kaum haben wir die Nase zur Tür hinausgesteckt, kommt das lang gezogene Wiehern von Vittorinas Maultier, und auf der anderen Seite des Dorfs bellt kurz ein Hund. Felice blickt zu den Sternen hinauf und wirft die Marronischalen auf den Komposthaufen, dann machen wir uns auf den Weg, gleich kräftig ausschreitend.

Der Schuppen für den Suzuki, Emilios Haus und das der Lehrerin Sabina mit ihren beiden Zwillingstöchtern Duska und Priska und dem Hund Bobi. Der Vater wohnt schon seit ein paar Jahren nicht mehr bei ihnen. Giovanni ist zurück zu seinen Eltern jenseits der Tito-Brücke gezogen. In dem Moment, als wir an der Haustür vorbeikommen, gibt der Hund ein schüchternes, in der Kehle ersticktes Bellen von sich, danach ist die Nacht um uns herum wieder still. Wir steigen den Weg zur Kantonsstraße hinauf. Ich bleibe einen Moment stehen, um Atem zu schöpfen, während Felice in seinem Rhythmus weitergeht. Hier, nicht mehr von den Häusern geschützt, spürt man den trockenen Wind, Schneewind, der von der Bassa di Nara herunterweht. Das Wetter schlägt um, es wird auch Zeit.

Vor ein paar Tagen, in der Bar Gallo Cedrone, haben Pep, Floro und die Wirtin Candida den Mehlschwalben beim Fliegen zugesehen und darüber gesprochen, wie viel Schnee wohl dieses Jahr fallen wird beziehungsweise wie wenig. Na, hoffen wir mal, dass es mehr wird als letztes Jahr, sonst können sie am Nara bald den Laden dichtmachen, es wird ja jedes Jahr schlimmer, immer weniger Skifahrer, weil es so warm ist, als wären wir weit unten in Italien, sagten sie.

Wie weit ist es gekommen, dass all die Schwalben hier kaum mehr wegfliegen, sagte Floro, worauf Pep sofort klarstellte, Mehlschwalben, das da sind Mehlschwalben.

Ich hab sie einfach immer Schwalben genannt, meinte Floro zerstreut, während er sich eine Zigarette drehte.

Das ist ein temporäres Phänomen, Kaminfeger, hat sich die Wirtin Candida eingemischt.

Was für ’n Ding, Candida?, fragte Floro.

Temporär, Kaminfeger. Vor zehn Jahren sind sie Mitte Oktober weggezogen, jetzt praktisch im Dezember.

Temporär, murmelte Floro, als würde er laut nachdenken, und leckte das Zigarettenpapier an.

Genau, temporär. In zehn Jahren ziehen sie dann vielleicht wieder Mitte Oktober weg, erklärte die Wirtin.

Oder sie ziehen überhaupt nicht mehr fort, sagte Pep und schaute in die Ferne. Die anderen beiden sahen ihn wortlos an und folgten die Köpfe drehend seinem Blick. Gemeinsam bewunderten sie die Mehlschwalben, wie sie in schwindelerregendem Tempo um den Kirchturm herumschossen, dicht über die Friedhofsmauer hinwegsegelten und auf die Wiesen unterhalb der Kirche herabstürzten, um dann wieder zum Kirchturm hochzuschnellen.

Dieses Jahr wird der Abflug der Schwalben mir ob eines Gedankens das Herz beschweren, begann Pep zu deklamieren. Floro und Candida starrten ihn an, während er fortfuhr, dann werden Stare laut lärmend einkehren auf den Bäumen …

Aber hast du nicht gesagt, es muss richtig Mehlschwalben heißen?, hat Floro ihn unterbrochen.

Saba, sagte Pep. Das ist Umberto Saba.

Ich ziehe den Kragen meines Pullovers so hoch wie möglich und laufe dann schnell weiter, um Felice einzuholen, der mit dem leichtfüßigen Gang eines Rehs schon ein gutes Stück voraus ist. Die Hände auf dem Rücken verschränkt, gleich angezogen wie gestern, wieder barfuß. Wir begrüßen Vittorinas Muli und passieren dann Schritt für Schritt die Hütte von Floro, die Alte Lärche, die uns stumm beobachtet, den Stall von Sosto mit dem brennenden Licht über der Tür, den Steg über den Altaniga und den über den Gurundin.

Durch den schwarzen Kiefernwald steige ich blindlings hinauf, versuche, mich automatisch aufwärtszuarbeiten, wie er es schon ein Leben lang tut. Bei dem Glockengeläut um halb sieben bleiben wir stehen. Ich erahne einen zufriedenen Ausdruck auf seinem Gesicht.

Hinter dem Simano wird es ein wenig heller. Mit einer Handbewegung lädt er mich ein, der Erste zu sein, dann dreht er sich um und wirft einen Blick hinunter ins Tal, wo dieselben Straßenlampen wie gestern leuchten, jede an ihrem Platz. Ich ziehe mich aus, und bevor ich eintauche, sehe ich die Sterne in dem Becken leuchten. Am ganzen Körper wie Espenlaub zitternd, gebe ich mir einen Ruck und halte die Luft an. Wieder aus dem Wasser heraus, umfängt mich eine große Wärme.

Nun ist er dran. Er taucht ganz unter, dann stellt er sich hin und seift sich ein, taucht wieder unter und verweilt lange, unbeweglich.

Ich bin schon fast trocken und ziehe mich wieder an. Er steht auf dem Stein, splitternackt, und blickt aufwärts gen Osten, auf den zweitausendfünfhundertachtzig Meter hohen Gipfel des Simano, der die aufgehende Sonne verdeckt. Mit zunehmender Morgendämmerung wird der Bach immer leiser.

Bist du schon mal auf dem Simano gewesen?, frage ich, als ich mir die Schuhe zubinde. Vielleicht hat er mich nicht gehört, ich gehe zu ihm hin. Nass steht er da, reglos wie ein Baumstamm, die Augen immer noch auf den Berggipfel gerichtet. Der nach und nach immer dunkler wird, während die Sonne hinter ihm hochsteigt. Als der erste Strahl hervorblitzt, wird Felice von einem langen Schauder überlaufen. Wohl nicht wegen der Kälte, denn er hat keine Gänsehaut.

Brr, macht er lächelnd und holt tief Luft. Dann sagt er, immer noch lächelnd, aé, klar, ich bin schon ein paarmal oben gewesen.

Auch ich kneife die Augen zusammen und verfolge den Moment des Sonnenaufgangs, dann sage ich, dass ich vergangenen Monat hinaufgestiegen bin. Seilbahn von Malvaglia nach Dagro und ab da zu Fuß.

Ich vom Luzzone aus, im Sommer.

Vom Lago di Luzzone? Wenn ich von Dagro aus drei

Stunden gebraucht habe, wie lange braucht man dann vom Luzzone?

Ach, man muss nur im Morgengrauen aufbrechen, dann ist man bis Sonnenuntergang wieder zurück und amen, sagt er. An seinem Ohrläppchen dehnt sich ein Wassertropfen in die Länge, reflektiert die erste Sonne, erzittert dann kurz und fällt ab. Er zieht sich wieder an, wickelt seine inzwischen trockene Seife in ein Stück Zeitungspapier und steckt sie in die Hosentasche, während die Talebene im frühen Morgenlicht Gestalt annimmt.

Wir laufen den Pfad hinunter, der sich harmonisch zwischen Heidelbeersträuchern und Alpenrosen und Felsen und Alpenkräutern in einer eine Handbreit tiefen Rinne als Zeugnis von Felices täglichem Kommen und Gehen dahinwindet.

Einige Lanzen aus kaltem Licht dringen schräg in den Kiefernwald ein und beleuchten die blauen Flügelfedern zweier Eichelhäher, die sich kreischend zwischen den vereinzelten Tannen verfolgen. Unterhalb des Waldes, auf dem Abschnitt zwischen den beiden Brücken, wühlt am Rand der Schotterstraße ein Eichhörnchen im Laub. Als es uns bemerkt, huscht es schnell einen hohen Stamm hinauf und verschwindet, eine Kastanie im Maul, in einer Spalte. Die letzten Vorräte für den Winter.

Wir treffen ihn mit dem ganzen Gewicht auf eine Schaufel gestützt an, eine Parisienne hängt ihm an den Lippen, sein benebelter Blick ist auf das langsame Wiederkäuen einer Kuh geheftet. Unsere Ankunft reißt ihn ruckartig aus seiner Dumpfheit, und die Zigarette fällt in einen Kuhfladen zwischen seinen Gummistiefeln, worauf er eine Schimpfkanonade loslässt, die für einen Augenblick das Kauen der Kühe unterbricht. Er fummelt die Zigarettenpackung aus der Hemdtasche, zündet sich eine neue an und nimmt einen tiefen Zug, der ihn wieder in seinen Halbschlaf verfallen lässt. Felice und ich setzen uns auf einen Heuballen.

Als er fertig geraucht hat, bietet Sosto uns frisch gemolkene Milch an, die er mit einer Kelle aus einer großen Kanne schöpft. Die Milch ist noch warm und ganz dickflüssig, das hatte ich fast vergessen. Als Kind bin ich oft mit einer Deckelkanne aus Plastik in die Ställe des Dorfs gegangen, um frisch gemolkene Milch zu holen. Und sagte immer, das ist, wie die Milch direkt von den Zitzen der Kühe zu trinken.

Hunderte von Mehlschwalben haben ihre letzte Nacht in Leontica in einem verfallenen Stall, unter einem Vordach oder auf den Dachbalken eines Heuschobers verbracht. Jetzt schwirren und zwitschern sie zu einem Abschiedstanz über dem Dorf, auf Wiedersehen im nächsten Frühling. Von der Biegung an der Alten Lärche aus sehen wir, dass sie sich nicht mehr auf den Stromleitungen niederlassen. Sie sind bereit. Es ist Zeit. Innerhalb von einer halben Stunde wird keine mehr da sein. Wir sind ganz in das Reisefieber der kleinen Vögel versunken, als das laute Wiehern des Maultiers durch die Luft gellt.

Vittorina hat gerade eine Tüte voller Gemüseabfälle in seinen Pferch geschüttet, und das Tier tut sich daran gütlich. Wir grüßen sie, sie erwidert den Gruß mit einem schüchternen Piepsen, kaut etwas und riecht nach Kaminfeuer.

Zusammen gehen wir weiter, sie ein paar Schritte hinter uns und an die andere Straßenseite gedrückt. Bevor wir den Dorfkern erreichen, klettert Felice über eine Holzpforte in den Garten eines vom Blenio Turismo verwalteten und zur Zeit unbewohnten Ferienchalets. Ich folge ihm, während Vittorina ihre Schritte beschleunigt und lautlos wie ein Schatten davonhuscht, froh, wieder allein zu sein, mit ihrem langen Zopf frei im Wind.

Aus seiner Shortstasche zieht Felice eine Plastiktüte. Die erntet ja doch keiner, diese Feigen hier, sagt er. Bis zum nächsten Sommer kommt nämlich keiner mehr her. Ist doch schade, sie den Vögeln zu überlassen, finde ich. Das sind späte Feigen, die hier. Er beißt in eine hinein. Sehr gut. Der einzige Baum mit spätreifen in Leontica.

Mit der Tüte voller Feigen machen wir uns auf den Heimweg. Bei einem verfallenen Stall begegnen wir Emilio, der im hohen Gras herumstöbert. Ein Salatblatt in der Hand.

Bòn, hier findest du bestimmt einen, sagt Felice und geht weiter.

Ich beobachte Emilio. Der sich auf einmal zufrieden aufrichtet. Mit etwas in den Fingern. Hab einen, sagt er. Er wickelt dieses Etwas in das Salatblatt, formt eine walnussgroße Kugel, steckt sie in den Mund und schluckt sie unzerkaut herunter.

Ich hole Felice ein. Was hat er denn da gegessen?

'nen Nérc.

He?

'nen Nérc. 'nen Schneck.

Eine Schnecke?

Aé. Gegen sein Magengeschwür.

Auf dem Weg ins Haus reißt er im Vorbeigehen ein Unkraut aus. Ich mache die Tür hinter mir zu, aber er macht sie wieder auf und auch die Fenster. Um die Sonne hereinzulassen, sagt er. Er legt die Feigen in eine Pappschachtel und sagt dann, komm mit. Wir gehen ein paar Steinstufen hinunter und stehen in seinem Keller. Der Boden aus gestampfter Erde, die gewölbte Steindecke voller Spinnweben und schwarzer Spinnen dick wie Hosenknöpfe und mit langen, haarigen Beinen. Oben ein kleines, offenes, nach Osten gehendes Fenster, das von einem Drahtgitter geschützt wird. Von der Decke hängen, so, dass die Mäuse nicht hinaufklettern können, einige Holzregale, die sich biegen unter dem Gewicht von Zwiebeln, Äpfeln, Kartoffeln, Möhren, Eiern, Knoblauch, Käse, Marroni, Walnüssen, Haselnüssen und Kisten und Kistchen mit allem, was das Herz begehrt. An einem Nagel an der Wand hängt eine Plastiktüte mit gespülten Joghurtgläsern. Alles ordentlich wie im Supermarkt. Er stellt die Schachtel mit den Feigen auf ein Regalbrett und sucht zwei rote Äpfel aus, wir gehen hinaus in die Sonne, setzen uns auf die Steinbänke und beißen hinein.

Als er seinen aufgegessen hat, geht er hinüber und wirft das Gehäuse auf den Haufen aus Obst- und Gemüseabfällen und Asche. Nachdem ich meinen gegessen habe, werfe ich das Gehäuse ebenfalls auf den Kompost.

In der Küche macht er sich an der Sarina zu schaffen. Mit einer Eisenschaufel entfernt er die Asche durch die untere Ofenklappe und füllt sie in einen Blecheimer. Um sie anschließend auf den Kompost zu kippen. Ich gehe in den Schuppen Holz holen und zünde das Feuer an. Felice sieht mir aus dem Augenwinkel zu und lässt mich machen, ohne etwas zu sagen, dann setze ich mich draußen zu ihm auf die Granitbank.

Er hat den krummen Stamm des Birnbaums im Blick. Ich sehe mich um. Eine Weile schaue ich einer Wolke zu, die über das Tal südwärts reist, dann betrachte ich die

Berge. Der Adula mit seinem Gletscher im Kampf gegen die Klimaerwärmung, gezwungen, jeden Tag ein Stück Geschichte, unserer Geschichte, bachab gehen zu lassen. Seine Erinnerungen immer kümmerlicher wie bei einem alzheimerkranken Alten.

Hinten in der Gasse sehe ich den Kopf der Postbotin Alfonsa auftauchen. Sie kommt mit ihrer gelben Umhängetasche an Vittorinas Briefkasten vorbei, bleibt aber nicht stehen, sondern hält geradewegs auf uns zu. Hier, Felice, ich hab was für dich. Ich schätze, du wirst zur Kasse gebeten, sagt sie. Nimm, das ist die Stromrechnung. Aber der hier, wo kommt der denn her, Felice? Aus China?, fragt sie spitzgesichtig und wedelt mit einem Brief mit handgeschriebener Adresse.

China?, wiederholt Felice und späht von dem Brief der Stromgesellschaft auf den in der Hand der Postbotin.

Na, mit so einer Briefmarke, wo man überhaupt nicht kapiert, was da drauf steht, sagt sie und reicht ihm den Brief.

Felice mustert ihn von vorn und hinten, dann zeichnet sich ein ungläubiger Ausdruck auf seinem Gesicht ab.

Ich frage sie, ob sie auch etwas für mich hat.

Nein, antwortet sie. Aber da hängt eine Tüte an der Tür. Sie wünscht uns einen schönen Tag und trägt hinter uns bei der Lehrerin Sabina ihre Post weiter aus. Bobi bellt.

Ich gehe mal nachsehen, sage ich zu Felice. Er scheint mich gar nicht zu hören, sitzt wie versteinert da, als hätte er einen Bescheid über eine Zwangsvollstreckung erhalten, und starrt auf den Umschlag mit der handgeschriebenen Adresse und der unlesbaren Briefmarke.

In der Tüte sind zwei Zucchini wie die, die ich auf Felices Küchenschrank gesehen habe. Vittorina wird sie mir gebracht haben. Ich gehe ins Haus und setze einen Topf mit Wasser auf. Dann suche ich im Küchenschrank nach etwas, das ich Vittorina für weiteres Gemüse geben kann, auch wenn Felice mir von seinem geben würde. Ich entscheide mich für ein Glas mit getrockneten Pilzen, die ich oben bei Cassina im Kiefernwald am Nara gesammelt habe. Damit gehe ich zu Vittorina zum Tauschen. Sie dankt mir, mèrsi, und lässt mich ernten, was ich möchte. Ich nehme zwei oder drei Mangoldstangen, eine Gemüsezwiebel, Spinat und einen kleinen Blumenkohl. Dabei sehe ich zu Felice hinüber, der immer noch so dasitzt wie vorhin.

Ich gehe wieder zu mir nach Hause. Das Wasser brodelt schon. Im Nu habe ich das Gemüse geschnitten, lasse es für die Dauer eines Telefongesprächs kochen, tue dann den Deckel drauf, mache den Herd aus und kehre zu Felice zurück.

Er lässt sich auf der Granitbank von der lauen Sonne wärmen, reglos und starr wie eine Aspisviper, die Augen geschlossen, den einen Brief in die Hemdtasche gesteckt, den anderen in der Hand. Mir bleibt keine Zeit, mich zu setzen, denn er steht auf, steckt auch den zweiten Umschlag ein und sagt, auf.

Im Auto verharrt er zunächst gedankenverloren, die linke Hand am Lenkrad, den gezückten Zündschlüssel in der rechten. Dann steckt er ihn ins Schloss, um den Suzuki anzulassen, der jedoch kein Lebenszeichen von sich gibt. Da kommt er wieder zu sich, sieht mich an und sagt, schiebst du? Ich steige aus, er rollt heraus, ich helfe ihm beim Manövrieren, kurz anschieben und los gehts.

Wir fahren über den halb verlassenen Platz. Vor dem Gemeindehaus steht der Haflinger von Sosto mit dem kleinen Anhänger, die leeren und schon gespülten Milchkannen auf der Ladefläche. Die Tür zum Milchdepot steht offen. Ich sehe ihn drinnen, wie er gerade den Fliesenboden abspritzt, den riesigen Kühltank hinter sich. Gummistiefel, Parisienne im Mund, die Augen auf den Gully gerichtet.

Am Dorfausgang, auf Höhe der ersten Kehre talwärts, gießt die Stumme, dreiundneunzig Jahre alt, ein Alpenveilchen vor der Wegkapelle des heiligen Christophorus, Schutzheiliger der Wanderer. Ein langer Riss, das Bild abgeblättert und ein brennendes Grablicht. Felice bremst ab und hupt, doch sie sieht uns nach, ohne den Gruß zu erwidern. Wirft uns vielmehr einen finsteren Blick zu, mit ihrem vom grauen Star getrübten Auge.

Ciao, Stumme, sagt Felice, obwohl sie ihn nicht hören kann. Auch alles nur so ein Humbug, wenn du mich fragst.

Was ist Humbug?

Zu meiner Zeit waren sie alle so ein bisschen die Frömmler, reden wir nicht drumrum. Rannten immer in die Kirche, sobald der Pfarrer am Glockenseil zog. Hupen, Kurve.

Ja, früher, sage ich. Heute sind es nur noch die paar wenigen, die hingehen.

Nach längerem Schweigen, als das Thema mit diesem kurzen Wortwechsel schon beendet scheint, räuspert er sich und sagt, aé, irgendeinen dummen Dorsch zum Ausnehmen finden sie immer noch. Aber jeder macht halt das, woran er glaubt. Und außerdem, fügt er hinzu und schaltet vor der nächsten Kurve in den Zweiten herunter, hupt. Und außerdem, wenn du mich fragst, glaube ich nur an gegenseitige Achtung. Die Leute achten und akzeptieren wie sie sind und basta.

Er sieht aus dem Augenwinkel, wie ich nicke. Wenn man mit Felice zusammen ist, kommt das Gespräch oft auf Scheinheilige, Schurken und Hochstapler, auf die Ungerechtigkeiten der Welt und den Tod.

Aber Felice. Wenn wir sterben, was wird dann aus uns?

Wenn wir krepieren, werden wir alle zu Kompost, alle miteinander, denn alle haben wir rotes Blut, Diener und Herren, Schöne und Hässliche, Dummköpfe, Doktoren, Bauern, Priester, alle in ein Loch, zwei Meter unter die Erde und amen, und das ist die reinste schönste Wahrheit, die es immer gegeben hat und an der sich nie was ändern wird, antwortet er in einem Atemzug und ohne eine Miene zu verziehen.

Stimmt Felice. Stimmt.

Er sieht mich kurz an, wie um sich zu vergewissern, dass ich wirklich seiner Meinung bin. Die einzigen Wahrheiten, fährt er fort und schaut wieder auf die Straße, sind Geburt und Tod, so seh ich es. Dazwischen ist der ganze Rest. Wie ein Fluss, der an uns vorbeifließt. Und wir verbringen unser Leben damit, ihm beim Fließen zuzusehen, bis unsere Batterie den Geist aufgibt.

Ich stelle ihn mir vor, den Felice. Friedlich in seinem Winkel an einem Ufer, wo er das Leben vorbeifließen sieht, still und allein.

Stimmt. Stimmt. Und du, willst du mal eine richtige Beerdigung?

Er nimmt den Fuß vom Gas, starrt lange auf die Straße, atmet dann tief durch und lässt das Fenster ein wenig herunter, tritt wieder aufs Gas und sagt, ach, wenn meine Batterie den Geist aufgibt, können sie mit mir machen, was sie wollen.

Nach zwei Serpentinen redet er weiter, Beerdigung, sagt

er beinahe gleichmütig. Beerdigung ... Wenn du mich fragst, ist es besser, wie manche Tiere es machen, die zum Sterben in den Wald gehen, dann fressen dich die Füchse auf und amen. Er lässt das Fenster noch ein Stück herunter, schaltet in den Zweiten, hupt, Kurve.

Denn sonst nämlich nehmen sie dich aus wie einen dummen Dorsch, sogar noch, wenn du tot bist, reden wir nicht drumrum. Sie rasieren dich und waschen dich mit einem Lappen ab und spritzen Parfüm auf dich, und dann kämmen sie dich und pudern dir auch noch das Gesicht wie bei einer Frau, und dann ziehen sie dir den Sonntagsanzug an. Den viele noch nicht mal haben, obendrein. Nächste Kehre, nächstes Hupen.

Sie richten dich blitzblank her wie sonst was, ist doch wahr. Lassen dich zwei- oder dreitausend Franken berappen, falls das reicht. Und dann werfen sie dich in ein Loch und amen. Hupe und Kehre. Er lässt das Fenster ganz herunter, sodass ich das Kinn im Rollkragen meines dicken Pullis vergraben und die Arme um die Brust verschränken muss.

Wir kommen zur Post von Acquarossa unten im Tal. Er zieht einen der Umschläge aus seiner Hemdtasche, sieht mich an, der Strom, sagt er, und aus der Hosentasche wieder dieses Bündel Scheine und geht die Stromrechnung bezahlen. Dabei hält er ein Schwätzchen mit dem Postbeamten, einem redseligen Typ, da hinter ihm niemand ansteht. Der ist seit kurzem mit Maria verheiratet, einer dreißig Jahre jüngeren Kolumbianerin, die in einer Trattoria in der Nähe arbeitet.

Hola Felice, sagt der Pöstler.

Aé. Gut. Und selber?

Und selber was, Felice?

Bòn, na dann. Machs gut.

Wir gehen und lassen ihn mit verdutztem Gesicht zurück. Felice steigt in den Suzuki, ich schiebe an, und wir fahren los.

Wir lesen Zeitung in der Bar Posta in Castro. Ich schlage die Stellenanzeigen auf, sehe aber nichts. Falte die Zeitung wieder zusammen. Felice hat gerade erst die zweite Seite von hinten umgeblättert. Ich bewundere seine Ruhe, seine Gelassenheit. Er verzweifelt nie. Noch nie habe ich ihn laut werden, noch nie fluchen hören. Ich kenne ihn nur heiter und zufrieden.

Ich bestelle noch einen Espresso und gehe dann Euro-Millions spielen. Am Tresen stehen ein paar Bauern mittleren Alters, die Bier trinken und laut krakeelen. Es ist noch nicht einmal zehn Uhr. Auch in dieser Bar, wie im Gallo Cedrone von Leontica, beginnt der Alkohol früh zu fließen.

Tito, der Vater von Giovanna, frühstückt jeden Morgen im Cedrone sieben Brioches mit zwei Gläsern Merlot. Ein Frühstück, wie es sich gehört, meint er. Die Wirtin Candida behauptet, er habe mit dieser Unsitte angefangen, seit er in Rente ist.

Wir verlassen die Bar Posta. Geparkt haben wir oberhalb an einer leicht abschüssigen, ungeteerten Straße. Es geht in südliche Richtung. Nach einem Kilometer, auf der Höhe von Prugiasco, bremst Felice und fährt rechts ran. Er steigt aus, geht ganz selbstverständlich zu einem Marronibaum hin und pinkelt an den Stamm. Wie oft er wohl in seinem langen Leben schon an diesen Baum gepinkelt hat. Dann bückt er sich nach etwas, einer Kastanie oder was weiß ich, und dabei fällt ihm der Umschlag mit der handgeschriebenen Adresse und der geheimnisvollen Briefmarke aus der Brusttasche. Er hebt ihn auf, mustert ihn, dreht ihn in den Händen herum. Bevor er ihn in die Hosentasche steckt, pustet er den Schmutz ab.

Er setzt sich wieder ins Auto, aber wir stehen auf einer gewellten Ebene, also steigen wir aus und schieben, er mit offener Fahrertür und ich an der Hecktür, so wie beim Zweierbob, der Steuermann links und sein Bremser hinten.

Wir sehen ihn über den Dorfplatz gehen. Schwarz gewandet, wadenkurze, an den Knien geflickte Hose, dazu ein Hemd mit unterm Ellbogen abgeschnittenen Ärmeln, ein bisschen knapp an den Hüften. Er steuert mühsam auf die Sakristei zu, einen Zwanzig-Liter-Farbeimer schleppend. Selbstgedrehte im Mund, triefäugig, strohige Haare, noch vom Kopfkissen platt gedrückt. Hinter ihm Brenno mit einer schiefen Holzleiter auf der Schulter, die er gerade aus Floros Toyota-Transporter geholt hat. Felice hupt einmal, um die beiden Kumpel zu grüßen, Brenno geht weiter, aber Floro dreht sich um und nickt, sagt dann etwas mit der Zigarette im Mund, die ihm dabei herunterfällt, worauf er anfängt zu fluchen und sich zu verrenken wie ein Wurm am Angelhaken und den Eimer fallen lässt, der schwer auf den Boden plumpst. Wir sehen ihm zu, ohne etwas zu sagen, denn das würde auch nichts ändern.

Kurz vor Vittorinas Maultier biegen wir auf einen Pfad ab und steigen unter den Drahtseilen des Sessellifts einen steilen Hang hinauf. Wir gehen nach vorn gebeugt, ziemlich lange, er vorneweg, die Hände auf dem Rücken verschränkt, während ich mich frage, wohin er will. Ich betrachte seine festen, sehnigen Waden und die schwieligen

Füße mit den viereckigen Nägeln, zehn Granitsplitter. Gehen immer weiter.

Beim Pfeiler Nummer fünf steigen wir in eine schattige Senke hinunter, voller Steine, die die winterlichen Lawinen mitgerissen haben. Wir überqueren einen schon länger ausgetrockneten Bach, um anschließend den gegenüberliegenden felsigen und sonnigen Hang wieder hinaufzusteigen, an dem noch blühender Augentrost steht. Hübsche weiße Blüten mit lila Streifen. Weiter oben ein Birkenwäldchen, die Bäume immer noch anmutig, obwohl sie schon kahl sind. Er bleibt stehen, sagt bòn und fischt eine Plastiktüte aus seiner Hosentasche. Ringsherum sehe ich nichts als Birken. Die langen Sonnenstrahlen fallen ungehindert zwischen den Zweigen hindurch. Gelbes und braunes Laub bedeckt den Boden. Er geht auf die Knie und beginnt, auf allen vieren einen Pilz hier, einen dort zu pflücken. Ich entdecke noch mehr. Es sind Täublinge, die ich noch nie gesammelt habe, weil man die guten leicht mit den ungenießbaren verwechseln kann. Ich helfe ihm. In kürzester Zeit haben wir die Tüte voll.

Die giftigen, erklärt er mir, sind glänzend. Sieh mal die hier, die glänzen nicht. Du kannst sie auch probieren, sagt er und beißt ein Stück vom Schirm eines Täublings ab. Mild im Geschmack. Die hier sind gut. Die giftigen sind bitter. Sie schmecken nach Bleichmittel.

Wir gehen ins Dorf hinunter, über die Tito-Brücke, die wegen eines Ereignisses in einer Sommernacht neunzehnhundertachtundsiebzig so heißt.

Es war gegen Ende August, ich erinnere mich noch gut, die Gewitter hatten gerade eingesetzt, die in den Bergen mit zwei oder drei Donnerschlägen den Sommer beenden. Seit Tagen regnete es wie noch nie, und der Gurundin schien des Teufels zu sein, so heftig brauste er herab. Alles kam mit runter, Schlamm, Steine, Grünzeug.

In dieser Nacht riss er mit Getöse die halbe Schlucht an der Sella-Hochebene zu Tal, und ein Granitfelsen so groß wie ein Traktor zerschmetterte die alte Brücke und kappte die Stromleitungen, sodass das Dorf zwei Tage lang im Dunkeln saß. Er sprang aus dem Bachbett, dieser Granitfelsen, und streifte um ein Haar Titos Haus. Und landete nach seinem irren Lauf beim Hühnerstall, den er zerstörte. Dort liegt er noch heute, wo Eschen gewachsen sind und ihn wie ein Rosenkranz umgeben.

Ich weiß noch, dass sich früh am nächsten Morgen das ganze Dorf unter Regenschirmen versammelte, um die Katastrophe zu bestaunen. Die einen von diesseits, die anderen von jenseits des Schlunds. Sogar der damalige Pfarrer war gekommen und sprach ein paar Gebete auf Latein. Um die bösen Geister zu vertreiben, sagten einige. Das Unglück, erwiderte Tito mit der kleinen Giovanna an der Seite, die ganz blass war. Als hätte sie den Teufel gesehen. Oder um Gott zu danken, dass nur zwanzig Hühner dran glauben mussten, denn es hätte auch viel schlimmer kommen können, meinten andere.

Mit der Tüte voller Täublinge gehen wir auf ein vor nicht allzu vielen Jahren renoviertes Haus zu. Der kleine Vorgarten ist gut gepflegt und schon für den Winter bereit, Töpfe mit Blumen und Gewürzpflanzen. Ein Steinmäuerchen und drei Stufen. Wir steigen sie hinauf, und da bauen sich unsere Schatten an der weiß getünchten Hausfassade vor uns auf. Reglos stehen sie da, zwei Meter entfernt. Als hätten sie uns schon wer weiß wie lange erwartet.

Felice klopft an die Tür, an der ein Plastikding mit der

Aufschrift Mi Casa Es Su Casa hängt. Eine Frau um die siebzig, kupferfarbene Dauerwelle, geblümte gelbe Schürze und hellblaue Crocs an den Füßen, reißt die Tür auf, begrüßt Felice mit dem aufgesetzten Überschwang einer Filmschauspielerin und bittet uns herein. Das ist La Radio, die Schwester des Postbeamten von Acquarossa und Witwe des seligen Bäckers von Leontica, eine gefürchtete Schwätzerin, die nicht zu stoppen ist, wenn sie einmal angefangen hat, und einen totredet. Von der Türschwelle aus spähe ich ins Haus. In einem Schirmständer stehen zwei Wanderstöcke. Felice sagt, dass er heute nicht hereinkommt, weil er es eilig hat, und übergibt ihr die Tüte voller Pilze. La Radio nimmt sie, wirft mit den Augen einer Besessenen einen Blick hinein und lässt einen Redeschwall vom Stapel, als hätte sie einen Fanfarenchor in der Kehle. Mir bleibt die Spucke weg.

Uaauuu, Felice, wie toll, dass du daran gedacht hast! Und dass du sie so schnell gefunden hast, wo ich es dir doch grad erst vor ein paar Tagen gesagt hab, nè, du erinnerst dich? Da hab ich gesagt, Felice, hab ich gesagt, ich brauch mindestens zwei Kilo Täublinge wie die, die du mir neulich gebracht hast, aber ich weiß nicht, ob du noch welche findest, wo doch der Winter da ist, weißt du noch? Aber uau, sieh nur, wie schön sie sind! Sieh dir den hier an, wie niedlich der ist, und der hier, uuuh. Toll Felice, dann kann ich jetzt gleich die Manu anrufen, damit sie raufkommt und sie holt, weil sie mich nämlich danach gefragt hat, weißt du, sie sind gar nicht für mich, sondern für die Manuela, die dieses Abendessen mit ihren Kolleginnen aus dem Büro unten in Biasca hat. Uau, sind die aber schön. Warte, ich muss sie dir ja noch bezahlen, nè. Wart kurz hier, dann bezahl ich dich wie beim letzten Mal, ists dir recht, wenn ich wie letztes Mal bezahle, ja? Und schlurft ins Haus hinein. La Radio hat eine Stimme wie ein Mann, weil sie so viel raucht. Um den Zigarettengestank zu überdecken, sprüht sie sich immer mit Parfüm ein und nimmt immer viel zu viel.

Bis Mitte der achtziger Jahre befand sich an der Rückseite dieses Hauses die Backstube des seligen Gilberto, Bäcker von Leontica. Er buk sein Brot in einem Holzofen und belieferte die Lebensmittelläden und Restaurants des Tals. Als Kind bin ich gleich nach dem Aufwachen einen noch warmen Pfund-Laib kaufen gegangen. Felice hat mir mal erzählt, wie er ihm manchmal im Winter geholfen hat, das Brot mit dem Muli auszuliefern, wenn die Straßen verschneit waren und kein Schneepflug kam.

Nach dem Tod des seligen Gilberto hat niemand das Geschäft übernommen, weil die erbarmungslose Konkurrenz zuerst der Coop- und Denner-Supermärkte im Tal und dann die einer neuen modernen Bäckerei mit elektrischem Ofen in Malvaglia dem Bäckerhandwerk in Leontica den Boden unter den Füßen weggezogen hat. Vor allem aber, weil es nicht zum Lebensstil der jüngeren Generationen passt, jeden Morgen um drei Uhr aufzustehen.

Träge schleicht eine weiße Katze aus dem Haus und reibt sich an unseren Beinen, ehe sie auf das Mäuerchen springt und sich in einem Terrakottatopf, aus dem seitlich ein paar Zweige eines dürren Salbeistrauchs herausragen, in der Sonne ausstreckt.

La Radio kommt zurück, schon wieder redend, vielleicht hat sie auch gar keine Pause gemacht, aber inzwischen hören wir ihrem Wortschwall nicht mehr zu, und gibt Felice einen Laib Formaggella-Käse. Er klemmt ihn sich rasch unter den Arm und sagt mèrsi, Elvezia, sie geben sich die Hand, dann fragt sie, aber wer schreibt dir denn aus China?, frontal wie ein D-Zug.

Felice guckt verdutzt und überlegt eilig, was er sagen soll, aber sie kommt ihm zuvor, nein, hör zu, sagt sie, wenn es ein Geheimnis ist, brauchst du es mir nicht zu sagen, ich bestehe doch nicht darauf. Jeder hat schließlich seine Geheimnisse, nicht wahr, Felice?, und sieht ihn dabei an, als wolle sie ihm eine Antwort abringen. Doch Felice hat sich wieder gefangen und lächelt sie an, und da sagt sie, denk an die Kakis, sagt sie, das Thema wechselnd. Aber bring mir nur so zwanzig, wie letztes Jahr, denn sonst schaff ich es nicht, sie aufzuessen, und sie werden mir schlecht. Und wenn ich zu viel davon esse, weißt du, muss ich dauernd aufs Klo, zischt sie verschämt. Felice räuspert sich und erwidert, dass er in den nächsten Tagen welche pflückt und ihr eine Tüte voll bringt, worauf sie ihm dankt. Auf einmal nimmt sie meine Anwesenheit wahr und gibt mir die Hand.

Gut. Also ciao, Felice, nè.

Ciao Elvezia, machs gut.

Ja, machs gut. Bòn. Ciao.

Aé, ciao.

Die Tür geht zu. Felice atmet auf, fährt sich mit der Hand übers Gesicht und sieht mich an. Mit Augen wie ein von Autoscheinwerfern geblendetes Tier.

Was für eine Schnattergans, flüstert er. Mit einer Zunge wie der ist nicht zu spaßen, um es klar zu sagen. Die weiße Katze in ihrem warmen, bequemen Eckchen öffnet ein Auge und bespitzelt uns. Felice streichelt sie und spricht halblaut mit ihr, worauf sie aufsteht und gähnend zuerst die Hinterbeine, dann die Vorderbeine streckt und uns schließlich ein paar Schritte folgt, ehe sie sich am Straßenrand wieder in der Sonne aalt, dabei mit dem Schwanz über den Asphalt fegt.

Auf der Tito-Brücke flitzt Giulia mit ihrem Puch-Moped an uns vorbei. Frisierter Motor und dicker Polini-Auspuff, der einen Höllenlärm macht. Großer Vespa-Sattel und kein Kennzeichen. Iron-Maiden-Sweatshirt und kein Helm. Lange Haare im Wind. Vielleicht kommt sie aus der Schule, vielleicht hat sie auch geschwänzt. Seit einigen Wochen sehe ich sie oft zusammen mit ihrem großen Bruder Anselmo, sechzehn Jahre alt, an den Rollern und Mopeds und Motorrädern im Hof bei ihnen zu Hause herumbasteln. Und tatsächlich, am Ende der Straße stößt ihr Bruder mit einer hundertfünfundzwanziger Enduro zu ihr, dicht gefolgt von seiner Freundin, einem blonden Mädchen aus Lottigna mit einer roten Puch Maxi, und die drei Biker brettern knatternd hinauf Richtung Nara. Felice sieht mich belustigt an. Die müssen auch ihre Dummheiten machen, sagt er.

Vor dem Gallo Cedrone unterhalten sich die Wirtin Candida und Floro beim Rauchen im harten Dialekt des Tals. Sie, siebenundzwanzig Jahre alt, betrachtet ihr Spiegelbild im Fenster des Lokals und zupft sich die Haare über der Stirn zurecht. Eine attraktive, natürliche junge Frau mit kurz angebundener Art. Tolle Kurven und standfest wie ein Nussbaum. Anschauen aber nicht anfassen, denn sie kann mit einem Fausthieb mal eben ein Kalb niederstrecken. Floro sagt zu ihr, dass er nun die Sakristei neu verputzt, weil Schimmel aus der Wand gekommen ist. Und dass der Pfarrer ihn vielleicht auch die Küche streichen lässt, aber er hat sie ihm eigentlich erst vor ein paar Jahren gemacht, also weiß ich nicht, sagt er. Er ist von Kopf bis Fuß mit Putz bespritzt und jetzt schon in der Bar, um ein Päuschen zu machen. Dann erzählt er ihr vom Raclette-Essen gestern Abend in Genzianella, bei dem etwa vierzig Personen vom Skiclub Negrentino waren. Er und Kevin haben ein bisschen gespielt. Ich mit der Gitarre, sagt er, kann jedoch nicht weitererzählen, weil ihn plötzlich ein furchtbarer Hustenanfall überkommt. Er zieht Schleim hoch, macht einen Schritt und rotzt mitten auf die Straße, sieht uns herankommen und hebt grüßend die Hand.

Und Kevin mit der Ziehharmonika?, fragt Candida.

Aé, dein Bruder mit seiner Ziehharmonika, und los gings. Wir haben dann bis um zwei oder so gespielt. Warn wir voll. Mamma mia, warn wir voll, sagt er lachend. Dann hustet er wieder und erstickt fast, seine Augen tränen, während wir an ihm vorbei nach Hause gehen.

Er bringt den Käse in den Keller, und als er zurückkommt, sage ich, dass ich ihn zu mir zum Mittagessen einladen möchte.

Ich setze die Minestrone auf und decke den Tisch, er sieht sich neugierig um, ohne etwas zu sagen. Ich habe den Fernseher nicht angemacht. Ich habe das Radio nicht angemacht. Ich habe den Computer nicht angemacht. Wir sitzen einfach da und warten schweigend, dass die Minestrone heiß wird. Das letzte Mal war er vor einem Jahr hier, als er mir geholfen hat, einen schweren Schreibtisch hinauf ins Schlafzimmer zu tragen, wir haben Blut und Wasser geschwitzt, um ihn die Treppe hochzubringen.

Ich stelle zwei Teller voll dampfender Suppe hin und bitte ihn zu Tisch. Er steht von meinem Sessel auf, nimmt sich einen Teller, tut den Löffel hinein und geht hinaus in den Garten, wo er sich auf ein Steinmäuerchen setzt, mit seinen kurzen Hosen und dem kurzärmeligen Hemd, barfuß. Also trage ich auch meinen Teller und etwas Brot und

Käse hinaus. Ich setze mich auf einen Holzstuhl unter der kleinen Pergola mit den jetzt kahlen Americano-Reben. Wir essen ohne Eile. Die einzigen Geräusche, die wir machen, sind die unserer Löffel in den Suppentellern.

Als wir fertig gegessen haben, frage ich ihn, ob er noch mehr möchte, ich habe reichlich gemacht, sage ich, aber er antwortet nicht. Vielleicht hat er mich nicht gehört, wie er dort versonnen auf dem Mäuerchen sitzt, den Blick am Simano verloren, in den engen, steilen Rinnen, die den alten Schnee festhalten. Nach einem langen Moment jedoch sagt er, dass ich den Rest abfüllen soll.

Ich ziehe die Plastikkanne mit dem Deckel unter der Spüle hervor, mit der ich als Kind Milch holen ging.

Ohne anzuklopfen macht Felice die Tür auf, und wir treten ein. Emilio liegt hingefläzt auf der Sitztruhe in der Ecke seiner Küche. Er hält ein Nickerchen. Aus einem alten kleinen Grundig-Radio sind auf Rete Uno die Nachrichten zu hören.

Die Arbeitslosenquote im Tessin ist erneut gestiegen. Von drei Komma neun Prozent im September auf vier Komma vier im Oktober, verkündet eine weibliche Stimme.

Der Sparherd, der gleiche wie bei Felice, wärmt den Raum. Er schlägt die Augen auf, kommt zu sich, begrüßt uns. Seine abstehenden Haare erinnern an eine umgedrehte Drahtbürste. Felice bedeutet mir, die Kanne auf den Tisch zu stellen, und fordert seinen alten Freund auf, ihm zu folgen. Er öffnet eine Tür und macht zwei Schritte in den Flur, der zur hinteren Hausseite führt. Emilio setzt sich auf, reckt den Hals und mustert ihn, schließlich steht er auf, streckt sich, zieht den Kamm aus der Gesäßtasche seiner Hose und kämmt sich die Haare nach hinten, bevor er zu ihm geht.

Ich belade die Sarina und werfe einen Blick durch das Fenster ohne Vorhänge oder Gardinen. Hinter den Kaninchenställen drei Ferienhäuser mit geschlossenen Fensterläden. Auf dem Dach des entferntesten sonnt sich eine Katze. Im Hintergrund, im Norden, haben sich graue Wolken um die höchsten Berggipfel zusammengeballt.

Im Flur ein Ausruf von Emilio. Ich drehe mich zur Tür um und sehe sie, zwei Alte über einen mit blauer Tinte geschriebenen Brief gebeugt, ihre Gesichter gerührt und staunend. Sie merken, dass ich sie beobachte, Felice faltet den Brief sorgfältig zusammen, schiebt ihn in den Umschlag und steckt ihn in die Tasche.

Felice bringt die Gurken und die Kartoffeln, Ergebnis des Minestrone-Tauschhandels, in den Keller, während ich die Sarina anfeuere. Die jedoch nicht gut zieht und qualmt. Als er wieder nach oben kommt, hustet er und öffnet Fenster und Haustür. Dann macht er die untere Klappe des Herds auf und reguliert mit dem Hebel den Rauchabzug. Schlechtes Wetter, sagt er.

Tiefdruck?

Aé, Tiefdruck.

Jetzt zieht die Sarina besser. Felice bringt Wasser zum Kochen und streut verschiedene getrocknete Blätter und ein paar getrocknete Blüten hinein. Ich mache die Fenster wieder zu, zwei dumpfe Schläge hallen in der kahlen Küche wider. Außer der Sarina, der Pappschachtel voll getrockneter Kräuter und Blüten, dem Topf mit dem Lochdeckel, dem Spülbecken mit dem tropfenden Wasserhahn, den beiden knarrenden Stühlen, dem Tisch ohne Tischdecke und mit leerer Schublade, dem Blecheimer für die Asche, der von der Balkendecke hängenden Fünfundzwanzig-

Watt-Birne und dem Küchenschrank, der zwei, drei Dinge enthält, und den beiden Schirmen und dem Besen und einer orangefarbenen Jacke hinter der Tür gibt es nichts. In dieser Küche, wie überhaupt im ganzen Haus, gibt es nur das Notwendigste. Keinen Firlefanz.

Felice, wo bist du eigentlich geboren?, frage ich unvermittelt, während ich zwei dampfende Tassen auf den Tisch stelle.

Hier, antwortet er, als wäre es das Selbstverständlichste von der Welt. Ich bin da oben geboren, fügt er hinzu und blickt kurz die schmale Treppe hinauf.

Wir gehen unter das Schuppendach, um Holz zu machen, er spuckt in die Hände und greift sich die Axt.

Wir waren insgesamt sechs Brüder und eine Schwester, erzählt er, und zack ein Axthieb. Alle zu Hause geboren, und zack der nächste Hieb. Die beiden ersten waren Zwillinge, aber sie sind beinahe sofort gestorben, zack. Sie waren zu mickrig, Siebenmonatskinder, wieder ein Hieb. Dann wurden noch zwei Jungen geboren, die ein bisschen länger überlebt haben als die ersten beiden, zack ein ordentlicher Hieb auf einen Astknoten. Aber nicht sehr viel länger, sagt er und holt Luft, dreht dabei das Stück Holz herum, das sich nicht beim ersten Hieb spalten ließ. Dann ist die Evelina zur Welt gekommen, zack, und zwei Jahre später ich. Er richtet sich auf, sieht zu mir und deutet ein Lächeln an. Und dann der kleine Bruder. Mein kleiner Bruder.

Mit der Säge in der Hand stehe ich gebannt da und sehe ihm zu, wie er erzählt.

Damals, wenn einer krank wurde, wurden alle krank, und mancher hat dabei den Löffel abgegeben, und zack ein kräftiger Axthieb. Elende Zeiten waren das, damals.

Hatten ja nicht all die Medizin und die Krankenhäuser und Krankenwagen, und ein weiterer Hieb. Also hat hin und wieder einer den Löffel abgegeben, und man konnte nichts anderes tun als weitermachen. Es hinnehmen und ertragen und weitermachen. Er wirft mir einen Blick zu. Na los, sagt er, bald kommt der Schnee. Und zum Glück können wir nicht über das Wetter bestimmen, und das ist eine andere schöne große Wahrheit. Ich mache eine zustimmende Geste und fahre fort zu sägen, sägen, sägen.

Bis vor etwa fünfzehn Jahren ist Felice noch zusammen mit Emilio in den Wald gegangen, um Holz zu schlagen. Jetzt lassen sie es sich von Brenno, Sostos Bruder, in den Schuppen bringen. In anderthalb Meter langen Stücken. So haben sie noch etwas zu tun, um sich die Zeit zu vertreiben, indem sie sägen und hacken.

Die Sonne geht unter und macht der kalten Luft Platz, die vom Adula herunterweht, dem Dach des Tessins mit seinen dreitausendvierhundertnochwas Metern. Wir hören mit dem Holzmachen auf. Er fragt mich, ob ich auch ein bisschen was für meinen Kamin will, aber ich antworte, dass mein Holzschuppen voll ist und ich außerdem noch den Ölofen habe.

Wir ziehen uns ins Haus zurück. Machen das Licht an und setzen uns, um den Rücken auszuruhen.

Der Schnee kommt, sagt er nach einer langen Weile. Er steht auf und geht in den Keller hinunter und kehrt mit einem Paar alter Bergschuhe mit genagelten Sohlen zurück. Das Leder ist ganz trocken und hart wie seine Fußsohlen.

Neu?

Ach was, die stiefeln schon ein Weilchen durch die Gegend, die hier.

Vom Militär?

Aé, vom Militär.

Wo hast du den Militärdienst gemacht?

Airolo.

Wie war es?

Na ja. So gut erinnere ich mich nicht mehr daran. Wir werden schon ziemliche Deppen gewesen sein. Wie alle anderen auch, reden wir nicht drumrum. Sie haben dir befohlen, ein Loch zu graben, und du hast es gemacht. Dann haben sie dir befohlen, es wieder zuzuschaufeln und ein anderes zu graben und so weiter.

Aus einem der Bergschuhe holt er eine Blechdose mit einem dunklen, stark riechenden Fett heraus und aus dem anderen einen schmutzigen, schmierigen Lappen, immer noch der vom Militärdienst, schätze ich.

Einmal, erzählt er, während er sie einfettet und poliert, waren wir oben auf dem Gotthard zum Schießen. Mit Karabinern. Es war im Sommer. Im August, ich erinner mich gut. Sie ließen uns auf so Panzerattrappen schießen. Gemalt, auf Leinwand. Wie ein großes Gemälde, dort vor dem Berg aufgestellt, und sie haben täuschend echt gewirkt, diese Panzer. Richtig gut gemalt und so. Aber um es klar zu sagen, mir kam das alles wie Zeitverschwendung vor, denn Dummheiten machten wir wahrlich schon genug. Jedenfalls gab es dort oben eine Alp. Und überall Kühe. Also mussten wir die Kühe erst mal vertreiben, um schießen zu können. Einer ging rauf und verscheuchte sie, zeigt er mit entsprechender Geste. Felice erzählt von diesen Dingen mit leiser Stimme.

Eines Tages war ich damit dran, sie zu verscheuchen. Ich nehm also meinen Rucksack und geh rauf in Richtung Gipfel. Dann mach ich einen Heidenlärm mit einem Stock und einem eisernen Topfdeckel. Schreie schu, schu, weg da, los. Ich hatte sie alle runtergetrieben, es waren über hundert, da runter, wo die Ställe und der ganze Rest waren. Aber eine muss mir entwischt sein, die ist oben auf der Höhe geblieben. Jedenfalls hat einer sie abgemurkst. Hat mit dem Karabiner auf sie geschossen. Und ich hab ein Riesentheater gemacht, hab ich da. Sodass sie mich sogar zu einem Doktor unten in Bellinzona gebracht haben. Einem gewissen Doktor Martinelli, das weiß ich noch. Martinelli in der Via Stazione. Von da an hab ich mein Lebtag keinen Schuss mehr abgegeben. Er macht die Blechdose zu, wickelt sie in den schmierigen Lappen und sieht mich an, als warte er auf einen Kommentar oder meine Billigung. Aber was soll ich dazu sagen?

Die Dunkelheit ist ins Tal eingedrungen. Wir sitzen in der Küche und schneiden ein paar Kastanien ein, um sie auf der Sarina zu rösten. Nachdem wir sie auf die Platte gelegt haben, macht er die Fenster und die Tür auf, um den Rauch hinauszulassen. Ab und zu wendet er sie mit den Fingern. Ich mache mit, einmal er und einmal ich. Er breitet Zeitungspapier auf dem Tisch aus. Wir essen sie.

Als wir fertig sind, sammelt er die Schalen in dem Papier und bringt sie hinaus auf den Kompost. Er kommt wieder herein, faltet die Zeitungsseite zusammen und legt sie in eine Schublade des Küchenschranks, aus der er anschließend ein Buch nimmt. Er setzt sich und beginnt zu lesen. Ich rutsche auf dem Stuhl herum, weil ich keine bequeme Haltung finde, möchte mich in meinen Sessel sinken lassen. Felice dagegen macht keinen Mucks. Er scheint ganz eins mit dem Stuhl und dem Buch zu sein.

Was liest du da?

Das Buch hier, antwortet er und hebt es ein Stück an, ohne von seiner Lektüre aufzusehen.

Ich war mit dem Kopf auf dem Tisch eingenickt. Felice hat mich geweckt, als er das Buch zurück in die Schublade legte. Es ist Abend geworden, und er sagt, dass er jetzt Abendessen macht und ich einfach sitzen bleiben und zusehen soll.

Er geht in den Keller, ich höre ihn herumkramen, kommt mit Zwiebeln, Kartoffeln und Knoblauch wieder. Er wäscht die Kartoffeln, schält die Zwiebeln und den Knoblauch. Schneidet alles klein und bringt es zum Kochen. Dann geht er hinaus und kommt nach einer Minute mit einem Bündel Löwenzahnblättern in der Hand wieder herein, das er in den Topf wirft. Er schneidet Brot auf und legt es zum Rösten auf die Sarina.

Mit vollem Bauch und vor Müdigkeit zufallenden Augen spüle ich die Teller. Felice belädt die Sarina und lässt die Klappe offen, setzt sich und sieht lange ins Feuer, der rote Widerschein flackert über sein Gesicht, das nur auf der Stirn und um die Augen herum ein wenig runzelig ist. Dann füllt er den Lochdeckeltopf mit heißer Glut und geht damit ins Schlafzimmer hinauf, kommt kurz darauf die Treppe wieder herunter und putzt sich die Zähne. Ich sage ihm Gute Nacht und gehe nach Hause.

Drei

Viertel nach fünf. Als ich die Tür aufmache, trifft mich ein kalter Windstoß ins Gesicht, kälter als an den vorigen Tagen. Ich ziehe meine Jacke über. Blicke aufs Thermometer. Ein Grad. Im Lichtkegel der Straßenlampe sehe ich Wasser und Schnee fallen. Wer zwingt mich denn dazu? Ich blicke ans Ende der Gasse. Bei ihm ist alles dunkel.

Ich trete ein und mache das Licht an. Meine Atemwolken sind zu sehen. Gehe in den Schuppen, um drei Holzscheite zu holen, finde mich tastend zurecht.

Mit ein bisschen Gepolter feuere ich die Sarina an und setze Wasser auf. Doch er wird nicht wach. Mich packt die Angst. Ich gehe zu der schmalen und steilen Treppe. Felice, rufe ich. Keine Reaktion. Ich steige zwei Stufen hinauf und will ihn gerade erneut rufen, da knarrt die Holzdecke, die Tür geht auf, und er kommt herunter, splitternackt und mit einem Bündel Kleidern unterm Arm.

Er hat nur wenig Wintersachen. Die vergangenen Jahre habe ich ihn stets mit diesen genagelten Armee-Bergschuhen gesehen, einer überall geflickten Arbeitshose aus Baumwollflanell, einem handgestrickten Wollpullover und manchmal einer orangen Winterjacke aus Gore-Tex von den SBB. Er legt das Bündel auf den Tisch und zieht sich an, bei den Socken beginnend. Die habe ich ihm letztes Jahr auf dem Weihnachtsmarkt von Leontica gekauft. Jedes Jahr schenke ich ihm ein Paar. Die hier hat die Osvalda aus Corzoneso gemacht, die das ganze Jahr über Strümpfe für die diversen Märkte im Tal strickt. Felice schlüpft in die Flanellhose, ein Unterhemd und den Wollpullover und setzt sich an den Tisch.

Nach dem Frühstück putzt er sich die Zähne und zieht die Schuhe an, sie sind etwas weniger spröde als gestern Abend, aber na ja. Er nimmt zwei Schirme und die orange Jacke von einem Nagel hinter der Tür und sagt bòn, auf. Die Jacke hat ihm Richetto geschenkt, der Maschinenschlosser unten im Bahnbetriebswerk in Bellinzona war. Richetto ist der Vater von der Lehrerin Sabina, der Wirtin Candida und Kevin. Als er in Rente ging, hat er seine ganze im Laufe der Jahre angesammelte Arbeitskleidung der Schweizerischen Bundesbahnen weggegeben, weil er sie nicht mehr um sich haben wollte.

Kaum haben wir die Nase aus dem Haus gesteckt, fängt Vittorinas Muli an zu wiehern, einen halben Kilometer weit entfernt. Es wittert uns, dieses Tier.

Weiterhin fällt Schneeregen. Alles ist mit einer schweren, glitschigen Soße bedeckt, auf dem Schirm das Trommeln der Wassertropfen. Im Haus der Lehrerin Sabina schlägt Bobi kurz an, als er uns vorbeigehen hört. Mir wird allmählich warm, weil wir so schnell gehen, schneller als sonst, Felices genagelte Bergschuhe klackern auf der Straße. Das Muli kommt uns nicht entgegen. Wir sehen es undeutlich unter seinem Blechdach dampfen.

Te', te', macht Felice. Das Tier schüttelt den Kopf und stampft mit den Hufen, unschlüssig, ob es bei dem Mistwetter herauskommen soll, um sich streicheln zu lassen, oder lieber im Trockenen bleibt. Schließlich öffnet es das Maul und stößt ein Wiehern aus, das im Tal widerhallt.

Wir gehen zu Sosto hinein und trinken frisch gemolkene Milch. Sosto kippt einen Schuss Grappa in seine. Die Melkmaschine macht beruhigende Geräusche. Eine Kuh muht, und wir drehen uns alle drei zu ihr um, sie glotzt uns an, als wollte sie sagen, na und?

Während wir den Schotterweg entlanggehen, lässt das Prasseln des Schneeregens auf dem Schirm allmählich nach, bis es zu leisem Schneien wird. Inzwischen liegt frisch und weiß bestimmt eine halbe Handbreit Schnee unter unseren Füßen, und die Flocken schimmern im Licht der Straßenlaternen. Hinter der zweiten Brücke machen wir die Schirme zu und benutzen sie als Wanderstöcke, um durch den dunklen Kiefernwald hinaufzusteigen.

Das Ave-Maria-Läuten dringt wie durch Watte zu uns, vom Schnee gedämpft. Wir bleiben stehen, aber nur zwei oder drei Schläge lang.

Vom Knacken trockener Zweige oder von schnell davonspringenden Hirschen ist nichts zu hören, der Wald ist still. Die einzigen Geräusche kommen von unseren Schritten auf dem harten Boden und den Steinen und von unserem Atem. Mir fällt auf, dass der Geruch des Harzes im Dunkeln intensiver wirkt.

Wir erreichen die Gumpe. Sehen kann ich sie nur mit Mühe, aber ich erahne sie, ein schwarzer Fleck, der unablässig murmelt. Ich bin durchgeschwitzt von der Anstrengung, mit Felices Schritt mitzuhalten. Er hat eine ganz eigene Art der Fortbewegung, als würde eine innere Trommel den Rhythmus vorgeben. Streckenweise geht er gemächlich, die Hände auf dem Rücken verschränkt, plötzlich beschleunigt er zum Laufschritt, um dann wieder langsamer zu werden.

Aus dem Kiefernwald kommend, trafen wir plötzlich auf eine Mondlandschaft. Die frische Schneedecke reflektierte das zaghafte Licht des neuen Tages und erschien uns als ein bleigraues Bettlaken, das die gesamte Berglandschaft bedeckte.

Wie gestern bedeutet er mir, als Erster hineinzusteigen, aber ich winke ab. Zuerst muss ich mir Mut machen. Oder wieder zu Atem kommen. Also zieht er sich aus, hängt die Kleider an denselben Zweig und ist in null Komma nichts im Wasser. Es ist eine solche Stille hier oben. Eine weite und tiefe Stille. Ich hole Luft und tauche mit dem Geist in sie ein.

Als er aufsteht, gehe ich mich unter der Tanne ausziehen. Auf dem Weg zurück, bereit hineinzusteigen, sehe ich seinen Schemen dort, aufrecht und reglos mitten im Becken. Eigentlich wäre noch Platz für mich, aber ich wage es nicht, einen Fuß hineinzusetzen. Das hier ist sein Moment. Ich stehe da und warte, bis ich an der Reihe bin, während die Flocken auf mich herabschneien. Und stelle blitzartig fest, dass ich noch nie nackt im Schnee war.

Mit drei großen Schritten kommt er heraus. Ich lasse mich hineinsinken und habe sofort das seltsame Gefühl, in einer warmen Badewanne zu sitzen. Doch das Gefühl hält nur ein paar Sekunden lang an, dann überläuft mich ein Schauder von Kopf bis Fuß, und ich steige hinaus, öffne meinen Schirm und stelle mich neben Felice. Man muss tiefe Atemzüge machen, um die Kälte auszuhalten, unsere Atemwolken lösen sich im Morgenrot auf.

Wir lassen uns vom rauen, eisigen Wind trocknen, ziehen uns dann an und gehen in den heller werdenden Morgen.

Im Stall empfängt uns diese wohlige, von den Kühen ausgehende Wärme. Sosto schaufelt gerade Kuhdung weg, als würde er Schnee schaufeln, der Geruch ist durchdringend. Er sieht uns aus dem Augenwinkel hereinkommen, macht aber mit seiner Arbeit weiter. Wir grüßen ihn.

Jo, grüßt er mit einem letzten Schaufelschwung zurück. Kalt draußen?, feixt er. Er schenkt sich ein Glas Grappa ein, kippt es in einem Zug herunter und flucht, während es ihn heftig schüttelt und sein Gesicht sich zu einer Grimasse verzieht. Ein unvergleichlicher Trinker, der Sosto. Dann erholt er sich und schenkt mir auch eins ein, aber ich nippe nur daran. Felice dagegen schlürft genüsslich noch einen Becher frisch gemolkene Milch, danach setzen wir uns auf die Heuballen, um zu betrachten, uns auszuruhen, nachzudenken.

Von der Alten Lärche abwärts fällt weiter Regen und Schnee. Eine halbe Handbreit rutschiger Matsch bedeckt die Straße. Die genagelten Sohlen von Felices Schuhen schrammen über den Asphalt.

Also meinetwegen, sagt er, könnte dieser Schnee ruhig da bleiben, wo er hergekommen ist, man riskiert ja nur, auf den Arsch zu fallen. Das Maultier mit nass glänzendem Fell und geblähten Nüstern, in vollen Zügen die kalte Luft einatmend, prescht auf uns zu. Wir gehen schnurstracks weiter.

Aber zum Glück können wir wenigstens nicht über das Wetter bestimmen.

Bist du früher Ski gefahren?

Aé, bin ich wohl. Wir haben die Ski stundenlang auf den Schultern zum Nara raufgetragen, und dann sind wir im Nu runtergesaust. Als sie später die Pisten angelegt haben mit dem Sessellift und allem Drum und Dran, bin ich nicht mehr gefahren. Emilio schon. Ich nicht, sagt er, und mir wird plötzlich bewusst, dass das die ersten Worte sind, die wir an diesem Morgen miteinander wechseln.

Wir gelangen rasch ins Dorf. Die Dächer und Mauern der Häuser zeichnen sich grau verschwommen hinter dem Schneeregen ab, der halb durchsichtig weiterfällt, bevor er auf dem Pflaster zu unseren Füßen zerrinnt. Unter dem Vordach hackt Emilio Holz. Wir grüßen ihn im Vorbeigehen, indem wir unsere Schirme kurz anheben. Er richtet sich auf und grüßt zurück, legt das Beil hin und spuckt in die Hände. Wir gehen weiter zum Dorfplatz.

Felice klopft seine Schuhe auf den Steinstufen ab und geht zu Marietto hinein. Das Glöckchen bimmelt. Ich warte draußen und sehe mich um. Betrachte das Gemeindehaus, das diesen Sommer von Floro frisch gestrichen wurde und Anlass zu endlosem Gerede in der Bar Gallo Cedrone gab. Unter anderem wegen des viel bespöttelten Bonbonrosa, das von den Gemeinderäten ausgesucht worden war, allen voran der Bürgermeister Piergiorgio, und weil Floro bis heute hinrennen und ausbessern muss und dabei betont, dass er es, wenn es nach ihm gegangen wäre, vielleicht himmelblau gestrichen hätte oder höchstens pastellgelb wie das in Corzoneso. Niemals aber hätte er dieses Puppenhaus-Rosa genommen.

Mich grüßend und von einem Schirm der Raiffeisenbank geschützt, kommt Natalina vorbei, die Frau von Richetto, die kleine Beta auf den Fersen. Beta ist eine klapperdürre Mischlingshündin mit einem aufgestellten und einem hängenden Ohr.

Aber es geht noch weiter. Da die Gemeinderäte sparen wollten, beschlossen sie, kein Gerüst aufzustellen. Also musste Floro sich mit einer dreiteiligen Alu-Sprossenleiter behelfen, ohne Klettergurt. Lang genug, dass er gleich noch den äußeren Dachbalken eine Lasur verpassen konnte, in zwölf Metern Höhe, die Mehlschwalbennester umrandend.

Unter einem gelben Schirm geht die Postbotin Alfonsa vorbei, ihre Umhängetasche ist schon fast leer. Ich hab einen Brief für dich, sagt sie zu mir. Aber er ist jetzt im Auto. Lass mich die Runde hier fertig machen, dann, wenn ich drüben weitermache, bring ich ihn dir.

Wer gerade in der Bar war, half, die Leiter festzuhalten. Aus Angst, dass Floro herunterfallen könnte wie der arme Osvaldo vom Nussbaum, behaupteten sie, aber vor allem, um sich über ihn lustig zu machen. Insgesamt brauchte er, zwischen einer Zigarette und einem Kaffee, der nächsten Zigarette und einem Bierchen, einem Rotwein und einem Schnäpschen, fast einen Monat, um das Werk zu vollenden. Um die bösen Zungen zum Schweigen zu bringen, rechtfertigte er sich damit, dass das Gemeindehaus ja nur zehn Meter vom Cedrone entfernt liege und es unhöflich sei, Nein zu sagen, wenn einem was zu trinken angeboten werde. Dann aber legten sie noch einen drauf und veräppelten ihn wegen der Inschrift Casa Comunale, die er über den Eingang malen sollte. Fünf Tage und Nächte lang hat Floro mithilfe von Kevins Computer die verflixte Schrift ausgesucht und vorgezeichnet, tausend Mal entworfen und verworfen, und wenn ich eine Brille gehabt hätt, wärs mir besser gelungen, sagt er jetzt manchmal, wenn er sie von fern mit zusammengekniffenen Augen betrachtet.

Zuerst hatte er sie in Courier New gemacht, besagte Inschrift, sich damit aber sogleich die Kritik des ganzen Dorfs eingehandelt, sieht aus wie eine Schlagzeile, wurde gemurrt. Dann nahm er Arial, doch die ließen sie ihn gleich wieder übermalen, kaum dass er die Umrisse gezeichnet hatte, weil sie der vorigen zu ähnlich war. Dann Freestyle Script, die manchen gefiel, aber doch zu besonders, zu geziert war und sich schlecht lesen ließ. Also pinselte er den Schriftzug schließlich in einer nüchternen Constantia, weil er die Schnauze voll davon hatte, sich verarschen zu lassen.

Das Wasser hat die Löcher im Asphalt gefüllt. Aus der Kirche kommen die alten Frauen des Dorfs, eine Prozession von Schirmen, Kittelschürzen und Gummistiefeln. Sie haben gerade den morgendlichen Rosenkranz gebetet. Die ersten sind Serafina und Olimpia, Zwillingsschwestern, in einer Woche siebenundachtzig Jahre alt, Kusinen von Emilio. Zwei identische Pappmaschee-Gesichter. Der einzige Unterschied zwischen ihnen besteht in Serafinas Buckel. Nach den Zwillingen kommt die Stumme, wie immer missmutig, die langen weißen Haare zu einem Dutt aufgesteckt, und geht blicklos an mir vorbei, doch inzwischen macht mir das nichts mehr aus. Trippelnd und flatternd folgt Vittorina, die unter ihrem Schirm verborgen geradeaus steuert, ihren Zopf in der Jacke. Am Arm von Don Albino, Mariettos älterem Bruder, kommt humpelnd Evelina heraus, Felices Schwester, mit ihrem Gehstock und ihrem Alzheimer, und mustert mich. Wie man einen Fremden mustert. Trotzdem grüßt sie, hebt ihren Stock und verliert für einen Moment das Gleichgewicht, sodass der Pfarrer sie fest unter den Achseln packen muss, damit sie nicht fällt und dabei in eine Pfütze tritt und sich einen nassen Fuß holt. Nach Evelina ist Nonna Gelsomina an der Reihe, die Mutter von Sosto und Brenno. Seit der Geburt von Anselmo, ihrem ersten Enkel, nennen alle sie Nonna Gelsomina. Dann kommt die bebrillte Teodolina, die Mutter des Landschaftsmalers Orazio Picasso, und dann nach und nach all die anderen. Ein himmelseliges Lächeln auf dem Gesicht.

Aus der Bar Cedrone tritt Tito heraus, mit seinem Frühstück aus sieben Brioches und zwei Merlot im straff gespannten Bauch, tresterfarbenem Gesicht und dem Gang eines verletzten Steinbocks. Er hat vor kurzem die siebzig vollendet und Probleme mit der Hüfte, der Tito. Müsste sich operieren und eine künstliche einsetzen lassen, aber er weigert sich. Sagt, einen Scheißdreck werd ich tun und mir ein Stück Stahl ins Bein nageln lassen.

Hinter ihm taucht Kevin auf, vor zwei Sommern Gewinner des Wettbewerbs Mister Tessiner Bauer, fünfundzwanzig, blond und attraktiv mit einem Filmstarlächeln. Er trägt einen roten Trainingsanzug von Adidas, dazu schwarze Kunstleder-Holzpantinen mit Armeewollsocken. Den Schluss bildet Floro, angezogen wie gestern, nur mit noch mehr Putz bespritzt, sodass seine Kleider jetzt mehr weiß als schwarz sind. Seine Augen glänzen bereits, er kneift sie zusammen und reckt den Hals wie ein Hahn, um mich klarer zu sehen, hat aber von einem Hahn weder die Eleganz noch den Stolz.

Kevin zieht ein Päckchen rote Marlboro hervor, klopft zwei auf dem Terrassentisch heraus und bietet Tito eine an. Floro nickt mir zu, fischt die Tabakpackung aus der Hosentasche und dreht sich eine von seinen American Spirit. Er tastet seine Taschen ab, greift in eine hinein und zieht ein schmutziges Taschentuch und Schlüssel heraus, putzt sich die Nase. Kevin gibt ihm Feuer mit seinem Feuerzeug.

Der ist nun wirklich ein Filmbeau, der Kevin, Mister Tessiner Bauer. Er ist sogar nach Rumänien gefahren, um sich sämtliche Zähne machen zu lassen, denn dort kostet es viel weniger, wie er uns mal in der Bar erklärt hat. Weil er ein Zahnpastalächeln wollte wie die in Hollywood, die alle das gleiche haben mit ihren zwei Reihen künstlich aufgehübschter Beißer. Nur gut, dass du keine Frau bist, haben die schärfsten Zungen im Dorf erwidert, sonst hättest du dir gleich noch die Titten machen lassen.

Aber Kevin pfeift auf den Barklatsch. Wenn ihm auch der Sieg bei diesem Wettbewerb, für den er extra auf den Gotthardpass gefahren ist, mit all den Fotos in den Zeitungen und den Fernsehinterviews ziemlich zu Kopf gestiegen ist. Er wurde sogar in einen Kalender mit Schweizer Bauern aufgenommen, Monat Mai, mit nacktem Oberkörper und einer Axt über der Schulter. Obendrein hat er angefangen, ins Fitnessstudio unten in Bellinzona zu gehen, und es haben sich Zweifel breitgemacht, ob er nicht irgendwelchen Dreck nimmt, denn es kann ja wohl nicht sein, dass er all diese Muskeln nur von dem bisschen Gewichtheben hat.

Aber ob er die immer noch stemmt?, tratschen manche in der Bar, die neidischen, denn er wird oft mit auffallend hübschen Mädchen zusammen gesehen, auch sie mit diesem Hollywoodlächeln und dem gewissen Etwas, das sie alle gleich aussehen lässt. Immerhin können die Neidhammel so wenigstens hin und wieder ihre Augen weiden, denn im Dorf gibt es abgesehen von der Wirtin Candida an Augenweide nicht viel.

Ich gehe zu den anderen hin und sage ciao. Na, wie stehts?

Trägt der Simano einen Hut, wird das Wetter schlecht oder gut, sagt Kevin. Wir sehen zu dem Berggipfel hin. Eine kleine Wolke, dunkler als die anderen, hängt dort wie ein Adlernest.

Und wenn nicht?, entgegne ich.

Wenn nicht, machen wir trotzdem weiter, mein Lieber, sagt Floro, hustet, zieht röchelnd Schleim hoch und rotzt auf die Straße.

Ist ja auch das Einzige, was wir machen können, sagt Tito. Er drückt seine Zigarette im Aschenbecher aus, zündet sich, einen tiefen Zug nehmend, die nächste an mit seinen arthrosegekrümmten Fingern, die aussehen, als wären sie mit einer stumpfen Hippe abgeschnitten worden. Eine, wie sie Emilio benutzt, um die gegerbten Kaninchenfelle glatt zu ziehen.

Ach, hör bloß auf, Tito, ich muss noch die ganze Scheiße da unten verteilen, auf den Wiesen unterhalb der Kirche, sagt Kevin und schnippt seine Kippe über die Straße.

Bist du immer noch dabei, die Wiesen zu düngen?, fragt Tito, worauf Kevin antwortet, aé, die letzte Runde vor dem Schnee.

Heut Nacht hats schon geschneit, nè?, sagt Floro. Erneut wenden alle drei den Blick nachdenklich zu der kleinen Wolke am Simano.

Und ich muss wieder runter in die Sakristei, die zweite Schicht auftragen, aber ich hab gar keine Lust, nämlich weil ich heut irgendwie schlapp bin.

Schlapp, Kaminfeger. Mir scheint eher, dass du voll bist, tadelt ihn Tito. Von wegen schlapp.

Quatsch, voll, verteidigt sich Floro. Er drückt seine Zigarette im Aschenbecher aus, tastet wieder seine Taschen ab und findet endlich ein Feuerzeug.

Dann hast du gestern Abend was Schweres gegessen, hänselt ihn Kevin.

Schön wärs, antwortet er und spielt mit seinem Feuerzeug. War aber nur ’ne kleine gedünstete Forelle und ein

Tickchen Salat. Ich hab irgendwie verkorkste Gedärme zurzeit. Kann nicht so richtig verdauen im Moment.

Ach, hör auf, so 'nen Blödsinn zu reden, spottet Kevin.

Forelle von Eros?, fragt Tito nach.

Aé. Von Eros, antwortet Floro zögerlich.

Du wirst doch wohl nicht so 'ne Salomonose haben oder wie die Krankheit da heißt, die man sich von Fischen holen kann, sagt Tito.

Aé, Salmonellen, sagt Kevin. Du wirst dich vor lauter Fisch essen vergiftet haben. Iss mal 'n bisschen Fleisch, Kaminfeger, du bist eh nur Haut und Knochen.

Genau. Hau dir mal ein ordentliches Steak rein, du siehst mir aus wie 'ne Katze, die Eidechsen gefressen hat, siehst du mir aus, stößt Tito ins gleiche Horn.

Hm, aber Phosphor. Den hat der Fisch, erwidert Floro mit seiner wunderlichen Art zu reden.

Ja, ja, Phosphor ... Du brauchst was anderes als Phosphor, Kaminfeger. Was ganz anderes als Phosphor brauchst du. Kevin zieht an seiner Zigarette. Du hast doch nicht schon wieder Dünnschiss, oder, Kaminfeger?, sagt er grinsend.

Floro setzt zu einer neuen Entgegnung an, steckt dann aber nur seine Tabakpackung und das Feuerzeug ein, reckt den Hals, kneift die Augen zusammen und lässt den Blick wieder zu der Wolke am Simano wandern.

Pause.

Nämlich, das ist nämlich auch so ein großer Stuss, platzt er dann heraus.

Hä?, macht Tito, woraufhin Floro mit dem Kinn zum Gipfel des Simano deutet und sagt, das mit dem Hut auf dem Simano. Großer Stuss.

Auch in Leontica gehen die Frauen zum Rosenkranzbeten und die Männer in die Kneipe.

Das Bimmeln des Glöckchens kündigt Felices Rückkehr an. Er hat Brot gekauft und eine Fünfundzwanzig-Watt-Glühbirne. Eine tropfnasse Katze springt maunzend von einem Mäuerchen herunter. Felice bricht ein Stück Weißbrot ab und hält es ihr hin. Die Katze packt es mit den Zähnen und lässt sich streicheln, ehe sie wieder dahin verschwindet, von wo sie gekommen ist. Wir setzen uns unter unseren Schirmen in Bewegung.

Oberhalb des Dorfs beginnt schrill die Kreissäge des Wilderer-Holzfällers Brenno zu kreischen. Eeenng, eeenng und eeenng. Wenn Brenno erst einmal anfängt, mit diesem Ding unter seinem Wellblechdach Holz zu sägen, hört er den ganzen Tag nicht mehr auf.

Wir gehen in den Holzschuppen, um Nachschub zu holen, jeder zwei oder drei Buchenscheite unter den Arm. Vor der Haustür lege ich meine auf dem Boden ab, um die dicken Schuhe auszuziehen, und stoße gegen Felice, der wie angewurzelt dasteht und auf einen Zettel an der Tür starrt. Ich habe dir das Bett gebracht, steht dort mit Kuli geschrieben. Er nimmt den Zettel mit der freien Hand ab. Das Bett ist gekommen, murmelt er in sich hinein. Dann legt er sein Holz ebenfalls ab, um sich die Schuhe auszuziehen, und wir stellen sie neben die Sarina, die ausgegangen ist. Felice sagt, feuerst du an? Er holt die Glühbirne aus der Tüte und steigt die schmale Treppe hinauf. Ich gehe hinaus, um die Scheite zu holen.

Während ich das Feuer anzünde, sind von oben Geräusche zu hören, ein Möbel, das über den Holzboden gezogen wird. Auf dem Tisch, neben der Plastiktüte, liegt der Zettel. Ich habe dir das Bett gebracht, lese ich erneut und frage mich, was zum Teufel das heißen soll.

Felice kommt wieder nach unten und steckt die Pappschachtel von der Glühbirne in die Sarina und die kaputte Birne in die Schublade des Küchenschranks. Er sieht mich da stehen, nimmt den Zettel und wirft ihn ins Feuer. Bald wird der Herd heiß. Wir setzen Wasser auf und wärmen uns die Füße an der Sarina.

Das Wasser in dem kleinen Topf beginnt zu brodeln, er streut seine Heilkräuter hinein und auch ein paar Kerne von Emilios Kürbis. Er macht den Küchenschrank auf, nimmt ein Glas voll gemahlener Gewürze heraus und wirft ein paar Prisen in den Topf. Als ich von dem Gebräu trinke, reißt es mich fast vom Stuhl. Stark wie Sostos Grappa. Felice, was hast du da reingetan?

Paprika und Pfeffer, sagt er grinsend und zieht sich die Schuhe an. Ich trinke aus, denn wenn er es getrunken hat, werde ich es auch schaffen.

Draußen ist alles von diesem nassen Schnee bedeckt, der nur Schaden anrichtet. Ein Ast des Kakibaums ist abgebrochen und liegt auf dem Boden. Felice hebt ihn auf, pflückt die fünf oder sechs Kaki ab, die daran hängen, und legt sie auf die Fensterbank neben die Joghurtgläser. Den Ast bricht er über dem Knie in vier Teile. Es kracht genauso wie bei dem im Kiefernwald flüchtenden Hirsch. Anschließend bringt er die Teile in den Schuppen. Ich sehe nach oben. Der Nordwind fegt die Wolken weg. Der hellblaue Himmel ist weiß und grau gefleckt. Ein schüchterner Sonnenstrahl findet ein Schlupfloch. Ein junger Falke kreist über Negrentino, über dem Hühnerstall von Brenno.

Felice ruft mich aus dem Schuppen. Ich gehe hin. Emilio ist gekommen, um Holz zu machen. Felice gibt mir die Axt. Die beiden Alten sägen, während ich hacke und staple. Es ist eine angenehme Arbeit, beinahe entspannend.

Mit der Zeit wird der Holzstoß immer höher. Vittorina kommt mit einer Zucchini so lang wie ihr Arm vorbeigeflattert. Minuten später geht die Lehrerin Sabina vorbei und wirft einen Tennisball für Bobi, den einzigen Rassehund von Leontica, ein Irish Setter, den sie angeschafft hat, nachdem ihr Exmann Giovanni das eheliche Heim verlassen hatte.

Dann kommt Floro. Er wollte Salat, geht uns aber, schmutzstarrend wie er ist, zur Hand. Weißer Putz hängt wie Vogelkacke in seinem Bart und seinen langen blonden Haaren. Wir machen Holz, ohne ein Wort zu sagen, der Himmel reißt völlig auf, und die Sonne wärmt uns den Rücken.

Emilio sagt, dass es für heute genug ist. Wir lösen die Reihe auf. Die beiden Alten und ich waschen uns und trinken im Waschhaus, Floro pflückt Salat. Eeenng, eeenng und eeenng, Brenno ist immer noch dabei, Holz zu sägen.

Wir setzen uns draußen auf die Granitbänke, er links und ich rechts. Auf meiner liegt ein Brief unter einem Stein. Ich reiche ihn Felice, aber er gibt ihn mir zurück. Der ist für dich, sagt er. Ich mache ihn auf. Es ist ein Schreiben von meiner Autoversicherung. Eine Mahnung. Fünfzig Franken Gebühr, sage ich zu ihm.

Fünfzig, wiederholt er fassungslos. Das Heft haben doch immer die größten Gauner auf dem Planeten in der Hand, sagt er. Aber erzähl das nicht rum, sonst halten sie dich für einen Kommunisten.

In den fünfziger Jahren war er fünf oder sechs Monate lang in Russland. Man hat nie erfahren wieso, weshalb, warum. Bei seiner Rückkehr brachte er seine eigene Philosophie mit, und die Leute fingen an, ihn einen Kommunisten zu nennen.

Felice. Wie war es in Russland?

Na ja, er sieht mich lächelnd an, als hätte er die Frage erwartet. Auch dort war es eigentlich so wie hier, wenn du mich fragst. Auch dort gab es die, die das Sagen hatten, und auch dort gab es die üblichen Dummköpfe, die sich ausnehmen ließen wie Dorsche.

Ich stecke den Brief in die Hosentasche und sage, dass ich zu Emilio hinübergehe. Er hat vorhin erwähnt, dass er zwei Kaninchen schlachten will.

Er ist nicht im Haus. Das kleine Radio läuft, krächzende Musik. Ich mache es aus. Die Sarina ist fast erloschen, also lege ich gründlich nach. In dem Stahlspülbecken liegt ein totes Kaninchen. Ich fasse es an, es ist noch warm. Das schwarze Auge weit offen und starr wie bei den Forellen von Eros. Ein Blutrinnsal läuft aus seinem Hals in den Abfluss.

Ich finde Emilio bei seinen Kaninchen, wo er drohend mit einem Stock herumgeht. In dem rechten Schuppen, der voll mit Heu ist, hält er das Männchen in einem kleinen, hundert Jahre alten Holzkäfig. In dem linken hat er die voneinander getrennten Weibchen mit ihrer jeweiligen Nachkommenschaft. Die kleinsten sind letzte Woche geboren worden.

Jedes Mal erzählt er mir mehr oder weniger dasselbe. Dass der Rammler vier Jahre alt ist und dass er ihn von Richetto auf der internationalen Geflügel- und Kaninchenausstellung in Bellinzona geschenkt bekommen hat und dass er die Häsinnen drei- oder viermal pro Jahr decken lässt und sie dann austauscht.

Emilio. Wie viele?

Neunundvierzig, ohne den Rammler.

Ich habe gesehen, dass eins schon in der Spüle liegt.

Aé. Dann hab ich aber gedacht, dass ich vielleicht Lust bekomm, jemanden zum Mittagessen einzuladen.

War das in der Spüle eins von denen?, frage ich und zeige auf eine Familie von verängstigten Kaninchen mit gescheckten Fell.

Aé, von denen, sagt er, mit seinem Stock deutend. Die sind schon ein halbes Jahr alt, sind schon reif, grinst er und bleckt dabei seine wenigen, schadhaften Zähne. Ich sehe weg und bewundere die Kaninchen, schrecke aber bei einer plötzlichen Bewegung von Emilio beinahe zusammen. Blitzschnell packt er eins an den Ohren, zieht es hoch und verpasst ihm einen Stockhieb auf den Kopf. Achtundvierzig, sagt er, während das Kaninchen kurz erschauert, bevor es erschlafft. Emilio lässt den Stock fallen, nimmt ein in einem Holzpfosten steckendes Messer und sticht es in den Hals des Tiers, worauf süßlicher Blutgeruch die Luft erfüllt. Wir gehen ins Haus, er das tote Kaninchen, baumelnd und tropfend wie ein Putzlappen, in der Hand.

Er streichelt die beiden toten, auf dem Tisch hingebreiteten Kaninchen. Sie haben schon das Winterfell, bei einem steht der Mund offen. Mit chirurgischer Präzision und einem scharfen Messer schneidet er das Bauchfell ein, ohne das Fleisch zu ritzen. Acht gezielte Schläge unter die Knie, und die Pfoten springen weg. Das Fellabziehen geht so leicht wie eine Socke abzustreifen, wonach er die beiden Fellstücke in einen Eimer mit kaltem Wasser legt. Dann macht er sich in dem Stahlspülbecken ans Zerlegen. Die Pfoten und die Innereien und die Köpfe trägt er in einem Blumentopfuntersetzer aus Plastik für die Katzen und Hunde des Dorfs hinaus. Te', te', te', ruft er, sich dabei umsehend.

Er holt die beiden Felle aus dem Eimer und lässt mich eines aussuchen. Ich wähle aufs Geratewohl, worauf er schadenfroh kichert und ich kapiere, dass ich mir ein männliches ausgesucht habe.

Meins ist von einem Weibchen, sagt er.

Noch immer kann ich das Fell von einem Männchen und das von einem Weibchen nicht unterscheiden.

Am Tisch sitzend ziehen wir diese schlüpfrige, durchsichtige Membran ab, die an die Schwimmblase der Forellen von Eros erinnert. Ich glaube, das nennt sich Bindegewebe, aber Emilio nennt es einfach Häutchen. Seines lässt sich abziehen, als würde man eine frische Orange schälen. Meines dagegen, als würde man eine alte Orange schälen.

Ich bin noch nicht einmal halb fertig, als er sein Häutchen für die Hunde und Katzen hinausbringt und dann das Fell mit Spülmittel unter kaltem Wasser reinigt.

Wir hängen beide Felle zum Abtropfen auf eine über dem Spülbecken gespannte Schnur. Während sie ein wenig trocknen, zerteilen wir das Fleisch und geben es in einen Bräter. Butter, Rosmarin, Thymian, Salz und Pfeffer. Emilio stellt den Topf in den Ofen der Sarina, und ich schüre das Feuer.

Die Felle liegen auf dem Tisch. Emilio schaltet das Radio ein, wir ziehen die Handschuhe an, die ihm Doktor Gianmaria immer mitbringt, und bestreichen die Felle während zweier Lieder mit Steinallaun und massieren ihn ein. Dann legen wir sie wieder in den Eimer mit kaltem Wasser, er macht das Radio aus, und ich trage den Eimer in das Zimmer am Ende des Flurs.

Es ist ein kalter Raum, randvoll mit allem, was man sich nur vorstellen kann. Ein einzigartiges Sammelsurium, das er seit Jahrzehnten anhäuft. Seit seiner Geburt. Kreuz und quer aufgestapelte Stühle in einer Ecke. Pappschachteln voller Möhren, Nüsse, Äpfel. An die Wand gelehnt drei oder vier Paar alte Holzski mit Lederriemen als Bindungen. Ein Kalender von neunzehnhundertneunundsiebzig mit der Garde von Leontica, zum Monat Dezember umgeblättert, ein Gardist mit der Trommel neben einem anderen mit einer Muskete. Sie posieren vor dem Gemeindehaus, das weiß gestrichen ist und einen braunen Schriftzug in einer dreidimensional wirkenden Blockschrift trägt. Der mit der Muskete ist Emilio, gut dreißig Jahre jünger und mit grau meliertem Haar.

In einer Ecke ein Vorratsregal, das sich biegt unter dem Gewicht von Schraubgläsern mit Zwiebeln in Essig, Paprikaschoten in Essig, Pilzen in Öl, Honig, Einweckgläsern voller Erdbeeren, Feigen, Tomaten, alles säuberlich geordnet und etikettiert. Stapelweise vergilbte Zeitungen. Ein staubiges weißes Bettlaken verbirgt etwas, das eine Schaufensterpuppe sein könnte oder vielleicht eine Statue wie die von Johannes dem Täufer. In einer anderen Ecke zwei Säcke Kartoffeln, Kürbisse, Zucchini und leere Plastikeimer. Schuhe und Stiefel. Die Balkendecke voll von Spinnweben und dort aufgehängten Kupfertöpfen. Ein Tisch überladen mit alten Jacken, Hosen, Wollpullovern und Strümpfen. An der Tischkante, in einen Schraubstock gespannt, eine Hippe mit nach oben gekehrter Schneide. Ich fahre mit dem Finger darüber, sie ist nicht scharf, sondern stumpf und glänzend. Eine Dose Niveacreme und ein Päckchen Natron.

Das Zimmer geht nach Norden und hat ein kleines, immer einen Spalt offenes Fenster, ideal, um die gegerbten Felle langsam zu trocknen. An einer Leine hängen vier, mit

Wäscheklammern befestigt, die Fellhaare glänzend und die Lederseite innen beigefarben. Emilio kommt herbei, und wir nehmen sie nacheinander in beide Hände wie man ein Buch hält und ziehen und zupfen ein wenig, bis das Leder wieder weiß ist. Er streichelt über die Felle und begutachtet sie und schnuppert daran. Dann geht er mit ihnen hinaus. Furia und Black fressen gerade die Abfälle von den beiden Kaninchen. Emilio wedelt mit den vier gegerbten Fellen unter ihren Nasen herum, aber die beiden Hunde zeigen kein Interesse. Solange es Fliegen gibt, sagen die einem, ob die Gerbung gut geworden ist. Aber im November muss man sich auf den Geruchssinn der Hunde oder Katzen verlassen.

Emilio geht wieder hinein, cremt die Unterseite eines Fells mit Nivea ein und zieht sie dann fest über die Hippe. Ritsch, ratsch und ritsch. Etwa zehn Minuten lang, dann hängt er es auf und nimmt das nächste. Nivea und ritsch, ratsch, ritsch. Weiß der Himmel, was er mit all diesen Fellen macht.

Als ich gehe, lädt er mich ein, morgen zum Mittagessen zu kommen.

Draußen ist Bobi gerade dabei, den Untersetzer auszulecken. Ich streichle ihn, hebe einen kleinen runden Stein auf, lasse ihn zweimal vor seiner Schnauze tänzeln und werfe ihn dann weit zwischen die Häuser. Mit schnellen Sätzen springt er hin, packt ihn und bringt ihn mir. Ich werfe ihn noch einmal und noch einmal und noch einmal. Derweil eeenng, eeenng und eeenng, Brenno sägt immer noch. Ich gehe zu Felice. Der sein Buch liest.

Gutes Buch?

Hm, antwortet er. Ich weiß nicht, ob es gut ist, dieses Buch. Ich habe es noch nicht zu Ende gelesen.

Ich überlasse ihn seiner Lektüre. Setze mich auf den anderen Stuhl. Weiß nicht, was ich tun soll. Ich stehe wieder auf. Schlendere um den Tisch herum und steige dann die schmale und steile knarrende Holztreppe hinauf. Oben gibt es einen kleinen Absatz, eine Tür links, eine vor mir und eine rechts. Ich öffne die erste. Felices Schlafzimmer. Grober Holzdielenboden und kalkverputzte Wände. Das Bett, dicke Wolldecken darauf. Ein Stuhl, über dem sein Hemd und seine Shorts hängen. Offenes Fenster, kalte Luft. Eine Fünfundzwanzig-Watt-Birne baumelt von der Mitte der Decke. Auch hier, wie unten, nur das Notwendigste, Schlichtheit. Kein Firlefanz.

Ich gehe zur zweiten Tür. Das Bad. Gefliester Fußboden und kalkverputzte Wände. Saubere Kloschüssel ohne Sitz und ein Bündel in Streifen gerissenes Zeitungspapier. Ein altes, aber sauberes Keramikwaschbecken, ein Bic-Einwegrasierer und eine kleine Seife. Eine kleine Duschwanne ohne Vorhang. In der Ecke oben ein Fünfzig-Liter-Boiler, ausgeschaltet und leer. An einem Nagel ein Spiegel mit einer nackten Glühbirne darüber. Fünfundzwanzig Watt, frisch aus der Packung. An einem Haken an der Tür hängt ein fadenscheiniges Handtuch. Kein Rasierschaum, kein Aftershave, keine Cremes, Medikamente, Duftwässerchen, Kämme, Bürsten oder Ähnliches. Die Zähne putzt er sich unten. Man merkt sofort, dass in diesem Haus ein Mann allein lebt. Nichts, was an eine Frau denken lässt, nicht mal, wenn man mit der Lupe danach suchen würde.

Und doch hat vor langer Zeit einmal eine Frau hier gewohnt. Ein oder zwei Jahre nach seiner Rückkehr aus Russland hatte Felice eine Deutsche geheiratet, die nach einigen Monaten wieder verschwand. Sie ging an einem Tag im Frühling, still und leise wie ein Blütenblatt, das sich von der Blume löst und vom Wind fortgetragen wird. Man munkelt, dass sie sich nie haben scheiden lassen, aber niemand hat je wieder etwas von ihr gehört.

Die dritte Tür führt in ein spiegelverkehrtes Abbild des ersten Zimmers. Darin jedoch nur ein gebrauchtes Bett samt Matratze an der Wand gegenüber dem offenen Fenster. Im Staub auf dem groben Holzboden sind die von der Zimmermitte ausgehenden Schleifspuren der vier Bettfüße zu sehen. Das Geräusch eines über den Boden gezogenen Möbels, das ich gehört habe, das Bett von dem Zettel an der Tür. Wessen Bett? Ich werfe noch einen Blick auf die Streifen auf dem Fußboden, dann auf das offene Fenster, dann durch das ganze Zimmer.

Ich steige die Treppe hinunter. Felice klappt das Buch zu, legt es in die Schublade des Küchenschranks und sagt, auf.

Begleitet von Brennos Eeenng Eeenng gehen wir in den von hohem Unkraut überwucherten Garten der Stummen und pflücken zwei Birnen von einem alten knorrigen Baum. Sie behält uns an einem Fenster ihres Häuschens im Blick. Fixiert uns mit ihrem guten Auge, ohne jede Regung, als sähe sie uns nicht. Felice nickt ihr zu, aber sie erwidert seinen Gruß nicht. Dann hört das Eeenng Eeenng plötzlich auf und macht den gewohnten Geräuschen des Dorfs Platz. Mittagspause auch für Brenno.

In Russland, beginnt Felice, als ich dort war, da war ich in Moskau, der Hauptstadt. Und eines Tages, es war Winter und sehr kalt. Nicht mal bei uns hier wird es so kalt, um es klar zu sagen, aber die Sonne schien. Und da, wo der Fluss ist, der wie eine Straße quer durch die Stadt verläuft, haben zwei Männer gebadet. Sie haben gelacht, froh und glücklich in dem eisigen Wasser, sagt er mit erstickter Stimme. Er sieht zu den Wolken hinauf, wie um sich zu erinnern oder um die Tränen zurückzuhalten, die ich in seinen Augen glänzen sehe, und einen alten Mann so gerührt zu erleben, haut mich um. Doch er fängt sich wieder und fährt fort. Sie waren in Ufernähe im Wasser, da, wo der Fluss so eine Art Einbuchtung bildet, beschreibt er gestikulierend. Jedenfalls war diese kleine Bucht wie meine Gumpe. Er sieht mich an, genau wie meine Gumpe, wiederholt er mit einem Anflug von Melancholie. Und ich weiß nicht, warum, aber ich kann mich des Gedankens nicht erwehren, dass Felice selber in der Moskwa gebadet hat. Wer wohl der andere war …

Das Dorfzentrum ist ziemlich belebt, soweit das Zentrum von Leontica belebt sein kann. Die Kirche San Giovanni Battista, der Friedhof, das Gemeindehaus mit dem Milchdepot, die Bar Gallo Cedrone und der Laden von Marietto. Alles rund um den kleinen Platz.

Es ist fast Mittag. Die Sonne trocknet allmählich die Straße. Marietto schließt seinen Laden zweimal ab, prüft rüttelnd, ob auch wirklich zu ist, und geht dann in die Bar. Dröhnend und auf eine Hupe wie das Horn eines Dampfschiffs drückend, fährt Kevin mit seinem neuen blauen Traktor der Marke New Holland vorbei, Turbodiesel, dreihundertneunzig PS. Verfolgt von Subaru, einem der Hunde von Brenno und Gilda. Zwei Mountainbiker studieren die Wegweiser. Negrentino zehn Minuten. Cancorì eine Stunde fünfundvierzig. Alpe del Gualdo zwei Stunden fünfzehn. Bassa di Nara drei Stunden vierzig. Aber mit den Rädern werden sie weniger als die Hälfte brauchen.

Draußen vor der Bar liest Sosto La Regione und schlürft dabei einen Merlot. Er riecht nach Stall. An einem anderen Tischchen sitzen vier Arbeiter der Elektrizitätsgesellschaft, reden laut und rauchen eine, bevor sie zum Mittagessen reingehen. Neben dem Eingang an die Mauer gelehnt steht Nathan, dem Sosto, der mit amerikanischen Namen nichts anfangen kann, den Spitznamen Natel verpasst hat, und raucht eine seiner Mentholzigaretten, den Blick versunken auf die Berggipfel gerichtet. Vierundzwanzig Jahre alt, arbeitslos, sein T-Shirt zeigt ein Kuheuter und die Aufschrift Swiss Army Bar. Manche nennen ihn seiner Witz-Shirts wegen auch Natel Maieta, Natel Hemdl. Er drückt seine Zigarette im Aschenbecher auf einem der Tischchen aus und steckt sich einen rosa Kaugummi in den Mund. Kaut und schiebt ihn von rechts nach links und von links nach rechts wie eine wiederkäuende Kuh, als auf einmal in seiner Hosentasche die Akkordeontöne eines Tessiner Volkslieds losplärren. Er zieht sein Natel, das Handy, heraus, räuspert sich kräftig und geht ran.

Ich sehe zum Friedhof hinüber. Serafina, die Urgroßmutter von Duska und Priska, mit Olimpia, die Zwillingsschwestern, sie schließen die Pforte beim Hinausgehen und bekreuzigen sich. Ich höre sie über die Unsitte lästern, diese widerlichen Plastikblumen hinzustellen, wie sie sagen. Aus dem Fenster der Sakristei schaut der Kopf von Don Albino hervor, der einen Blick auf den Friedhof wirft und dann den beiden Alten nachsieht. Hustend und Schleim hochziehend kommt Brenno herbei und verdrückt sich in die Bar, ohne irgendwen zu grüßen. Zu einem, der ihm vorwarf, ein ungehobelter Wilder zu sein, der nie grüßt, sagte er mal, dass es eben sei, wie wenn man aufs Klo geht, denn wenn man aufs Klo geht, ist es doch klar, dass man pinkelt und dann die Spülung zieht, ohne dass man groß darüber reden muss. Was ist das denn für ein Scheißvergleich, attackierte ihn sein Bruder Sosto. Und wenn du keine treffenden Vergleiche ziehen kannst, fügte Pep hinzu, sich den

Bart kratzend, dann solltest du lieber die Klappe halten. Woraufhin die drei aneinandergerieten wie tollwütige Hunde.

Das Getöse des Mittagsläutens bringt plötzlich alle zum Schweigen, und die Bar füllt sich. Das Cedrone ist voll von Leuten, die ihren Magen aufs Mittagessen einstimmen. Der kleine, in einer Ecke hängende Röhrenfernseher überträgt ein Skirennen.

Tra le vallate del mio bel Ticino non vo' scordar la Valle del Sole, singt Celso, ein großer Biertrinker von fast siebzig, sein Arbeitshemd straff über dem Bauch gespannt, gesundes, rundes Gesicht. Unter den Tälern meines schönen Tessins will ich das Tal der Sonne nicht vergessen … Nachdem er sich einen halben Liter hinter die Binde gegossen hat, schmettert er La Bella Bleniesina, dass man denken könnte, da wäre ein Radio auf den Tresen gestellt worden. An dem Floro mit seinem Galoppino, kleines Bier in einem Weißweinglas, und Richetto mit einem Glas Roten lehnen. Marietto steht allein da und trinkt seine Limo in einem Zug aus, platziert das leere Glas und ein paar Münzen auf dem Tresen und entschwindet, um mit seiner gelähmten Mutter unten in Corzoneso zu Mittag zu essen.

In essa vivon belle persone, l'innamorato canta così, schmettert Celso weiter, während die Wirtin Candida Mariettos Münzen in die Kasse wirft und Pep einen Roten einschenkt. Der das Glas zierlich zwischen seine langen, schmalen Finger nimmt, es gegen das Licht hält, daran schnuppert, einen Schluck kostet und dann etwas sagt, das jedoch in Celsos Gesang untergeht. Dort leben feine Menschen, der Verliebte singt es uns … Wahrscheinlich war es einer von seinen Trinksprüchen. Er nimmt noch einen Schluck, ehe er mit Celso in den Refrain einstimmt, der lautet O bella bleniesina, sei della Valle del Sole, fra tante belle, fra tante stelle, tanto carina sei tu. O schöne Blenieserin, du aus dem Tal der Sonne, unter so vielen Schönen, unter so vielen Sternen bist du allein meine Wonne.

Brenno, sechsundvierzig Jahre alt, kommt vom Klo, Holzfäller und Wilderer mit lockerem Finger am Abzug. In seiner Jugend ein berüchtigter Raufbold. Weil er so oft eins aufs Maul bekommen hat, sind ihm nur wenige Zähne geblieben. Holzspäne in den zerzausten Haaren, mit abgetragenem, verwaschenem und schmutzigem Armeehemd, flucht er laut vor sich hin, weil sich ihm der verdammte Reißverschluss verklemmt hat, den er mit seinen vom lebenslangen Holzfällen rissigen Händen nun nicht mehr hochziehen kann. Handschuhe benutzt er nie, ebenso wenig Ohrenschützer oder Schutzhosen und andere Sicherheitsausrüstung.

Herein kommen Sosto, sein Blick leicht getrübt, Kevin, so aufgekratzt, als würde Bier in seinen Adern schäumen, und Natel Maieta, immer noch am Telefon und davon redend, sich mit jemandem in einer Bar in Olivone zum Dartspielen zu treffen. In einer Ecke verflucht Tito den Zigarettenautomaten, dieses verdammte Miststück hat mir schon wieder fünf Franken abgeluchst, brüllt er, das ist das zweite Mal in zwei Tagen, beschwert er sich bei Candida. Woraufhin ihm die Wirtin fünf Franken und eine von ihren Merit reicht und erklärt, dass sie schon denen von der Selecta Bescheid gesagt hat, die so bald wie möglich kommen wollen. Die vier Arbeiter der Elektrizitätsgesellschaft setzen sich an einen Tisch. Derweil saugen die beiden Urlauber aus Luzern, er der unauffällige Vierzigjährige und sie die langbeinige Blondine, Schirmkappen von Blenio Turismo auf den Köpfen, Limonade mit bunten Strohhalmen und sehen sich um wie Fische im Aquarium, die Menschen gucken.

Ruhe. Seid mal still!, brüllt Candida plötzlich gegen den ganzen Lärm an, mit ihrer kräftigen Stimme und den schönen breiten Schultern, die Fernbedienung auf den Fernseher gerichtet, um ihn lauter zu stellen. Ruhe jetzt. Gleich fährt die Lara ab.

Schlagartig Stille in der Bar. Alle Köpfe wenden sich dem kleinen Fernseher zu.

Auf gehts, die ist wirklich gut, nè, die da, sagt Richetto, ihr Vater.

Gut? So ’n Quatsch, platzt Sosto heraus. Die ist doch noch nicht mal ausm Tessin.

Ach komm, Sosto, die Lara Gut ist sehr wohl Tessinerin.

Ja, klar, bei dem Nachnamen …

Außerdem hat sie einen schönen …

Klappe, Kevin, warnt ihn seine Schwester.

Jetzt seid doch mal still. Da, sie ist gestartet. Super, Lara.

Ach super, super, wirst sehen, die landet gleich am ersten Tor aufm Arsch.

Aé, Quatsch, Tessinerin. Die Figini, ja, die war ausm Tessin.

Ja, die Michi, ja die … Die hier dagegen macht zu viel Wind. Hat sogar einen Film gedreht oder so was.

Einen Film, ja klar …

He, jetzt seid doch mal still. Ihr könnt doch nur das Maul aufreißen, ihr da, greift die Wirtin erneut durch.

Grabesstille. Alle Augen kleben jetzt an dem kleinen Bildschirm. Man erkennt mit Mühe und Not einen rot-weiß-blauen Punkt, der ein Tor umfährt, dann noch eins, dann noch eins, dann einfädelt und stürzt, was schallendes Gelächter und Verwünschungen hervorruft, sodass beinahe die Flaschen hinterm Tresen herunterkommen. Das Touristenpaar schreckt zusammen, die Zähne in die Strohhalme verbissen. Auch der Wirtin Candida entfährt ein Fluch, sie macht den Fernseher aus, und dann konzentriert sich jeder wieder auf sein Glas.

Wir setzen uns an einen Tisch und legen die Birnen vor uns hin. Candida kommt zu uns. Das Übliche, Felice?

Aé, antwortet er. Wenn noch was da ist, ist mir das Übliche recht.

Im Cedrone reduziert sich die Speisekarte auf Käse und Aufschnitt. Kann man nehmen oder lassen. Manchmal im Winter, aber nur, wenn ihr danach ist, kocht Candida auch eine Minestrone.

Weil die Wirtin weiß, dass Felice Vegetarier ist, bringt sie uns ein Brett mit vier hausgemachten kleinen Käsen von Paolina und einem Viertel Formaggella vom Lukmanier. Brot kommt gleich, sagt sie. Dann bringt sie uns auch eine Karaffe mit heißem Wasser, zwei Tassen und Teebeutel. Wir sagen mèrsi und machen den Mund dann nur noch zum Essen auf.

Eine halbe Stunde später sind alle gegangen. Nur Felice und ich und Candida sind noch da. Die das Kreuzworträtsel im Giornale del Popolo macht. Das Radio ist auf Rete Tre eingestellt. Davide Van de Sfroos singt La Balera.

Frauen mit Enthaltung, sagt die Wirtin.

He?, fragt Felice.

Drei senkrecht, Frauen mit Enthaltung.

Ah, drei senkrecht... Nonnen.

Nonnen, sehr gut, Felice. Männchen, manierlos.

Männchen, manierlos? Hmm, liebe Candida, das ist schon ein bisschen schwieriger, muss ich sagen. Männchen... Bengel?

Nein, fängt mit R an.

Mit R… mit R…, murmelt Felice, die erhobene Karaffe in der Hand.

Candida faltet die Zeitung zusammen, und ich schlage sie wieder auf, um nachzusehen, ob ich etwas bei EuroMillions gewonnen habe. Nichts. Ich sehe mich um. An der Wand bemerke ich vier neue Bleistiftzeichnungen von Orazio Picasso, dem Künstler von Leontica. Es sind kunstvolle Bilder, die einen besseren Platz verdient hätten, aber auf diese Weise kann er immer mal welche an Touristen verkaufen. Ihm ist es recht so. Drei Landschaftsansichten, erkennbare Häuser von Leontica, wirklichkeitsnah. Das andere ist eine große Bleistift- und Tuschezeichnung von der Parade der Historischen Garde. Die Detailgenauigkeit ist beeindruckend. Vorneweg der Fahnenträger. Gefolgt von sechs Soldaten mit umgehängten Trommeln, die den vier Trägern mit der schweren Statue Johannes des Täufers vorangehen. Der Herr Pfarrer und zwei Messdiener, ein Junge und ein Mädchen. Dahinter die Gardisten mit Musketen und Hellebarden und als Letztes die lange Reihe der Gläubigen, Dorfbewohner, Schaulustigen. Den Schluss bildet ein Hund. Wenn man die Zeichnung genau betrachtet und die Augen zusammenkneift, kann man beinahe die Trommelwirbel oder das Vorbeten des Pfarrers und die Antworten der Gläubigen beim Ave Maria hören.

Einen der Trommler erkenne ich, hochgewachsen und mager, Bart und Haare lang. Habt ihr gesehen, das hier ist der Kaminfeger, eh, Felice?, frage ich.

Felice blickt gedankenverloren auf seine dampfende Tasse. Er rührt lange mit dem Löffel um, sagt dann, ach, das ist für mich auch alles nur Humbug, diese Sache da, ist doch wahr.

Und habt ihr den hier gesehen, sage ich und zeige auf einen Hellebardenträger mit jungen, hübschen Gesichtszügen. Das ist der Kevin. Und der hier? Ich deute auf einen muskulösen Soldaten mit Muskete. Ist das vielleicht Sosto?

Ja, sagt die Wirtin Candida, stimmt. Aber du, Felice, du hast nie bei der Garde mitmachen wollen, oder? Sie liegen dir seit einer Ewigkeit damit in den Ohren, aber du sagst jedes Jahr Nein.

Na ja, meint Felice und schüttelt leicht den Kopf. Mit solchen Sachen da, da bin ich nicht so ganz einverstanden. Seine Worte hängen einen Moment in der Luft, während er seinen Tee austrinkt.

Aber sieh mal, sagt die Wirtin. Das ist doch keine kirchliche Sache. So ein Corps hat doch mit dem Krieg zu tun und nichts mit der Kirche.

Krieg, sagt Felice. Meiner Meinung nach ist das auch nur ein Riesengeschäft, dazu da, uns arme Dummköpfe auszunehmen.

Aber der Kaminfeger geht auch nicht in die Kirche, beharrt Candida, und spielt trotzdem die Trommel. Genauso Sosto mit der Muskete und mein Bruder …

Ach, meiner Meinung nach soll jeder machen, woran er glaubt und amen. Ich hab als kleiner Junge schon stundenlang auf einem Brett knien und das Vaterunser und das Ave Maria und all die anderen Gebete hersagen müssen. Die am Morgen und die am Abend. Die für die Toten und für die Lebenden.

Pause. Er schluckt.

Dann hat eines Tages ein tollwütiger Hund meinen seligen Vater gebissen, sagt er und sieht zu Candida auf. Der Hund ist gleich eingefangen und totgeschlagen worden, dieser Hund. Für meinen armen Vater konnte man nicht viel tun, so war das damals. Er senkt den Blick wieder nachdenklich auf die Tasse zwischen seinen Händen und richtet ihn dann auf mich. Sogar an Verstopfung konnte man sterben, zum Beispiel, sagt er und taucht seine Gedanken wieder in die Tasse.

Als ich nach einer guten Minute des Schweigens das Gespräch für beendet halte, sagt Felice, dann hat der Pfarrer zu mir gesagt, ich soll anfangen, auch für meinen Papa zu beten. Und du wirst sehen, der Herr wird dich erhören, hat er gesagt. Genau das hat er zu mir gesagt. Also fest gebetet. Jeden Tag, morgens und abends. Für meinen armen Papa, auf Knien auf diesem Holzbrett da. Jedenfalls ist er dann doch gestorben. Ohne seine Erzählung zu unterbrechen, nimmt er eine Plastiktüte aus seiner Hosentasche und tut die Kerngehäuse von den Birnen der Stummen samt den Käserinden hinein. Er hatte sich mit der Tollwut angesteckt. Zweiunddreißig Jahre alt war er. Ich acht. Und als er gestorben war, bin ich zu dem Pfarrer hingegangen und habe ihm gesagt, dass meine Gebete einen Dreck genützt hätten. Das habe ich zu ihm gesagt. Da hat er mir eine Ohrfeige verpasst und gesagt, ich soll es ja nie wieder wagen, den Willen des Herrn zu beleidigen. Daran erinnere ich mich. Als würde er jetzt hier vor mir stehen. Don Paride. Groß, mit Bart.

Er sieht uns ernst an, streicht die Brotkrümel vom Tisch und steht auf. Das war kein Spaß, zu meiner Zeit. Denn zu meiner Zeit waren es die Pfarrer, die das Sagen hatten, reden wir nicht drumrum. Da braucht man keinen Mist zu erzählen. Das war damals so. Und als Kind merkt man sich so was. Das ist alles. Er zieht zwei Zwanzigfrankenscheine heraus, legt sie auf den Tisch, verabschiedet sich mit einem Lächeln von Candida und geht hinaus. Ich trinke meinen Tee aus und will ebenfalls aufstehen, doch Candida hält mich mit der Frage auf, wer ist es denn, der da zurückkommt?

Wohin?

Das Bett… Kommt seine Frau zu ihm zurück?, flüstert sie und deutet mit dem Kopf auf Felice draußen vorm Fenster.

Wir begegnen ihr vor ihrem Haus, einer schlicht restaurierten alten Hütte. Töpfe voller Geranien auf der Fensterbank und zu beiden Seiten der Tür. Sie schneidet gerade mit einer Schere die verwelkten Blüten ab. Mümmelt dabei einen endlosen Monolog, als würde sie mit sich selbst reden oder beten. Vielleicht wird sie die Töpfe nachher für den Winter ins Haus holen. An einen kühlen Ort stellen, in den Keller wahrscheinlich. Wir grüßen sie, aber sie verzieht keine Miene und hält ihr heiles Auge auf ihre Arbeit gerichtet, während das vom grauen Star getrübte ihm vergeblich nachzueifern versucht.

Heute hat sich die Stumme dicker angezogen als sonst. Von April bis November trägt sie eine blaue Kittelschürze und Pantoffeln an den Füßen und wenn es windig ist ein Kopftuch. Steht aber der Winter vor der Tür, zieht sie sich ein bisschen wärmer an. Über der blauen Schürze trägt sie nun einen handgestrickten, schwarzen Wollpullover, der jemand anderem zu gehören scheint, so weit ist er, und darunter eine braune Strumpfhose, seit Jahren dieselbe, etwas durchscheinend an den Knien.

Die Stumme ist im Dorf für ihre Stummheit berühmt. Dabei ist sie gar nicht stumm, hin und wieder spricht sie zwei, drei Wörter. Und wenn das passiert, ändert sich das Wetter. Wie damals, als es im April einen Hagelschauer gab und Pep schwor, dass die Stumme am Tag zuvor auf seinen Gruß mit Buondì geantwortet hatte. Sie muss so um die achtzig sein. Niemand weiß es genau. Vielleicht nicht einmal sie selbst. Sie lebt allein. Eine Einsiedlerin mitten im Dorf. Ich weiß nicht, ob sie je verheiratet war. Kinder hat sie keine. Unter den alten Frauen im Dorf ist sie die größte Geherin.

Die alten Frauen von Leontica gehen den ganzen Tag herum, wenn auch keine Felice übertrifft. Von Sonnenaufgang bis Sonnenuntergang begegnet man ihnen auf den Straßen des Dorfs, wo sie ständig hin und her laufen, hin und her. Manchmal, im Sommer, stößt die eine oder andere sogar bis hinauf zu den Hängen Richtung Nara vor. Einige gehen paarweise, andere allein wie die Stumme.

Auf der Wiese unterhalb des Waschhauses steht das Haus von Evelina. Wir treffen sie in der Küche an, wo sie einen Teller spült. Felice fragt, ob sie etwas braucht, sie guckt verwirrt und antwortet nein, fährt fort, den Teller abzuwaschen. Daraufhin sieht er nach dem Rechten, hebt die Gasflasche an, schaut in den Kühlschrank, wirft auch einen Blick ins Bad und verschwindet schließlich die Treppe hinauf. Er hat mir gesagt, dass er seine Schwester im Auge behalten muss, seit sie Alzheimer hat, denn womöglich lässt sie ein Fenster offen und die Kälte kommt herein oder einen Wasserhahn oder schlimmer noch das Gas oder lässt Essen verderben. An der Wand hängt ein Foto des seligen Fosco, ihres vor mindestens zehn Jahren verstorbenen Ehemanns, der auf einem alten Traktor sitzt. Ein trockener Olivenzweig und ein Rosenkranz.

Felice kommt wieder herunter in die Küche und verabschiedet sich von ihr, wir gehen, sagt er. Evelina, die immer noch denselben Teller abwäscht, dreht sich mit einem verständnislosen Ausdruck um und fragt, soll ich euch einen Kaffee machen?

Wir lassen sie in ihrer Welt zurück, die aus der Gegenwart besteht und nicht viel mehr. Felice seufzt einige Male auf dem Nachhauseweg. Bevor er hineingeht, schüttet er den Inhalt der Plastiktüte auf den Kompost, zwei Birnengehäuse und die Käserinden. Dann steigt er in den Keller hinunter und kommt mit der Tüte voller Feigen, die von dem Ferienhaus, und ein paar Zwiebeln zurück. Mit einer weiteren Plastiktüte und einem Messer aus der Schublade geht er in den Garten. Dort schneidet er ein paar Stangen Mangold und Bleichsellerie ab, bis die Tüte voll ist, sagt dann, bòn, auf.

Wir holen den Suzuki aus dem Schuppen und starten ihn, zum Glück springt er immer beim ersten Schub an. In der engen Kurve vor meinem Haus treffen wir auf Paolina, die Frau von Sosto, und ihre Tochter Giulia mit Guns-N'-Roses-Sweatshirt und Ohrstöpseln. Sie tragen beide ein Bündel unterm Arm. Bettlaken oder Bettbezüge. Felice bremst, zieht die Handbremse, schaltet in den Leerlauf, steigt aus und dankt ihnen, und Paolina sagt, wenn du noch was anderes brauchst, gib Bescheid, sagt sie, eine Hand auf die Motorhaube gestützt und mit der anderen ihren Bauch haltend. Der Geburtstermin war vorgestern. Es hats nicht eilig, auf die Welt zu kommen, es wartet auf den Neumond. Jetzt, wo es Winter wird, gehts ihm gut da drin. Es ist ein Mädchen, weil es auf sich warten lässt. Jeder im Dorf gibt seinen Senf dazu.

Felice öffnet den Kofferraum und wirft die beiden Bündel hinein, steigt wieder ein. Ich drehe mich zum Kofferraum um, schaue Felice an.

Bettdecke und auch ein Kopfkissen, sagt er, während er in den Ersten schaltet. Wir fahren weiter. Vor dem Haus der Stummen halten wir erneut. Die Geranientöpfe sind verschwunden. Er lässt den Motor laufen, macht die Gartenpforte auf und hängt eine der beiden Tüten an den Griff der Haustür. Er steigt wieder ein, schlägt die Fahrertür zu, schnallt sich an, löst die Handbremse, schaltet in den Ersten, und weiter gehts.

Eine Kehre, ein Hupen und so fort bis Corzoneso, wo er bei der alten Frau von vorgestern anklopft. Niemand rührt sich, er hängt die Tüte an den Türgriff, und wir gehen um das Haus herum. Wir finden sie im Hühnerstall, wo sie ihre Hühner mit einer gelben Pampe aus Kleie füttert. Schwer atmend und mit unsicherem Gang kommt sie uns entgegen, stützt sich dabei auf einen Holzstock mit einem gebogenen Griff wie bei einem Schirm. Aus der Nähe betrachtet ist es tatsächlich ein Schirm, ohne Bespannung oder Speichen. Felice sagt, dass er ihr eine Tüte mit Feigen und Zwiebeln gebracht hat.

Mèrsi, Felice. Wart einen Moment. Sie wankt in den Hühnerstall und kommt schnaufend mit einem Giornale del Popolo in der Hand und vier Eiern in der Schürzentasche zurück. Den Stock zwischen die Beine geklemmt wickelt sie die Eier in Zeitungspapier ein und gibt sie uns.

Wir haben abschüssig geparkt. Fahren ins Tal hinunter. In Acquarossa biegen wir auf den Parkplatz des Restaurants Valle del Sole ein, als gerade ein weißer Kleinwagen herausfährt. Ich kenne ihn. Er gehört diesem Trottel von Paolino. Felice stößt mich mit dem Ellbogen an, macht aber keine Bemerkung, weil es da nichts zu bemerken gibt. Wir wechseln lediglich einen kurzen einvernehmlichen Blick. Parken. Etwa zweihundert Meter die Straße hinunter sehen wir den weißen Kleinwagen rechts ranfahren und auf den Parkplätzen der Pizzeria Da Beppe halten. Beide wissen wir, dass Paolino zehn Minuten in der Pizzeria bleiben wird, ehe er seine Runde durch die Bars und Restaurants fortsetzt.

Wir trinken jeder eine Tasse Tee und lesen die Zeitungen. Ein Bericht über eine Ausstellung fällt mir ins Auge, die heute in Bellinzona eröffnet wird, Bernasconi zeigt seine neuesten Bilder. Da muss ich hin. Vielleicht lade ich Felice ein. Genau, ich will Felice in die Stadt mitnehmen. Demnächst nehme ich ihn mit in die Stadt.

Der Suzuki hat vierzehntausend Kilometer drauf. Gekauft hat er ihn vor etwas mehr als drei Jahren. Rund viertausendfünfhundert Kilometer pro Jahr, rechne ich aus. Kaum mehr als zehn pro Tag. Davor hatte er einen grünen Peugeot, auch der klein und schmal und wie der Suzuki an beiden Seiten der Karosserie und den Ecken der Stoßstangen verkratzt. Obwohl er vorsichtig fährt, streift er oft die Häuser an der Kopfsteinpflastergasse zwischen seinem Schuppen und der Kantonsstraße, vor allem vorne bei mir, in der engen Kurve.

Letzten Winter, als der Boden vereist war und Schneehaufen sich am Rand türmten, ist Felice in ebendieser Kurve stecken geblieben. Es ging weder vorwärts noch rückwärts. Ich lief aus dem Haus, die Vorderräder drehten auf dem Eis durch, der Motor heulte auf hohen Touren, doch der Suzuki bewegte sich nicht. Ich versuchte zu schieben, zu schubsen, vergeblich. Bei diesem Tumult blieb ein Tourist stehen, der gerade seinen Hund ausführte, um mit anzufassen, denn wenn es schneit, werden wir alle solidarisch. Immer noch tat sich nichts. Dann sagte ich, wartet, holte einen Sack Streusalz und kippte ihn unter die Reifen.

Sogleich hörte man das Eis knistern, und endlich konnte er weiterfahren.

Wir kurven die Serpentinen wieder hinauf. Einen Kilometer vor Leontica liegt der Stall von Kevin. In einer Umzäunung weiden ein Dutzend Kälber mit ihren kleinen Glocken. Felice wendet den Suzuki auf dem Vorplatz, um talwärts zu parken, dann steigen wir aus. Wir sind noch nicht über den Elektrozaun gestiegen, da springen die Kälber schon bimmelnd davon, bis auf eines, das sein Maul in die Tränke hält, eine alte Badewanne. Vielleicht hat es uns nicht bemerkt, oder es hat großen Durst und will ihn zuerst stillen. Nach einem Moment hebt es den Kopf, guckt uns an mit seinem tropfenden, gummiartigen Maul und läuft erst dann mit einem Satz und Geklingel zu den anderen. Die uns aus sicherer Entfernung beäugen. Mit ihren großen Hirschkalbaugen.

Felice zieht eine Plastiktüte aus der Hosentasche und fängt an, trockene Kuhfladen aufzusammeln. Er bricht sie wie riesige Hostien in vier Teile und steckt sie in die Tüte. Ich helfe ihm. Trockene Kuhfladen gibt es reichlich auf dieser Weide, man braucht sich nur zu bücken und sie aufzusammeln. Manche hängen an den Grashalmen fest, andere haben eine feuchte Unterseite, übersät mit kleinen Würmern. Als die Tüte voll ist, waschen wir uns die Hände in der Tränke und steigen ins Auto. Zündschlüssel, Gurt, dann lässt Felice es ein gutes Stück im Leerlauf rollen und hält leicht die Handbremse gezogen. Bis zu einer Umleitung über eine schmale Seitenstraße unten, da lässt er den Motor an, wendet, und wir fahren zurück, hinauf nach Leontica.

Wir parken im Schuppen. Felice, die Tüte voll trockener Kuhfladen in der Hand, holt die Bündel aus Decken und

Bettbezügen und Kissen aus dem Kofferraum. Auf der linken Bank steht ein Plastikbehälter für Nahrungsmittel. Da er die Hände voll hat, bedeutet er mir, ihn zu holen. Dann treten wir unsere Schuhe ab und gehen ins Haus, er mit den beiden Bündeln die Treppe hinauf. Als er zurückkommt, steigen wir in den Keller hinunter. Von einem Bord nimmt er ein Holzkästchen mit einem Fliegengitterdeckel. Darin liegen etwa zehn kleine gereifte Käse, die ein intensives Aroma verströmen. Er macht den Plastikbehälter auf. Sechs kleine Frischkäse von Paolina. Er setzt sie in den Fliegengitterkasten um. Wir gehen wieder hinauf in die Küche, er spült den Plastikbehälter, läuft hinaus, um die Kuhfladen auf den Kompost zu kippen, schüttelt auch die letzten Krümel aus der Tüte, steckt sie in die Hosentasche und sagt, auf.

Auf der Wiese unterhalb der Kirche steht das Haus der Brüder Sosto und Brenno. Früher war es einmal der Stall ihres Vaters, unten die Kühe und oben das Heu. Als Kind bin ich dort mit meiner Plastikkanne die vom seligen Anselmo frisch gemolkene Milch holen gegangen. Jetzt gibt es im Erdgeschoss und im Garten ein Sammelsurium aus verrosteten Landwirtschaftsmaschinen, den Wracks zweier alter ausgeschlachteter Toyotas, diversen Rollern und Mopeds, Ersatzteilen für Motorräder und Traktoren, Wanderschuhen, Ski und Fahrrädern für jedes Alter. Ein alter Land Rover ohne Nummernschild, mit platten Reifen und eingeschmissenen Scheiben. In einem Holzkäfig ein Kaninchen. Auch ein Sessel von dem alten Skilift liegt achtlos hingeworfen unter einem Feigenbaum.

Das Obergeschoss ist in Wohnungen für die beiden Familien unterteilt worden. Die von Sosto und seiner Frau Paolina mit den drei Kindern, dem kleinen Elia,

Giulia und Anselmo. Und die von Brenno und seiner Frau Gilda, der Schwester von Paolina. So ist es, die beiden Schwestern Paolina und Gilda aus Acquarossa haben die beiden Brüder Sosto und Brenno aus Leontica geheiratet. Es heißt, die Paare hätten sich schon in der Sekundarschule gefunden.

Furia kommt schwanzwedelnd auf uns zu. Wir ziehen die Schuhe aus, der Hund beschnuppert sie und begleitet uns dann in die Küche, wo Nonna Gelsomina und Paolina mit ihrem Babybauch und leicht gespreizten Beinen die Käse verpacken.

Felice, grüßt Paolina mit ihrer schüchternen Stimme.

Fleißig, fleißg, erwidert er und gibt ihr den sauberen, trockenen Plastikbehälter zurück. Auf dem Tisch steht eine Plastikschüssel voll kleiner Frischkäse. Sie teilen sie gerade auf. Einige wickeln sie in Wachspapier ein, um sie zu Marietto und den Restaurants im Tal zu bringen. Andere setzen sie in Plastikbehälter. Furia bellt und wedelt mit dem Schwanz, und zur Tür herein stürmt der kleine Elia mit einem Weidenkorb. Er füllt ihn mit den Plastikdosen, die seine Mutter und seine Großmutter vorbereitet haben, und saust los, um fast alle Bewohner von Leontica mit Käse zu beliefern. Felice zieht einen Zehnfrankenschein aus seinem Bündel und legt ihn auf den Küchentisch. Wir gehen wieder und halten auf den Friedhof oben zu, wobei Furia uns vorausläuft. Furia ist ein Bastardone, wie man hier sagt, ein Riesenbastard. Er hat Ähnlichkeit mit einem Bernhardiner, aber grau geschecktes schwarzes Fell. Wie alle Hunde des Dorfs hat er kein Halsband, keine Leine, keine Tätowierung, keinen Microchip, keinen Zwinger. In Leontica sind die Hunde frei. Genau deshalb ist Beta, die einzige Hündin hier, sterilisiert worden.

Als die Sonne hinter dem Pizzo Erra versinkt, steigt sein Gipfelschatten an der Wand des Simano auf der anderen Talseite hinauf. In der kalten Luft hängt ein bestialischer Gestank. Kevin hat die Weiden unterhalb des Dorfs gedüngt. Wir gehen ins Haus. Ich zünde das Feuer an, während er nach oben geht und mit einem großen, flachen Kupfertopf zurückkehrt. Weiß der Himmel, wo der herkommt, vielleicht von unter seinem Bett. Er füllt ihn mit Wasser und stellt ihn auf die Sarina. Setzt sich und fährt fort, sein Buch zu lesen. Mit dem Kopf auf dem Tisch nicke ich ein. Ich bin es wirklich nicht gewohnt, um fünf Uhr aufzustehen.

Nach einiger Zeit beginnt das Wasser zu kochen. Felice legt sein Buch auf dem Tisch ab, belädt die Sarina neu, geht hinauf und kommt mit seinen Shorts, seinem Hemd, dem Kopfkissenbezug und einer Seife zurück.

Er liest, das Wasser in dem Topf brodelt, die Wäsche dampft, die Fenster beschlagen, es duftet nach Seife, und ich bekomme Hunger. Also gehe ich in den Keller hinunter. Ich mache das Licht an und steuere direkt auf Paolinas Käslein zu. Einen von den frischen verputze ich auf der Stelle, die haben mir schon vorhin den Mund wässerig gemacht. Jetzt hätte ich Lust auf etwas Salami, aber Salami gibt es nicht. Eine Holzkiste ganz oben macht mich neugierig. Massives Holz, so eine Seefrachtkiste von früher mit eingebrannten Ziffern und Buchstaben. Doch sie ist zu weit oben, ich komme nicht ran, nicht mal auf Zehenspitzen. Der Mäuse wegen steht auf dem Boden nichts, worauf man steigen könnte. Ich schaue erneut hinauf. Es bleibt mir nichts anderes übrig, als hochzuklettern.

Ich umfasse eine Strebe mit beiden Händen, setze einen Fuß auf das unterste Bord und ziehe mich hoch, worauf das nur mit Haken an der Decke befestigte Regal zu schwanken anfängt. Sofort steige ich wieder hinunter. Ich betrachte es einen Moment, es ist robust. So leise wie möglich versuche ich es noch einmal und bekomme diesmal die Kiste zu fassen. Sie ist schwer, aber ich schaffe es, sie auf eine Schulter gestützt herunterzuholen. Kein Vorhängeschloss, nur eine verknotete Schnur, ich binde sie auf und öffne den Deckel. Die Kiste ist leer, riecht bloß ein bisschen nach Moder. Ich stelle sie zurück an ihren Platz.

Mit zwei gereiften kleinen Käsen und zwei Eiern von den Hühnern der Alten von Corzoneso in der Hand und der leeren Kiste im Kopf gehe ich hinauf. Felice wirft mir einen Blick zu wie um zu sagen, was glaubtest du denn darin zu finden? Inzwischen bin ich fast sicher, dass er meine Gedanken lesen kann. Ich lasse die Eier zusammen mit den Kleidern kochen und schneide ein Stück Brot auf. Felice sagt, dass er zuerst das Kapitel zu Ende lesen will, sonst verliert er den Faden und muss von vorn anfangen. Ich beginne allein zu essen.

Als ich vom Komposthaufen zurückkomme, klappt Felice das Buch zu und legt es in die Schublade des Küchenschranks. Er nimmt die Kleider aus dem Topf, spült sie lange unter kaltem Wasser im Waschbecken und wringt sie kräftig aus, ehe er sie draußen aufhängt. Er kommt zurück ins Haus, wäscht den Kochtopf ab, setzt sich an den Tisch und isst. Mittlerweile habe ich Olivenöl und noch mehr Käse aus dem Keller geholt, weil er beim Umblättern einer Seite meinte, dass die beiden kleinen Käse wohl kaum zum Abendbrot reichen, also geh noch mal runter, da findest du diesen Formaggella, den uns gestern die Elvezia, La Radio, gegeben hat. Und pass auf, gleich unten an der Treppe, im ersten Regalfach rechts, da steht eine Korbflasche, sagte er weiter, da ist kein Wein drin, sondern Olivenöl aus Italien, das mir der Giuseppe von der Pizzeria geschenkt hat.

Während er hinausgeht, um die Eierschale und die Formaggellarinde auf den Kompost zu werfen, fülle ich seinen Deckeltopf fürs Bett mit Glut. Gähnend kommt er wieder herein, ich verabschiede mich und gehe nach Hause.

Vier

Viertel nach fünf, ich stehe auf und ziehe mich an. Ich höre den Schneepflug vorbeifahren. Mache die Tür auf. Es schneit heftig. Die Straßenlaterne lässt die Flocken schimmern. Fast ein halber Meter ist gefallen. Ich blicke zu seinem Haus hinüber, das Licht in der Küche brennt. Ich renne durch den Schnee wie als Kind.

Die Kleider, die er gestern Abend aufgehängt hat, sind an der zwischen Kakibaum und Hauswand gespannten Leine zu Eisstücken geworden.

Ich ziehe die Schuhe aus und gehe hinein. In der Küche ist es angenehm warm. Felice ist schon angezogen und frühstückt. Etwas an seiner Art zu kauen sagt mir, dass er es eilig hat. Den Grund kenne ich nicht, ich schenke mir meinen Heilkräutertee ein, nehme etwas Brot und ein paar geröstete Marroni, dann einen Joghurt von der Fensterbank und setze mich an den Tisch. Er putzt sich ruckzuck, aber gründlich die Zähne, zieht seine Bergschuhe und die orange Jacke der Schweizerischen Bundesbahnen an, stöbert geräuschvoll in der Schachtel mit den Heilkräutern, öffnet und schließt die Klappe der Sarina. Sie ist gut beladen und heizt auf vollen Touren. Dann geht er zum Spülbecken und trinkt ein Glas Wasser, sieht einen Fleck neben dem Abfluss und kratzt ihn mit dem Fingernagel weg, spült anschließend nach, fegt kurz den Boden. Kurzum, er schwirrt ungeduldig um mich herum, also stecke ich mir ein großes Stück Brot in den Mund, und wir gehen hinaus in seinen Schuppen.

Er holt zwei Schneeschaufeln hinter dem Holzstapel hervor und gibt mir eine, spuckt dann in die Hände. Den letzten Brocken herunterschluckend, schnüre ich mir die Schuhe, wonach wir wortlos zu schippen beginnen. Angefangen bei der Schuppentür räumen wir eine große Fläche frei, damit man den Suzuki wenden kann. Danach kommt die Gasse dran. Still in der gedämpften Stille schaufeln wir und schaufeln, er links und ich rechts. Zehn Meter, Pause. Zehn Meter, Pause. Ich habe ihm schon öfter geholfen, allerdings noch nie vor sechs Uhr morgens. Es ist noch dunkel und schneit weiter. Die Lampe vom Waschhaus leuchtet uns ein wenig den Weg.

Beständig fällt der Schnee, und beständig schippen wir ihn weg. Nach etwa fünfzig Metern haben wir das Haus von Vittorina erreicht. Ich schaufle einen Pfad bis zu ihrer Tür frei, damit sie bequemer hinauskann. Nach weiteren vierzig Metern sind wir bei der engen Kurve vor meinem Haus angelangt. Felice entfernt mir den Schnee von den drei Granitstufen vorm Eingang, während ich beginne, die Kurve zu verbreitern. Noch zehn Meter, dann sind wir an der Gemeindestraße, wo der Schneepflug einen Schneehaufen hinterlassen hat, der bis zum Hintern reicht. Mit ein paar mächtigen Schaufelschwüngen öffnen wir den Durchgang.

Auf den Griff gestützt, verschnaufen wir. Ich frage ihn, warum er den Suzuki nicht an der Straße parkt, wenn es schneit. Doch das Halb-sieben-Geläut tönt in meine Frage hinein. Er gibt vor, nicht gehört zu haben, und geht zu seinem Haus zurück. Ich klemme mir den Sack mit Streusalz unter den Arm und streue mit vollen Händen von der engen Kurve an, in der er letztes Jahr stecken geblieben ist, bis zu Vittorinas Haustür. Danach lehnen wir die Schippen an die Hauswand und begutachten unser Werk. Es schneit so dicht, dass man gleich wieder von vorn anfangen könnte. Stattdessen machen wir uns auf den Weg.

Außerhalb des Dorfs verschwindet er hinter einem Baum, um zu pinkeln. Dampf steigt auf und hüllt ihn ein. Wir gehen weiter, er vorneweg mit auf dem Rücken verschränkten Händen und leichtem Schritt, ich beinahe schwitzend. Der Schneepflug ist vor kurzem zum zweiten Mal vorbeigefahren, und Felices genagelte Sohlen schrammen über den Asphalt und skandieren den Rhythmus. Vittorinas Maultier wiehert unter seinem Dach hervor und schüttelt ein wenig den Kopf. Bei der Alten Lärche kürzen wir zur Pian di Sella ab.

Wir gehen hintereinander, stapfen in den von Sostos Haflinger hinterlassenen Reifenspuren bergan, die jetzt knapp zu sehen sind. Hier kommt der Schneepflug nicht vorbei. Im Winter ist von der Kurve bei der Alten Lärche bis zum Nara hinauf alles eine einzige Skipiste. Wenn man will, kann man sogar bis ins Dorf hineinfahren. Als Kind habe ich das gemacht, bis vor die Haustür.

Wir hören ihn schon, ehe wir ihn sehen. Vor seinem Stall flucht Sosto beim Aufladen der Milchkannen auf die Pritschen des Haflingers und des Anhängers laut über die Plackerei. Der Schnee liegt hoch. Aus der Wärme des Stalls taucht groß und haarig Furia auf. Der Hund beschnuppert Felices Schuhe. Wir helfen mit den Milchkannen. Sosto macht sie nie ganz voll, aber sie sind trotzdem sehr schwer.

Wir gehen in den Stall, Furia erst, nachdem er sich den Schnee aus seinem dichten Fell geschüttelt hat. Auf den Heuballen schöpfen wir Atem und trinken einen Schluck Milch.

Es schneit weiter und klart langsam auf. Mühsam stapfen wir den Schotterweg entlang, der unter einem halben Meter Neuschnee liegt. Furia bildet die Vorhut. Nach dem Gurundin-Steg biegt der Bastard rechts in den Kiefernwald ab. Felice bewältigt den Anstieg mit seinen genagelten Sohlen problemlos. Ich mit meinen Gummisohlen muss die Schuhe seitlich setzen, um nicht abzurutschen.

Weiter oben ist die bleigraue Öffnung aus diffusem Licht am Ende des Kiefernwalds auszumachen. Wir gehen hindurch und werden von einer weichen, stillen Weiße empfangen. Alles ist versunken. Die paar allein stehenden Tannen wirken noch einsamer, und die Latschenkiefersträucher tragen Hauben. Furia erklimmt den Hang mit großen Sätzen. Felice erahnt den Weg, ohne einen falschen Schritt zu machen.

Schnee über uns, Schnee unter uns steigen wir voran, pausieren hin und wieder. Jedes Mal, wenn wir verschnaufen, richtet Felice den Blick nach Osten, auf die Simanospitze, die unter den tief hängenden Wolken von leuchtendem Grau verborgen ist. Ich fühle mich schon matt. Es wird jetzt etwa halb acht sein, und ich habe bereits eine Stunde Schnee geschippt und mich eine weitere durch hohen Schnee gekämpft.

Felice geht zu der Tanne, zieht sich aus und hängt seine Kleider an den Zweig. Eine Eisschicht bedeckt die Gumpe. Entschlossen und sich mit den Händen abstützend, streckt er die Beine vor und schlägt mit einer Ferse fest auf die gefrorene Oberfläche, sodass sie zerbricht. Er steigt in das Becken, befreit es von den Eisplatten und lässt sich hineinsinken. Ich streichle Furia und wärme mir die Hände in seinem dichten, feuchten Fell, das nach nassem Hund stinkt.

Dann bin ich dran, hänge meine Sachen an den Zweig. Ich habe eine Seife von zu Hause mitgebracht. Barfuß mache ich ein paar Schritte durch den hohen Schnee und halte am Rand inne. Die Schneeflocken landen auf der Wasseroberfläche und lösen sich sogleich lautlos auf. Ich tauche in das eisige Wasser ein. Mein Kopf leert sich. Diesmal bleibe ich einige Zeit drin. Ich fühle mich wohl. Ich seife mir das Gesicht ein und wasche mir die Haare und den ganzen Körper. Von Euphorie durchströmt.

Felice zieht sich schon wieder an. Ich stehe auf und bleibe noch einen Moment im Becken. Spüre meine Beine nicht mehr, die bis zu den Knien im Wasser stehen. Ich steige hinaus. Der Hund kommt zu mir, als ich mich in der eiskalten Luft trocknen lasse.

Ich ziehe mich wieder an, ein Schauder überläuft mich ab und zu, wickle die Seife in das Zeitungspapier und sage dann, bòn, auf. Doch Felice bleibt reglos stehen, den Kopf in den Nacken gelegt und die Zunge rausgestreckt, um Schneeflocken aufzufangen. Wie ich es als Kind gemacht habe.

Am Stamm einer großen Rottanne, an der Stelle, wo ein Ast abgebrochen ist, läuft eine lange Harzspur hinunter. Furio schnuppert daran, hebt das Bein und pinkelt ein bisschen und läuft dann los. Felice folgt ihm mit dem Blick.

Von fern sehen wir ihn aus dem Stall kommen und erst jetzt in den Haflinger steigen. Der Anhänger und die Milchkannen schon mit Schnee bedeckt. Er wird sich noch mit dem Melkapparat herumgeplagt haben, der zickt immer, hat er neulich gesagt. Er sieht uns herannahen und wartet, um uns eine Flasche Milch aus dem Führerhaus herauszureichen. Schließlich gibt er Gas, worauf das Fahrzeug einen Satz macht und sich dann kraftvoll und zielstrebig zum Milchdepot im Dorf hinunterarbeitet. Furia bellt zweimal, dann senkt er die Nase und schnuppert. Auf dem Vorplatz, wo das Allradfahrzeug stand, hat sich ein Ölfleck im Schnee ausgebreitet. Ein klebriger schwarzer Kreis in dem kompakten Weiß.

An der Alten Lärche verschnaufen wir ein wenig und betrachten Leontica von oben. Die weißen Dächer. Die schweigsam qualmenden Schornsteine. Ein Rauchschleier hängt über dem Dorf, Duft nach Holzfeuer, nach hereinbrechendem Winter. Felice legt den Kopf zurück und atmet tief ein, als wollte er die Buchen erschnuppern, die Eschen, die Kastanien, den Schnee, die Berge, den Himmel. Dann geht er mit frischem Schwung weiter.

Jemand hat einen Heuballen unter das Schutzdach des Maultiers geworfen. Es hebt den Kopf und sieht uns nach, kaut dabei geräuschvoll. Furia bricht nach rechts auf die andere Straßenseite aus, eingedenk des Tritts, den das Muli ihm vor ein paar Monaten verpasst hat, als er es piesacken wollte.

Wir gelangen ins Dorf, Furia immer vornweg. Im Waschhaus Black, der Wasser schlabbert. Black ist der Hund von Kevin und ebenfalls ein Bastardone, Sohn der alten Hündin von Celso, der letzten nicht sterilisierten, die es im Dorf gab. Die beiden Hunde beschnuppern sich, dann kommt Black zu uns und beschnuppert Felices Schuhe, und Felice streichelt ihm den Kopf. Schließlich laufen sie zusammen davon, Black in schiefem Trott.

Wir stehen neben Felices Haustür. Die Schneeschaufeln lehnen an der Wand, wo wir sie zurückgelassen haben, und es schneit weiter. Die Gasse ist schon wieder zugeschneit. Wortlos nehmen wir die Schaufeln. Er links und ich rechts. Wir bewegen uns langsam voran wie zwei Maschinen, jeder mit seiner Arbeit und den eigenen Gedanken beschäftigt. Der Schuppen von Felice, das murmelnde Waschhaus, das Haus von Vittorina, die enge Kurve vor meinem Haus, die wir so weit wie möglich zu verbreitern versuchen.

Wir gelangen ans Ende. Ein letzter Schaufelhieb, um die von einem weiteren Einsatz des Schneepflugs hinterlassene Mauer zu öffnen. Heute früh war sie höher, aber jetzt ist sie schwerer, genau wie meine Arme. Wir verschnaufen, stützen uns auf die Schaufeln und blicken in die verschneite Landschaft. Um die Kurve am Ende der Straße taucht Furia auf, pisst an einen Schneehaufen, beschnuppert ihn und verschwindet. Gleich darauf erscheint Black, schnuppert und pinkelt an die gleiche Stelle, verschwindet ebenfalls. Felice starrt auf die Stelle, wo die beiden Hunde eben noch waren. Es gibt da nichts zu sehen, aber er wendet den Blick nicht ab, sondern kneift sogar die Augen zusammen, wie um etwas klarer erkennen zu können. Nach einer Weile lehnt er die Schaufel an meine Hauswand und läuft mit gesenktem Kopf los. Er kommt zu dem Haufen mit den gelben Löchern, bleibt aber nicht stehen. Ich folge ihm. Zwischen den Häusern des Dorfkerns fallen die Flocken weniger dicht. Richetto schippt Schnee vor seinem Haus.

Wir gehen ins Cedrone, Felice steuert direkt auf die Wirtin Candida zu, die gerade Biere für Pep und Celso zapft.

Rüde, sagt er zu ihr.

Rüde, wiederholt Candida. Was ist damit, Felice?

Männchen, manierlos. Das Kreuzworträtsel gestern. Rüde, wiederholt er und lässt Candida mit offenem Mund zurück. Es sind die ersten Worte, die er heute gesprochen hat. Zufrieden verlässt er das Cedrone, ich hinterher.

Wir feuern die Sarina neu an, wärmen die Milch von Sosto auf und nehmen sie mit hinaus. Setzen uns auf die beiden Granitbänke mit den Tassen voller Milch, zu heiß zum Trinken. Also mache ich es wie Felice. Ich stelle meine Tasse auf der Bank ab und warte. Den Rücken an die Hauswand gelehnt und die Hände im Schoß verschränkt. Lausche der Stille, in der die Schneeflocken fallen, freie und glückliche Flocken. Auch Felice beobachtet sie, aber mit einem Blick, als wäre jede Flocke eine Erinnerung.

Dann ist von fern ein herannahender Traktor zu hören. Als er unten um die Kurve biegt, nimmt das Dröhnen schlagartig zu, und wir erkennen ihn. Es ist Kevin mit seinem New Holland. Der einen Anhänger zieht. Auf dem eine alte Sitztruhe transportiert wird. Er bremst, hält dort unten, sieht uns und hupt. Felice geht ihm entgegen. Ohne ein Wort miteinander zu wechseln, laden die beiden die alte Truhe ab und schleppen sie mühsam durch den hohen Schnee den Hang beim Waschhaus hinauf und ins Haus. Dann die steile, schmale Treppe hoch, um sie schließlich an einer Wand des leeren Zimmers abzusetzen. Die beiden Bündel mit Decken und Bettzeug und dem Kissen liegen auf der Matratze. Felice nimmt sie auseinander und bezieht das Bett. Kevin und ich fragen uns mit Blicken, was zum Teufel da vor sich geht, wer da wohl in diesem Zimmer wohnen soll, und antworten uns achselzuckend, dass wir nichts darüber wissen.

Wir nehmen die Tassen mit der kalt gewordenen Milch. Nachdem wir sie ausgetrunken haben, gehen wir in den

Schuppen, um Holz zu machen. Ich packe die Säge und fange an zu sägen. Felice hackt und stapelt auf.

Wir haben eine gute halbe Stunde gearbeitet, als es zur Sonntagsmesse läutet. Metallische Schwingungen hallen durchs Dorf, dass die Hunde heulen und bellen. Wir nutzen die Unterbrechung, um unsere Rücken zu strecken. Ich sehe Vittorina aus ihrem Haus trippeln und vorsichtig die Gasse hinuntergehen, die dank des Streusalzes eisfrei ist. Vielleicht denkt auch sie an jenen Sonntag zurück, als sie sich das Handgelenk gebrochen hat. Von der Erinnerung kurz abgelenkt, säge ich mir zwischen Daumen und Zeigefinger böse in die Hand. Mühsam unterdrücke ich einen Fluch. Es blutet stark. Felice sieht zu mir hin, setzt das Beil ab und sagt, komm mit.

In der Küche schnappt er sich einen Stuhl und geht in den Keller hinunter. Ich drücke die Wunde mit der gesunden Hand zusammen und folge ihm. Er steigt auf den Stuhl und sammelt mehrere Handvoll Spinnweben von der gewölbten Decke. Die dicken Spinnen verziehen sich in ihre Löcher.

Heute Nacht weben sie ja neue, sagt er.

Er hält jetzt ein Klümpchen Spinnweben, ähnlich einem Seidenraupenkokon, zwischen den Fingern und sagt, dass ich die Wunde gut ablecken soll, um sie zu reinigen. Ich lecke sie ab. Und dann das Klümpchen wie einen Wattebausch draufdrücken soll. Schön fest draufdrücken, siehst du, so.

In der Küche feuert er neu an, derweil ich mich an den Tisch setze und weiter auf die Wunde drücke. Sie tut weh und pocht. Felice wäscht sich die Hände, trocknet sie an seiner Hose ab, nimmt das blutgetränkte Klümpchen und streicht damit immer wieder über den Schnitt. Nach einer

Weile hört es auf zu bluten, und das schmerzhafte Pochen lässt nach. Daraufhin wirft er den Klumpen ins Feuer und sagt bòn, alles gut. Auf.

Es sind zwei oder drei Rangiermanöver nötig, um den Suzuki zu wenden. Ich habe Mühe, weil der Schnee die Reifen bremst, aber immerhin ist der frei geschippte Platz vor dem Schuppen breit genug, und das kalte Blech stillt den Schmerz an der Hand endgültig. Ich schiebe den Wagen rückwärts heraus, dann ein Stück vorwärts, dann wieder ein Stück rückwärts und schließlich im Laufschritt vorwärts, bis er genug Geschwindigkeit hat. Felice lässt die Kupplung los, der Motor springt an, und wir kommen so problemlos voran wie ein Bob auf der Piste von Sankt Moritz. Es schneit immer noch, aber die Straße ist befahrbar.

Als wir am Gallo Cedrone vorbeikommen, sehe ich flüchtig, eingerahmt vom Fenster der Bar, Emilios dichte Silbermähne, und kurz darauf fällt mir die Einladung zum Kaninchenessen ein. Doch ich habe vor mich hin geträumt, und jetzt sind wir schon bei den Serpentinen und fahren ins Tal hinunter. Dicke Schneeflocken landen auf der Windschutzscheibe und werden von den Scheibenwischern weggefegt.

Wir betreten die Pizzeria Da Beppe in Acquarossa, nachdem wir zuerst den Schnee von den Schuhen geklopft haben. Einige Gäste trinken Bier und reden übers Wetter. Wir setzen uns auf die knarrenden Bänke neben dem brennenden Kamin und nehmen die Zeitungen von gestern zur Hand, weil die Sonntagsausgaben noch nicht da sind, vielleicht wegen des Schnees.

Ich lese, dass am Splügen schon Ski gefahren wird. Bei uns hier am Nara können sie, wenn es so weiterschneit, können sie morgen immerhin schon mal die Loipe präparieren. Hin und wieder sehe ich durch das große Fenster in den fallenden Schnee hinaus, sehr entspannend. Auf der anderen Straßenseite brennt Licht in Doktor Gianmarias Praxis, er arbeitet auch sonntagvormittags. Vielleicht erledigt er Bürokram. Ein dickes SUV mit italienischem Kennzeichen fährt vor, ein Mercedes mit vier Paar neonfarbenen Skiern auf dem Dach. Vier junge Typen steigen aus. Sie kommen herein, gehen zum Tresen und bestellen etwas zu trinken.

Wie sie da so an der Theke lehnen, fallen sie ziemlich auf mit ihren Colmar-Skianzügen und den schwarzen, glänzenden Moncler-Jacken, die aussehen wie Müllsäcke mit Kapuze. Die Sonnenbrillen in die Haare gesteckt, Après-Ski-Schuhe von Tecnica, unterhalten sie sich laut mit lombardischem Akzent und trinken Caotina und Kaffee.

Geil, schnaubt einer. Was ist das denn für 'n Kakao. Da steht nicht mal der Löffel drin. Echt jetzt, guck mal, den könnt ich mit dem Strohhalm trinken. Guck mal, der steht nicht mal, wenn man ihn dafür bezahlt.

Alles cool, Leute, zum Glück hab ich nur 'nen Espresso bestellt, was hätte die mir sonst gebracht, 'ne Suppenschüssel?, sagt ein anderer.

Ein Dröhnen kündigt einen Traktor mit montiertem Schneepflug an, gleich gefolgt von einem zweiten mit einem Salzstreugerät. Zwei junge Bauern, die Augen glänzend vor Müdigkeit, steigen ab, kommen schwungvoll in die Pizzeria und setzen sich auf die hohen Barhocker an der Theke. Der Wirt und Pizzabäcker Giuseppe, Italiener, sechsundfünfzig Jahre alt, Schnauzbart und Toupet, taucht aus der Küche auf, seine Schürze schmutzig am Bauch und an den Seiten, wo er sich die Hände abwischt. Er schiebt den beiden Bauern zwei Bier hin, von denen sie sogleich drei, vier große Züge trinken und dann, zuerst der eine, dann der andere, herzhaft rülpsen und sich mit dem Handrücken den Mund abwischen. Die vier Italiener starren sie an wie Außerirdische. Weil die Bauernjungs das merken, sehen sie zu ihnen hin, entschuldigen sich, ups, pardon, fürs Rülpsen, trinken ihr Bier bis zum letzten Tropfen aus, rülpsen erneut und rufen danke Beppe, verschwinden wieder mit ihrem ganzen jugendlichen Elan.

Beppe kommt zu uns, um zu fragen, was wir essen wollen. Die sind seit ein Uhr auf den Beinen, erzählt er, den beiden Traktoren nachblickend. Um fünf sind sie zum Melken in den Stall, um sieben haben sie hier Kaffee getrunken und dann wieder raus zum Schneeräumen. Sind gute Jungs, sagt er.

Kurz darauf bringt er unser Essen. Polenta mit Gorgonzola für Felice, Polenta mit Hirschragout für mich. Aus der Küche erscheint Margareta, Deutschschweizerin, um die fünfzig. Manche sagen, vielleicht auch sechzig. Giuseppes Frau, sie haben sich in Luzern kennengelernt, wo er früher als Kellner gearbeitet hat. Groß und hager, mit langen grau melierten Haaren, die sie nie zusammenbindet, fleckige Schürze, bunte Wollsocken und Birkenstocks. Vileda-Mopp in der Hand, um den Fußboden am Eingang trocken zu wischen.

Nach dem Essen setzen wir uns wieder an den Kamin und trinken Tee. Margareta baut sich mit einem Tablett voller Kuchen- und Tortenstücke vor uns auf. Und die Paolina, immer noch nichts?

Nichts, Margareta. Immer noch nichts.

Eh, ist schon wahr, dass sie kommen, wann es ihnen passt. Sie bietet uns Dessert an, um sich zu entschuldigen. Es tut mir von ganzem Herzen leid, sagt sie, aber Il Mattino und il Caffè sind noch nicht gekommen, weil der Lastwagenfahrer, ich hab ihn angerufen, nè, er hat nämlich einen Unfall gehabt auf der Strecke hinter dem Buckel bei Biasca, wo er von der Straße abgekommen ist. Margareta spricht ihre eigene Variante von Tessiner Dialekt mit starkem Deutschschweizer Akzent. Als sie den Schnitt in meiner Hand sieht, rät sie mir, sofort zu Doktor Gianmaria zu gehen und ihn mit drei, vier Stichen nähen zu lassen, denn das ist wirklich eine schlimme Wunde, sagt sie, guck dir das nur an, vielleicht hast du dir eine Sehne angesägt oder ein Band. Und lass dir besser auch eine Tetanusspritze geben, fügt sie hinzu, aber Felice versichert ihr, dass die Wunde gut versorgt ist.

Mein Bauch ist voll, und auf dem Rückweg nach Leontica überfällt mich fast der Schlaf, obwohl Felice vor jeder Kehre hupt. Es hört allmählich auf zu schneien. Der Traktor, den wir vorhin vor der Pizzeria gesehen haben, kommt uns mit über den Asphalt scharrendem Pflug entgegen. Felice fährt so weit wie möglich nach rechts und wartet. Der mächtige Traktor donnert heran, der junge Bauer erkennt uns wieder, grüßt mit einem Hupen und fährt vorbei.

Wir parken den Suzuki im Schuppen. Ich lade ihn zu mir ein, um etwas Heißes zu trinken. Vorher aber drehen wir noch eine Runde, er hat Lust, sich ein bisschen die Beine zu vertreten, sagt er. Wir gehen über den verlassenen Dorfplatz, erspähen drei oder vier Köpfe im Cedrone, passieren die Kirche, überqueren die Tito-Brücke. Ein Stück vor dem Haus von La Radio fegen wir den Schnee von einer Bank, setzen uns und lassen den Blick über die Berge und die hohen Wolken schweifen, die langsam nach Osten ziehen. Eine, die dunkler ist als die anderen, hängt an der

Simanospitze. Wie wohl das Wetter morgen wird, frage ich mich. Plötzlich wendet er sich mir ruckartig zu, hast du das gehört, flüstert er.

Was.

Horch.

Wir halten den Atem an, und dann höre ich es auch. In der Nähe, irgendwo hinter uns, ersticktes Lachen. Wir spitzen die Ohren, aber nichts mehr zu hören. Nach einer Weile jedoch wieder. Wir drehen uns auf der Bank um, und unser Blick fällt geradewegs auf eine hohe Lorbeerhecke, ein wenig schief vom Schnee. Die Hecke begrenzt den Garten eines unbewohnten Ferienchalets. Und da sehen wir sie. Den kleinen Elia und Giulia und Duska und Priska. Geduckt, um nicht entdeckt zu werden, und die Hände vorm Mund, um das Lachen zu unterdrücken.

Wir schleichen uns leise an sie heran, achten darauf, nicht gesehen zu werden. Hocken uns hinter sie. Felice macht pst pst, worauf sie sich mit Gesichtern umdrehen, als hätten wir sie mit den Fingern im Marmeladetopf erwischt. Rote Backen von der Kälte, laufende Nasen. Doch Felice grinst sie an, und da schiebt der kleine Elia einen Zweig beiseite, und durch die Lücke sehen auch wir es. An einen Grill unter dem Vordach eines Gartenhäuschens gelehnt, küssen sich Kevin und eine Blondine, die ihn um einen halben Kopf überragt. Felice zieht die Augenbrauen hoch, dieses Schlitzohr von Kevin, bemerkt er.

Wir gehen nach Hause. Ich lese die Temperatur von Vittorinas Thermometer an der Außenwand ab, null Grad. Wir ziehen die Schuhe aus, gehen hinein. Ziehen die Jacken aus. Ich sehe auf das Innenthermometer, zehn Grad. Werfe drei Stück Holz in den Kamin und zünde ihn an. Felice lässt sich in den Sessel sinken, streift seine

Wollsocken ab und streckt die Beine aus und wärmt sich die Füße. Ich mache zwei Tassen Pfefferminztee und gebe je einen Teelöffel Honig von den Bienen meines Onkels hinein. Ich trinke, Felice blickt in die zuckenden Flammen, der Widerschein tanzt auf seinem müden oder entspannten Gesicht. Er rührt mit dem Löffel um, trinkt aber nicht. Dann stellt er die Tasse ab, steht auf, indem er sich an den Sessellehnen abstützt, und schaut sich die Fische im Aquarium an, seine nackten Füße hinterlassen feuchte Abdrücke auf den kalten Fliesen. Neben dem Aquarium steht mein Fernseher. Er betrachtet ihn eingehend, obwohl er ausgeschaltet ist. Schließlich wendet er seine Aufmerksamkeit von dem großen, flachen Bildschirm ab und murmelt, dass sie im Fernsehen auch immer nur denselben Quatsch zeigen, und setzt sich wieder in den bequemen Sessel vor dem Kamin.

Ich spüle meine Tasse aus, und während ich sie abtrockne, nickt Felice ein. Ich nehme ein Glas Honig aus dem Küchenschrank und klopfe bei Vittorina an. Niemand antwortet. Ich klopfe noch einmal. Stelle das Glas dann auf die Fensterbank vor ihrer Küche. Eine Katze kommt aus einem Mauerspalt in einem alten Stall hervor, in dem sich früher einmal so viele Hühner tummelten, dass ich immer noch ihren Gestank zu riechen glaube, und streicht mir um die Beine. Es ist eine getigerte mit langem Fell. Die Katze von Signora Ilde, einer alten Dame um die neunzig, die weiter oben wohnt. Im höchsten und imposantesten Haus von Leontica, vielleicht sogar des ganzen Tals. Sechs Stockwerke einschließlich Keller und Mansarde. Sechs Stockwerke aus Felsbrocken und Steinen und Dachplatten aus Granit. Es wirkt einschüchternd, wenn man davorsteht.

Noch einschüchternder aber wirkte der selige Oreste, Ildes Bruder. Bart und Haare lang und grau meliert. Schwarze Kleidung. Kräftige, vom Zement ruinierte Hände. Eine stets brennende Pfeife zwischen den Zähnen. Und diese Stimme. Wenn er den Kopf aus dem Fenster steckte, um uns Kinder anzuschreien, die wir dort spielten, die Mädchen mit dem Gummiband und die Jungen mit der Steinschleuder. Er brüllte, dass wir ruhig sein sollten, der selige Oreste, dass wir ruhig sein und von da verschwinden und ihn in Ruhe lassen sollten. Er brachte die Mauern seines Hauses zum Wackeln. Also nichts wie weg, wir ergriffen die Flucht durch die Gassen zwischen den Häusern, bis uns die Puste ausging. Als man Oreste eines Tages tot in seinem Hühnerstall fand, war er sechsundsiebzig. Und jetzt starrt er einen von seiner Grabnische auf dem Friedhof herab mit zwei Augen an, die immer noch zu brüllen scheinen.

Draußen hinter den dicken Natursteinmauern und den kleinen Fenstern ohne Vorhänge und Gardinen ist die Nacht angekommen und hat den Dingen ihre Konturen genommen. Mein Kamin knistert. Ich lese in einem Buch, als Felice, immer noch im Sessel versunken, die Augen aufreißt wie ein von einem Auto geblendetes Hirschkalb, sich mit zwei Blicken orientiert, die Hand nach dem längst kalt gewordenen Tee ausstreckt und ihn in einem Zug austrinkt. Er betrachtet mich ein paar Sekunden lang, zieht sich dann die Socken an, blickt zu einem der Fenster hin und sieht sein Spiegelbild. Geht zu dem Fenster, legt die hohlen Hände ums Gesicht und schaut in die Nacht hinter der Scheibe. Er dreht sich zu mir um und sagt, auf. Im ersten Moment bin ich perplex, dann schließe ich das Buch, und wir ziehen Jacke und Bergschuhe an und verlassen das Haus.

Der Himmel ist klar und die Sterne funkeln und die Luft prickelt auf der Haut. Wir gehen auf sein Haus zu. Eis und festgetretener Schnee knirschen unter unseren Sohlen. In der Dunkelheit der Gasse kommen uns zwei schwarze Schemen entgegen, die mit jedem Schritt größer werden. Einer auf vier Beinen und der andere auf zwei, der auf einmal ausrutscht und auf den Arsch fällt und sich mit einem deftigen Fluch zu erkennen gibt. Verdammtes Eis, schimpft Brenno und rappelt sich auf die Beine. Er hebt seine Zigarette auf, die ihm heruntergefallen ist, und zieht kräftig daran. Furia beschnuppert unsere Schuhe, trabt dann zum Waschhaus, um Wasser zu schlabbern. Er hat nach den Hühnern gesehen, sagt Brenno und nähert sich uns mit zwielichtiger Miene. Als wollte er uns ein Geheimnis verraten, raunt er, dass sich da ein verfluchter Mistfuchs herumtreibt. Vielleicht ist der Wilderer ja im Hühnerstall gewesen, um eine Falle aufzustellen oder weiß der Teufel zu was er sonst noch fähig ist, nur um einen Fuchs zu fangen. Er wirft seine Kippe weg und hilft uns, den Suzuki aus dem Schuppen zu holen, ihn zu wenden und zu starten, dann verschwindet er mit Furia auf den Fersen im Dunkeln. Wir fahren los. Ich frage mich, wohin, was los ist.

Gemächlich zuckeln wir talwärts, die Scheinwerfer des Suzuki treffen auf die gefrorenen Schneehaufen am Straßenrand und bringen sie zum Glitzern. Zwei Kehren unterhalb Corzoneso fahren wir rechts ran. Wir bleiben im Auto sitzen, im Dunkeln. Nur das Ticken des erkaltenden Motors ist zu hören. Ich sehe mich um, doch da ist nichts als die Nacht. Ich höre, wie Felice sich die Hände reibt, mir ist eiskalt. Kein Auto kommt vorbei. Wir warten, ich weiß nicht, worauf. Brenno kommt mir wieder in den Sinn. Der hat sich ganz schön hingelegt, sage ich mir. Hat sich nicht rechtzeitig mit den Händen abgestützt und ist voll auf die Hüfte geknallt. Derweil warten wir weiter. Aber er ist aus hartem Holz geschnitzt, der Wilderer. Da braucht es schon mehr als so einen Sturz, damit er sich ernsthaft wehtut.

Auf einmal merke ich, dass Felice den Atem anhält und den Hals zur Windschutzscheibe reckt. Ich mache dasselbe und schärfe den Blick. Etwa fünfzig Meter vor uns auf der Straße ist ein Fleck zu erkennen, der sich dunkler von der umgebenden Finsternis abhebt, schwer, unter diesen Bedingungen die Entfernung abzuschätzen. Der Fleck verändert seine Form, wird breiter und unterteilt sich in drei oder vier kleinere, die sich bewegen. Felice schaltet das Standlicht ein. Das matte Licht beleuchtet nur die ersten paar Meter vor dem Suzuki, aber es wird von der nassen und teilweise verschneiten Straße reflektiert und zeigt uns vier Hirschkühe. Sie lecken das Salz vom Asphalt. Felice entfährt ein staunender Seufzer. Ich drehe vorsichtig den Kopf in seine Richtung und kneife die Augen zusammen, um in der uns trennenden Dunkelheit sein Gesicht zu sehen.

Es ist das erste Salz des Winters, flüstert er. Seine Stimme klingt klar wie in einer Eishöhle.

Mit angehaltenem Atem bewundern wir die Hirschkühe. Wie sie dort mitten auf der Straße genüsslich lecken, machen sie nicht den Eindruck, dass sie uns bemerkt haben, obwohl bestimmt all ihre Sinne in Alarmbereitschaft sind. Der Atem der Tiere verdichtet sich wie Rauch über ihren Köpfen und löst sich zum Nachthimmel hin auf.

Einige Minuten vergehen, dann taucht aus der Kurve unter uns ein Auto auf, und die vier Hirschkühe springen davon, werden von der Finsternis verschluckt. Wir lassen den Motor an, Felice wendet den Suzuki mit drei oder vier Manövern, und wir fahren zurück nach Leontica.

In der Kurve vor meinem Haus drehen die Räder durch und verlieren die Haftung, der Suzuki rutscht hinten weg und lehnt sich seitlich gegen einen Schneehaufen. Ich steige aus, um anzuschieben, und bemerke dabei eine Plastiktüte an meiner Tür. Wer mir die wohl gebracht hat? Was da wohl drin ist?

Wir fahren in den Schuppen, und Felice sagt gute Nacht. Ich weiß nicht, wie viel Uhr es ist, vielleicht acht oder neun. Also verabschiede ich mich, und er sagt machs gut, bis morgen.

Vor lauter Neugier bin ich mit vier langen Sätzen bei meinem Haus. In der Plastiktüte ist ein totes Huhn. Ein milchweißes Huhn, ein New Hampshire wie die von Brenno. Doch nicht er hat es mir gebracht, sondern Vittorina. Ehe ich ins Haus gehe, streue ich noch Salz in die vereiste Kurve und weiter bis zu ihrer Tür.

An einem Sonntag vor zwei Wintern, als sie gerade zur Messe wollte, ist Vittorina auf dem Eis vor meinem Haus ausgerutscht und hat sich das Handgelenk gebrochen. Ich habe sie hinunter zur Notaufnahme in Acquarossa gefahren, wo man ihr den Arm bis zur Schulter eingegipst hat. Seitdem sorge ich dafür, dass dieses Stück der Gasse so gut begehbar wie möglich ist, schippe Schnee und streue vor allem Salz.

Und jetzt muss ich das Huhn säubern. Ich schüre das Feuer. Fülle einen großen Topf mit Wasser und setze ihn auf meinen Elektroherd. Mache das Radio an. Ich habe noch nichts zu Abend gegessen. Im Stehen vor dem Kamin, um mir den Rücken zu wärmen, esse ich Brot mit Käse und Salami.

Das Wasser ist nun heiß genug, ich lege das Huhn einige Minuten hinein. Anschließend rupfe ich es vor dem

Feuer. Die Federn, die ich in die Flammen werfe, knistern und stinken furchtbar. Ich nehme es in der Edelstahlspüle aus, schneide die Füße und den Kopf ab und lege alle Überreste in einen Untersetzer. Das Huhn in den Kühlschrank. Dann wasche ich mir die Hände und gehe hinaus. Den Untersetzer stelle ich draußen auf den Boden. Duft nach Buchenholzrauch in der Luft. Ich werfe einen Blick in die Nacht, einige Fenster sind erleuchtet, die von Felice dunkel. Ich ziehe Jacke und Schuhe an und gehe auf einen Sprung in die Bar.

Im Cedrone sitzen sie zu viert um einen Tisch und spielen Scopa. Floro und Pep gegen die Wirtin Candida und Gilda, die Ehefrau von Brenno, eine derbe, immer schlecht angezogene Frau. Kaum hatte ich die Nase zur Tür hineingesteckt, sind die vier, die sich eben noch laut unterhielten, plötzlich verstummt, sodass ich den Eindruck bekam, dass sie über mich oder vielleicht über mich und Felice geredet haben.

Während sie Karten spielten, habe ich einen Film angeschaut und zwei Bier getrunken. Inzwischen müsste langsam Feierabend oder schon geschlossen sein, aber das ist egal. Solange hier getrunken wird, sagt Candida nichts.

Die vier spielen schon seit mehreren Stunden. Zwischen den Partien haben wir ein paar Worte gewechselt. Anfangs haben es Floro und Pep noch geschafft, aufzustehen und sich hinterm Tresen ein belegtes Brötchen zu machen und Bier nachzuschenken oder rauszugehen, um eine zu rauchen. Seit der letzten Partie aber kleben sie mit verkniffenem Mund und glänzenden Augen auf ihren Stühlen. Die Gläser hat Candida nachgefüllt, und geraucht haben sie alle vier hier in der Bar, wie es noch vor rund zehn Jahren normal war.

Die beiden Frauen haben die Männer Runde um Runde geschlagen, unter anderem, weil Floro und Pep ab einem gewissen Zeitpunkt nicht mal mehr die Karten in der Hand halten konnten, so viele Biere haben sie gekippt. Auch Candida und Gilda trinken, aber nur ein bisschen Wein.

Ich schalte den Fernseher aus und sehe ihnen zu. Floro macht Pep ein Zeichen, indem er drei kleine Schlucke von seinem Bier trinkt, und der antwortet mit einem anderen Zeichen, fährt sich mit der Zunge über die Unterlippe, um mitzuteilen, dass er keinen Durchblick mehr hat. Garantiert erinnert er sich nicht mehr, welche Karten schon ausgespielt wurden. Floro macht ein neues Zeichen, reibt sich die Nase, um Pep zu verstehen zu geben, dass er Herz abwerfen soll, aber Pep antwortet wieder, dass er nicht durchblickt, worauf die Wirtin Candida aufspringt und brüllt, verdammt noch mal, sagts doch einfach, dann machen wir Schluss.

Was ist denn?, erwidert Gilda.

Nichts, nur dass die da voll sind. Feierabend. Feierabend, schreit sie. Raus mit euch, alle raus.

Wir gehen.

Wie spät ist es?, fragt Floro. Niemand antwortet. Bòn, dann mal auf, gehn wir, gute Nacht zusammen, sagt er und entfernt sich, hochgewachsen und mager, mit seinem müden, schiefen Gang als würde er schon schlafen und diesen schwarzen, immer ein wenig zu kurzen Klamotten. Pep überquert den Platz so behutsam, als würde er über eine Glasplatte gehen, steigt in sein Auto, schlägt die Tür zu und schaltet kreischend beim Rangieren. Wir folgen ihm mit dem Blick, als er auf die Serpentinen zuschießt, die ihn hinunter nach Hause führen werden, wo ihn ein leeres, kaltes Bett erwartet. Als es nichts mehr zu sehen gibt, will ich mich von Candida und Gilda verabschieden, aber die sagen, also stimmt es jetzt, he? Weißt du es? Sagst du es uns?

Was denn?, entgegne ich.

Kommt die Frau von Felice zurück?, bohrt Candida, die Augen halb geschlossen.

Achselzuckend gebe ich ihnen dieselbe Antwort, die Kevin und ich uns gegeben haben.

Aber Kevin hat mir gesagt, dass du Bescheid weißt, beharrt Gilda mit vom Alkohol belegter Stimme.

Die Worte der beiden Frauen noch im Kopf, mache ich mich auf den Weg. Ein schwacher Wind weht kalte Luft vom Adula herunter, und das Dorf ist so still wie ein Bergdorf in der Nacht nur sein kann. Was hat Kevin sich da bloß ausgedacht? Jetzt glauben alle hier, dass ich weiß, wer da zurückkommt. Nur weil ich meine Tage mit Felice verbringe.

Laut vor mich hin denkend gehe ich durch die Gasse, an Felices Haus vorbei. Ich sehe zu seinem Schlafzimmerfenster hinauf. Es ist dunkel, er schläft schon seit einer Weile. Aber es stimmt, denke ich. Hier kehrt jemand heim.

Auf der Bank unterhalb des Waschhauses, beleuchtet vom Lichtkegel der Straßenlampe, treffe ich auf Floro, eine schwarze Silhouette mit gekreuzten Beinen und auf der Lehne ausgebreiteten langen Armen. Von fern ähnelt er einem riesigen Raben, einem von denen mit ausgebreiteten Flügeln, wie man sie am Hühnerstall anbringt, um die Falken abzuschrecken. Sein Blick ist zum Himmel gerichtet. Ich blicke ebenfalls hinauf, die Sterne über dem Simano spielen mit ein paar dunklen Wolken Verstecken. Der Wind in der Höhe weht nach Süden, sage ich und setze mich. Na, Kaminfeger.

Jo, antwortet er, im Geist bei diesen Wolken.

Ich will gerade noch etwas sagen, nur um ein bisschen Konversation zu machen, damit wir nicht stumm dasitzen wie zwei Saufbrüder, da reißt ihn ein Hustenanfall mit Macht aus seiner Dumpfheit. Er zieht Schleim hoch und spuckt in weitem Bogen mitten auf die Gasse. Seufzend holt er Luft und zieht die Tabakpackung aus seiner Jackentasche. Er öffnet sie, holt die Blättchen heraus, zieht eins ab, streut Tabak darauf, rollt mit zwei Fingerbewegungen eine Zigarette und steckt sie sich in den Mund, tastet dann seine Jackentaschen ab, dann die Hosentaschen. Hast du Feuer?, fragt er. Ich antworte ihm, dass ich nicht rauche, worauf er sich zu seiner ganzen Länge von fast eins neunzig erhebt, um auch die Gesäßtaschen seiner Hose abzusuchen, aus denen er endlich ein Feuerzeug herausfischt. Er dreht sich aus dem Wind, zündet die Zigarette an und setzt sich wieder. Und dann die Gumpe, sagt er, ihr braucht bestimmt 'ne Stunde, um da oben in den Bach zu steigen.

Ich sehe ihn an. Dabei hat er überall herumerzählt, dass das mit der Gumpe nur Blödsinn sei. Ich will gerade erwidern, dass er also doch daran glaubt, aber er sagt, hast du nie das Bedürfnis, draußen im Dunkeln zu sein, allein, in der Stille? Fragt er, nachdem er den ersten Zug genommen hat. Ich weiß nicht, was ich darauf antworten soll.

Ich schon, antwortet er sich selbst, um danach wieder in Schweigen zu verfallen.

Die Zigarette hat er nun seit einer Weile zu Ende geraucht und sie davongeschnippt, sodass sie fast in dem Rotzfleck mitten auf der Gasse gelandet ist, und wir haben zusammen zugesehen, wie sie erloschen ist.

An meine Eltern erinner ich mich nicht, sagt er. Ich hab ein paar Fotos. Nicht in einem Album. Aber das heißt nicht, dass ich mich an sie erinner. Ich erinner mich an die Fotos, weil ich sie mir ab und zu ansehe, ich hab sie in einer Dose. Weißt du, so eine Dose von diesen Butterkeksen aus Dänemark? Genau, da sind sie drin, als könnten sie fast mit dir reden, ich mach die Dose auf, aber nichts, es sind stumme Erinnerungen und fertig. Die Erinnerungen sind stumm. Wenn ich ein bisschen bei meinen Eltern sein will, weißt du, was ich da mache? Eh? Ich muss hier draußen sein, in der Stille.

Es fällt mir zuerst schwer, seinem Gedankengang zu folgen, aber ich glaube, das Wesentliche begriffen zu haben. Also halte ich die Klappe, und wir sitzen einfach da, genau wie zwei Saufbrüder. Nur das Wasser im Waschhaus ist zu hören.

Als ich nach einer weiteren Weile gehen will, sagt er, hier draußen, nachts, da glaube ich, dass sie bei mir sind.

Fünf

Ich bin mit der Wirtin Candida, Margareta von der Pizzeria, La Radio, Floro und Pep zusammen. Wir liegen in Felices Gumpe, nackt unter dem Sternenhimmel und beleuchtet von einem Feuer aus alten Holzskiern, wie ich sie bei Emilio gesehen habe. An die Steine am Rand gelehnt lassen wir uns im Wasser treiben, immer ein Mann und eine Frau abwechselnd, unsere Füße berühren sich in der Mitte. Das Wasser ist warm, es dampft wie ein Pool in einem Spa. Doch wir machen keine Kur. Wir spielen ein Gesellschaftsspiel. Jeder sagt etwas zu der Person rechts von ihm, die es dann leicht verändert an die nächste weitersagt und so fort.

Dann stehen Floro und Pep am Feuer und singen ein Lied in einer mir unbekannten Sprache, während Candida, La Radio und Margareta sich gegenseitig nass spritzen wie kleine Mädchen und mich auffordern mitzuspielen, aber die Wunde an meiner Hand blutet, worauf Margareta sagt, dass ich mir von Doktor Gianmaria eine Tetanusspritze geben lassen soll, ich lehne ab, aber sie pocht darauf und pocht und pocht.

Plötzlich ist es Tag, und eine sengende Sonne steht am Himmel. Die drei Frauen liegen im hohen Gras, um sich zu bräunen. Nicht weit davon, hinter einen Felsen gekauert, bringt Brenno das Gewehr in Anschlag, schießt und erlegt einen mächtigen Hirsch. Ich applaudiere und sage, guter Schuss. Er dreht sich zu mir um und grinst schaurig, zeigt zwei lange gelbe Reißzähne, die in der Sonne glänzen wie aus Gold, und ich wache auf. Ich komme zu mir, greife zum Handy. Noch zehn Minuten, bis der Wecker klingelt. Zehn verlorene Minuten Schlaf. Ich ziehe mich an und gehe hinaus.

Es schneit nicht, und es sind keine Sterne zu sehen, der Untersetzer ist blank geputzt. Die Kleider, die er vorgestern Abend aufgehängt hat, sind weg. Winzige Eiszapfen hängen an der Leine.

Wir frühstücken in aller Ruhe miteinander. Felice bricht ein Stück Brot ab und begutachtet die Wunde an meiner Hand, steckt einen Bissen in den Mund, begutachtet die Wunde kauend noch einmal, nickt. Der Kräutertee schmeckt diesmal süß. Auf dem Küchenschrank steht das Glas Honig, das ich gestern Vittorina gebracht habe.

Wir spülen unsere Tassen aus. Ich gehe hinaus, um die Teereste und die Marronischalen auf den Kompost zu werfen. Kehre zurück ins Haus. Er putzt sich die Zähne am Spülbecken und fixiert dabei eine reglose Spinne an der Wand. Aus der Jackentasche ziehe ich meine Zahnbürste hervor.

Während ich noch die Zähne putze, steigt er in den Keller hinunter und kommt mit zwei Knoblauchzehen wieder herauf und legt sie auf den Tisch. Dann geht er in den Garten und kommt mit einem Sträußchen gefrorener Petersilie zurück. Mit einem Messer schält er den Knoblauch, steckt eine Zehe zusammen mit einem Büschel Petersilie in den Mund und kaut, kaut, kaut. Er sieht mich an, grinst, schluckt schließlich den Saft hinunter und geht hinaus. Durchs Fenster sehe ich, wie er zwei- oder dreimal auf den Komposthaufen spuckt, sich das Zahnfleisch mit dem Finger reibt und den Mund mit dem Handrücken abwischt. Auf dem Tisch liegt die andere Zehe mit dem Rest Petersilie. Ich nehme beides in die Hand, blicke dann zu Felice draußen im Dunkeln hinaus. Er beobachtet mich abwartend, regungslos zwischen seinen Gartenbeeten, also nicht lange nachdenken und in den Mund damit. Ich kaue, doch dann sage ich mir, wer zwingt mich denn dazu, und renne hinaus, um auf den Kompost auszuspucken. Ist das eklig, spucke ich. Wie eklig. Felice sieht mir belustigt zu.

Wir begrüßen das Maultier von Vittorina. Ich habe immer noch einen widerlichen Geschmack im Mund, so früh am Morgen kann einem schlecht davon werden. Die Reifenspuren des Haflingers führen uns zum Stall von Sosto. Ich spüle mir lange den Mund mit Grappa aus und spucke auf den Boden, während die beiden sich kaputtlachen wie zwei kleine Jungen.

Wir erreichen die Gumpe erschöpfter als gestern. Der Schnee ist verharscht. Oben Reif und darunter schwer. Ich höre ihn neben mir verschnaufen, sein warmer Atem riecht nach Knoblauch. Meiner sicher auch.

Ringsherum erkennt man fast nichts. Die Sonne ist noch hinterm Simano. Die eisige Luft starr. Ein letzter tiefer Atemzug, dann sagt er bòn und zieht sich aus, nimmt die Seife aus seiner Jackentasche und taucht ein. Kurz darauf höre ich, dass er in dem Becken steht und sich den Kopf einseift, dann die Achselhöhlen und zwischen den Beinen. Kurzum, er wäscht sich gründlich.

Ich bin dran. Der von einem silbrigen Nebel verschleierte Himmel klart ein wenig auf, und der Schnee schimmert eisgrau. Ich will meine Seife benutzen, habe sie aber gestern noch nass eingewickelt, sodass das Zeitungspapier daran klebt und ich es nicht abbekomme. Also stecke ich sie wieder in die Jackentasche und bade ohne. Nur den Kopf über Wasser, rufe ich ihn.

Ho, antwortet er.

Seit wie vielen Jahren kommst du schon hier rauf?

Hm, macht er und sieht sich um wie auf der Suche nach einer Antwort. Hm, weiß nicht. Hab nicht mitgezählt.

Im Kiefernwald ist ab und zu ein dumpfer Schlag zu hören. Der Schnee fällt von den Tannen, deren Wipfel von mitunter lauen Windstößen geschüttelt werden. Das ist der für die Region typische Nordföhn, der die Alpen überwindet, die verschneiten Hänge hinab- und durch die Rinnen fegt, den Kiefernwald ohrfeigt, in die kalten, vereisten Schluchten dringt und im Nu den Nebel vertreibt, sodass das ganze Tal erstrahlt. In einem Morgenglanz klar fürs Auge und frisch für die Nase. Felice bleibt stehen, lehnt sich an den Stamm einer Lärche mit schon bronzefarbenen Nadeln, eine der wenigen im Kiefernwald, hebt den Kopf und schließt die Augen, atmet tief ein und hält die Luft an. Als wollte er die ohnehin schon tiefe Stille, die hier oben in den Bergen herrscht, noch besser hören.

Im Dorf angekommen, wo die Sonne jetzt ihr prickelndes Licht verströmt, bitte ich ihn zu mir herein, ich muss das Huhn von Vittorina kochen, sage ich. Mit vier Scheiten aus meinem Holzschuppen gehen wir ins Haus und machen gemeinsam Feuer im Kamin. Das Thermometer zeigt zehn Grad. Ich lasse die Heizkörper immer auf Minimum gestellt, um Öl zu sparen. Mein Kamin zieht gut, und die Luft erwärmt sich rasch.

Er streckt sich im Sessel aus und hält die Füße mit einer

Handbreit Abstand vor die Flammen. Während ich Kartoffeln schäle, denke ich daran, was mich gestern Abend die Wirtin Candida und Gilda gefragt haben, ob Felices Frau zurückkommt, haben sie mich gefragt. Ich möchte mit ihm darüber reden, sage aber nichts. Dann denke ich an den Brief, meiner Meinung nach kommt er nicht aus China, aber woher sonst? Auf einmal dreht sich Felice zu mir um und fragt, was ist los. Ich blinzle und merke, dass ich ihn gedankenverloren angestarrt habe. Nichts, sage ich. Nichts. Ich habe nur nachgedacht.

Ich schneide die Kartoffeln und Zwiebeln klein, lege das Huhn in einen Bräter und schiebe ihn in den Ofen. Dann mache ich das Radio an. Es gibt die Wiederholung einer Folge von Il Giardino di Albert, Kevins Lieblingssendung. Thema ist die Ausbaggerung des Luzzone-Stausees. Eine französische Firma wurde damit beauftragt. Die Arbeiten haben im letzten Sommer begonnen und werden noch mindestens ein Jahr andauern. Wir hören zu, ohne ein Wort zu sagen.

Das Huhn ist fertig, ich schalte den Herd aus, und wir gehen hinaus. In ihrem Garten ist Vittorina gerade dabei, mit ihren zierlichen dürren Händen das Gemüse vom Schnee zu befreien. Wir grüßen sie, worauf sie mit einem schwachen Zwitschern antwortet und die Augen fest auf ihre Arbeit gerichtet hält. Im Waschhaus schlabbert Furia mit gerecktem Hals, und unter dem Vordach macht Emilio Holz. Felice holt die Säge und die Axt aus seinem Schuppen und reicht mir die Axt.

Heute nicht, sage ich. Ich will ein bisschen spazieren gehen.

Ich schlage den Weg ein, der aus dem Dorf hinausführt, und marschiere flott los. Die Sonne lässt den Schnee schmelzen. Einen Tag ist es wie im Winter und am nächsten wie im Frühling. Im Vorbeigehen grüße ich Vittorinas Maultier. Aus dem Schornstein von Floros Baracke steigt träge eine Rauchsäule auf. Er ist um diese Zeit schon wach. Auf der Höhe der Alten Lärche nehme ich die Abkürzung zur Pian di Sella, dann halte ich inne und kehre um. Wann hat Felice damit angefangen, zu seiner Gumpe hinaufzugehen? Nach Russland oder nach der Pensionierung? Stimmt es, dass er jeden Tag hingeht? Ist er immer allein gegangen?, frage ich die Alte Lärche und blicke dabei fest auf einen vernarbten Astknoten in Augenhöhe, wo vor wer weiß wie vielen Jahren ein Ast abgebrochen ist und wo sie, male ich mir aus, wenn sie sehen und reden könnte, ihr Gesicht hätte.

Sostos Haflinger ist nicht da. Er hat seine Kühe schon gemolken und ist losgefahren, um die Milch in den Kühltank umzufüllen. Auf der festen Schneedecke an dem Platz, wo er ihn immer abstellt, sind jetzt drei Ölflecken. Ich überquere die erste Brücke, dann die zweite und biege schließlich auf Felices Weg ein, zwischen dem Geschrei eines Eichelhähers, den ich aufgeschreckt habe, und dem fernen Bellen eines Hundes. Ich steige den Selvaccia-Wald hinauf. Es ist ein alter Kiefernwald. Stämme von Rot- und Weißtannen, die man zu dritt nicht umfassen könnte. Ich schließe für einen Moment die Augen und gehe blindlings weiter, muss aber nach wenigen Schritten haltmachen. Wenn Felice vorangeht, ist es etwas ganz anderes.

Spuren von einem Hirsch kreuzen den in den Schnee getretenen Pfad jenseits des Walds. Ich folge ihnen mit dem Blick so weit ich kann, bis sie hinter einer aus dem Schnee aufragenden Felsgruppe verschwinden. Am Becken angekommen, drehe ich mich einmal um mich selbst.

Überall Weiß. Der Schnee glitzert glasartig in der Sonne, die wärmt wie im April.

Die Gumpe liegt ein Stück unterhalb der Alpe del Gualdo. Auf rund eintausendvierhundert Metern. Eine kreisförmige Vertiefung von zwei Metern Durchmesser, gehöhlt in einen gewaltigen Granitfelsen, der jetzt größtenteils von Schnee bedeckt ist. Die Eisplatten, die Felice herausgeholt hat, sind kreuz und quer übereinandergelegt, eine Kristallskulptur. An dieser Stelle fließt das Wasser langsam und klar und murmelt strudelnd.

Die Weißtanne, an die wir unsere Kleider hängen, ist kleiner, als ich sie im Dunkeln wahrgenommen habe. Die Abdrücke unserer bloßen Füße ringsum. Rechts unten unser Durchgang im Kiefernwald. Der Wald steigt weiter bis auf zweitausend Meter an. Die grünen, mit Schnee getupften Tannen zeichnen sich hoch vorm blauen Himmel ab.

Felsrinnen und Schluchten stürzen bergab. Im Tal unten erkenne ich Lottigna und Acquarossa. Von Leontica ist nur der Rauch der Schornsteine zu sehen, es liegt unter der Sella-Terrasse verborgen. Ich habe mein Handy mitgenommen und mache ein Dutzend Fotos. Ich will Orazio Picasso um eine Zeichnung von der Gumpe bitten, als Geschenk für Felice.

Mit den Bergschuhen schabe ich den Schnee von dem Felsen, auf den wir uns immer zum Trocknen stellen. Ich streiche darüber. Er ist glatt und so breit wie die Bänke neben Felices Haustür. Ich setze mich und lasse den Blick umherwandern, sauge alles in mich auf wie ein Lappen die Nässe vom Boden. Und denke nach.

Ich denke, dass dieser Gebirgsbach etwas Unergründliches flüstert, wie diese Alte ohne Lächeln, die Stumme, wenn sie in sich hineingrummelt. Er entspringt weiter oben am Berg und stürzt nach Dongio hinunter, wo er sich in den Brenno ergießt, den Fluss, der das Bleniotal in zwei Hälften teilt. Der Brenno entspringt am Lukmanierpass und endet bei Biasca im Ticino. Mit dem Ticino strömt dieses Wasser hier bei den Bolle von Magadino in den Lago Maggiore und dann weiter zuerst im Ticino und dann im Po durch Italien, bis es in die Adria mündet. Ob Felice wohl je daran gedacht hat, dass sein Wasser ins Meer fließt. Und dass dieses Wasser auch jemanden umspült, der im Po badet oder bei Rimini im Meer. Oder sogar in der Moskwa in Russland.

Und dass das Baden in seiner Gumpe also ein bisschen wie eine Reise durch Flüsse und Seen und Meere und Ozeane ist und auch durch den Regen. Und man sich mit jemandem vereint fühlen kann, der irgendwo in dieses um die Welt kreisende Wasser eintaucht. Das Wasser der Gumpe braucht etwa eine Stunde bis zu jemandem, der unten im Tal im Brenno badet, Tage bis zum Lago Maggiore, Jahre, um jemanden in der Moskwa zu umfließen. Doch Felice hat Geduld, denke ich.

Und dann denke ich, dass dieses Wasser das gleiche ist, in dem seine Mutter vor achtzig Jahren sonntags die Kartoffeln für die Gnocchi gekocht hat, und der Gedanke lässt mich erschauern. Wer weiß, ob Felice an so etwas denkt. Ich bin sicher, dass Felice daran denkt. Sicher denkt er daran.

Ich sitze da und betrachte die Berge. Den Gipfel des Simano mit seinem Eisenkreuz, ein winziger, in der Sonne glänzender Punkt. Den Adula mit seinem ausgezehrten, vom Verschwinden bedrohten Gletscher. Der Gipfel des Pizzo Sosto ist von hier aus gesehen eine rechtwinkelige Wand aus funkelndem Weiß. Richtung Süden verblassen die schneebedeckten Kämme der Voralpen zunehmend, bis sie so halb durchsichtig und zart wirken wie Seidenpapier, dort unten, wo das Tal sich öffnet wie ein Tor zur Welt. Und ich denke, wie weit entfernt dieses Tor vor all den Jahren noch gewesen sein muss, als Felice ein Kind war. Dann denke ich an die Migranten, die es auf der Suche nach Glück durchschritten haben. Und an die Stumme, die es wahrscheinlich nie passiert hat.

Ich stehe auf und nehme einen kleinen Stein aus dem Becken. Er glänzt nass in meiner Hand. Ich sehe zu, wie er langsam trocknet, bis er ganz matt ist. Schließe die Faust darum und stecke ihn ein und gehe los, begleitet von meinem Schatten auf dem Schnee, der verschwindet, als ich zwischen den alten Tannen abtauche.

Schon hundert Meter vor seiner Hütte höre ich, dass er zu Hause ist. Er spielt Schlagzeug, der Rhythmus ist schnell, rasend. Sein Toyota-Kleintransporter steht am Straßenrand und ist vom Schneepflug halb unterm Schnee begraben worden. So wird er bis zum Frühling stehen bleiben. Ich gehe hinein. Ohne den brennenden Kamin und die Luke zum Dachboden wäre es hier unten stockfinster. Keine Fenster. Die Kühe, die hier bis vor rund zwanzig Jahren lebten, brauchten keine. Ein eisernes Feldbett, ein Armeeschlafsack und ein Campingkocher auf einem kleinen Holztisch und zwei wackelige Stühle. Der Boden aus Stein und gestampfter Erde.

Ein ohrenbetäubender Lärm donnert von oben herab wie ein Hagelsturm und fegt über mich hinweg, als ich die Holztreppe hinauf und durch die Luke steige, durch die einst das Heu hinuntergeworfen wurde. Ich sehe ihn über das Schlagzeug gebeugt, in seinen immer zu kurzen schwarzen Klamotten, Lärmschutzkopfhörer auf den Ohren, denn sonst werd ich noch taub wie 'ne Glocke, hat er mal zu mir gesagt. Er pustet Atemwölkchen aus und zieht ein Gesicht, wie wenn der Zahnarzt bohrt und sagt, schön weit aufmachen, so sehr strengt es ihn an, seine langen, knochigen Gliedmaßen aufeinander abgestimmt zu bewegen. Auf dem Boden neben ihm eine leere Weinflasche.

Ciao, Kaminfeger, was spielst du?, schreie ich.

Floro hält schwarze Karbonschlegel in seinen von Halbhandschuhen aus Leder bedeckten Händen und sitzt auf einem Drehhocker hinter einem Schlagzeug, bei dem ich mich immer frage, woher er das Geld genommen hat. Rote Double Bass Drum von Pearl, die er mit beiden Füßen spielt, um einen volleren Klang zu erhalten, wie er mir mal erklärte, als er versucht hat, mir Schlagzeugspielen beizubringen. Vier Tom Toms und Pauke von Mapex, die Tama-Snaredrum der Garde von Leontica und vier Becken und eine Hi Hat von Zildjian. Er macht einen Mordskrach, vielleicht, um sich aufzuwärmen.

Auf dem Korbsofa liegt Rasta, zusammengerollt und an ein Kissen gekuschelt. Ich setze mich und lasse mich von dem drängenden Rhythmus mitreißen. Der ehemalige Heuboden ist von Sonnenlicht durchflutet, das durch die großen, mit Plastikfolie und Klebeband gegen die Zugluft verschlossenen Löcher hereinfällt. Der Kater setzt sich auf meinen Schoß, um sich streicheln zu lassen. Ich lasse den Blick schweifen. Trommeln und Tamburine und Bongos jeder Art. Gitarren und dergleichen in jeder Größe. Zwei Angelruten in einem Schirmständer aus Messing. An die Wand gelehnt eine elektrische Bassgitarre, die er gar nicht spielen kann, weil er keinen Strom hat. Der alte Sitz vom Sessellift an einen Dachbalken gehängt. Plastikflöten und Panflöten. Schellen, Maracas und Kastagnetten. Ein Akkordeon und eine Geige ohne Saiten und eine zerdellte, rot lackierte Zugposaune. Abgetretene, staubige Teppiche in allen Farben und Größen auf den Bodendielen, die unter den Gummisohlen meiner Schuhe vibrieren. Kerzen auf Weinflaschen. Mit Reißzwecken an den Balken angebrachte Poster, Grateful Dead, Led Zeppelin, Bob Marley. Und eine rote Che-Guevara-Fahne.

Floro stampft und schnauft wie eine Dampflok, weitab von den Rhythmen des Psychedelic Rock und des Reggae. Ich sollte ihm ein Metallica-Poster schenken... Einen Augenblick lang denke ich mir sein Schlagzeug weg, und plötzlich erinnern Floros Mimik und seine Bewegungen an einen Schiffbrüchigen, der um sich schlägt, um nicht unterzugehen.

Er legt die Schlegel auf der Pauke ab und schöpft Atem. Dann greift er zu seinem Tabakpäckchen. Keine Ahnung, was ich da spiele, ich spiele und basta, antwortet er, wobei seine Augen, zwei Spiegeleier, auf seine langen Finger gerichtet sind, die eine Zigarette drehen.

Ich komme zurück ins Dorf, als es gerade elf läutet. Die beiden Alten sind immer noch dabei, Holz zu machen.

Fleißig, fleißig, sage ich.

Sie verziehen keine Miene. Da lade ich sie zu mir zum Mittagessen ein. Jetzt haben sie mich gehört. Ruckzuck räumen wir das gehackte Holz weg und stapeln es in ordentlichen Reihen auf, um das Auge zu erfreuen, wie Felice sagt. Dann gehen sie kurz zum Waschhaus, ziehen ihre Hemden aus und waschen sich das Gesicht, die Arme und die weiß behaarten Achselhöhlen.

Sie reden nicht, als sie hingefläzt in den Sesseln sitzen und die Füße fast ins Feuer halten. Sie lassen die Arme auf den Lehnen ruhen und hören Radio. In den Nachrichten bringen sie den üblichen Mist, brummt Felice. Emilio pflichtet ihm bei und meint, ist derselbe Mist, den ich schon heute Morgen gehört habe. Ich habe nicht richtig darauf geachtet, aber in einem Beitrag schien mir die Rede von einem Wolf zu sein.

Ich decke den Tisch und stelle die kleinen Frischkäse von Paolina, Brot und einen Korb mit Obst in die Mitte. Auf Felices Teller gebe ich Kartoffeln und Zwiebeln und ein Spiegelei, auf Emilios und meinen je ein halbes Huhn. In aller Ruhe und ohne ein Wort zu sagen verzehren wir unser Mittagessen, spülen die Teller und gehen anschließend in die Bar.

Die voll ist mit Leuten, die Kaffee mit Schuss, Grappa und Nusslikör trinken, um das Mittagessen zu verdauen. Als wir hereinkommen, ebbt das Stimmengewirr auf einmal ab und verändert seinen Ton, und fast alle Blicke richten sich auf uns. Felice grüßt in die Runde, was die Anwesenden irgendwie verlegen macht. Manche schauen auf ihre Hände, andere auf den Boden. Offenbar haben sie über uns geredet. Nur Candida erwidert seinen Gruß. Da setzt Pep, der am Tresen steht, seine Brille auf, nimmt eine Zeitung, blättert darin und räuspert sich, um die Aufmerksamkeit auf sich zu lenken. Dann beginnt er, laut vorzulesen.

Er ist vielleicht der Gebildetste der ganzen Gesellschaft, da er lange Italienisch und Geschichte für die Mittelstufe unten im Tal unterrichtet hat. Und wenn er seine Lesebrille aufhat, wirkt er vertrauenswürdig und seriös. Weil er sich gern als kultivierter Mensch gibt, sieht man ihn jeden Vormittag um elf einen Weißwein trinken. Um den Magen aufs Mittagessen einzustimmen, sagt er und schlürft ihn mit abgespreiztem kleinem Finger. Nach dem Essen kehrt er in die Bar zurück und nimmt einen Digestiv, damit es besser rutscht. Und nach dem Digestiv kippt er ein Bier, um für den Nachmittag fit zu sein, sagt er. Und so weiter, bis er genau wie alle anderen auf allen vieren aus der Bar herauskriecht.

Der Wolf, liest Pep mit seinem Schullehrergehabe, ist auch im Bleniotal angekommen und hat gestern Nacht sieben Schafe auf einer Weide nahe des Luzzone-Staudamms gerissen.

Sieben?, fragt der Bauer Sosto verdutzt nach.

Aé. Sieben, bestätigt die Wirtin Candida.

Sieben, sagt Pep, lies selbst, sieben.

Aé, aé, bòn. Lies weiter.

Der Wolf, fährt Pep fort, nachdem er sich mit einem Blick in die Runde vergewissert hat, dass alle zuhören, der Wolf ist im Tessin kein Novum mehr. Zum ersten Mal wurde er vor vier Jahren auf den Kämmen der Leventina gesichtet, doch das Exemplar, das sieben Schafe beim Luzzone zerfleischt hat, könnte ein neuer Rüde sein, der während des Sommers aus dem Kanton Graubünden eingewandert ist. Erst die DNA-Analyse wird zeigen, bla, bla, bla. Aber im Ernst. Sieben Schafe …

Also hatte ich beim Kochen doch richtig gehört.

Richetto setzt sich zu uns. Aé, die DNA … Tja, der Wolf ist schon ’ne scheußliche Bestie, oder? Um ein halbes Schaf zu fressen, hat er sieben abgemurkst. Man sollte ihn erschießen und Friede und amen, weil hier bei uns ist kein Platz mehr für Wölfe.

Moment mal, mischt Felice sich ein, Moment. Machen wir uns nichts vor, die schlimmste Bestie ist der Mensch, wenn ihr mich fragt. Ansonsten kann jeder sagen, was er meint.

Ach komm, Felice, die scheußlichste Bestie ist doch der Brenno, sagt Kevin. Sein Spruch erntet allgemeines Gelächter, bis der Wilderer uns mit einem deftigen Fluch zum Schweigen bringt.

Also ich finde, mischt sich Candida ein, dass der Wolf sehr gut hier bei uns leben kann, die Bauern müssen nur Schäferhunde auf ihren Weiden einsetzen, dann verzieht er sich, ihr werdet sehen, und jagt Hirsche und Gämsen und …

Ach Schwachsinn, Candida, fällt der Wilderer ihr ins Wort, ist ja wohl besser, wenn wir Jäger den Wildbestand kontrollieren und nicht der verdammte Wolf, poltert er und schiebt eine Hand unter seinen Pullover, um sich die Achselhöhle zu kratzen. Der richtet doch nur Unheil an … kratzt. Sieben Schafe … und kratzt.

Ja, klar. Ihr wollt das Wild nur für euch allein, das ist es doch, sagt Candida, worauf Brenno erwidert, ohne uns Jäger würde die Natur vor die Hunde gehen.

Ja, hört nur unseren Jäger-Jesus, auf die Erde gekommen, um sie zu retten, höhnt Kevin, worauf Brenno der Kragen platzt, er fluchend die Hand aus dem Pullover zieht und sich samt Glas und Flasche woanders hinsetzt.

Also ich hab im Internet gelesen, dass ein Hirte in Graubünden ein paar Esel in seiner Herde mitführt, um die Wölfe fernzuhalten, und das mit den Eseln funktioniert anscheinend, sagt Natel Maieta Kaugummi kauend.

Ja, klar, Esel, was sonst, spottet Floro.

Das verdammte Mistvieh richtet nur Schaden an, und wir müssens dann bezahlen, brüllt Brenno von seinem Tisch weiter hinten.

Aé, nur Schaden und wir müssens bezahlen, plappert Celso ihm nach.

Genau, Celso, wer bezahlts wieder?

Die Wolf-Debatte versiegt, und ich setze mich zu Brenno, um ein bisschen mit ihm zu reden. Er grinst in sich hinein, das leere Glas auf dem Tisch in der einen Hand und die angehobene Flasche in der anderen. Wer weiß, woran er gerade denkt. Dann schenkt er sich nach und leert das Glas in einem Zug, mit dieser für ihn typischen, wütenden Art zu trinken. Er knallt es auf den Tisch, wie um die Unterhaltung über den Wolf ein für alle Mal zu beenden. Als er sich den Mund abwischt, sehe ich ihm in die Augen. Zwei glühende Kohlen, die hinter seinen wirren Haaren voller Holzspäne aus den Höhlen treten. Mein Traum kommt mir wieder in den Sinn, und einen Augenblick lang macht Brenno da auf der andern Tischseite mir Angst. Denn wenn mans recht bedenkt, ist er ein Typ, vor dem man auf der Hut sein muss, der Wilderer.

Seit damals vor rund zehn Jahren, als eine schwere Lungenentzündung seine beiden Zwillingstöchter dahingerafft hat, ist Brenno nicht mehr derselbe. Zumal er sich in den Alkohol gestürzt hat. Nicht, dass er vorher nicht getrunken hätte … Doch statt gegen die Strömung zu schwimmen, wie es die Forellen machen, um flussaufwärts Laich abzulegen und so einen neuen Kreislauf zu beginnen, hat er sich hinunterziehen lassen und ist abgetrieben. Eine Heilige, seine Frau Gilda, niemand weiß, wie sie ihn erträgt.

Er sieht meine Wunde und beugt sich über den Tisch. Betrachtet sie aufmerksam, als wollte er etwas dazu sagen, starrt aber nur mit einem trunkenen und einem schielenden Auge darauf. Beide betrachten wir sie wortlos. Ist kein schöner Anblick, muss ich zugeben, aber immerhin hat sie sich nicht entzündet. Die tieferen Gewebeschichten scheinen schon zu vernarben, während die Wundränder sich eingerollt haben und allmählich abtrocknen.

Brenno dünstet einen Gestank nach altem Schweiß, Zigarettenrauch und Alkohol aus. Er schenkt sich noch ein Glas ein und trinkt zwei große Schlucke, wobei sich sein vorstehender Adamsapfel an seinem langen, dünnen Hühnerhals auf und ab bewegt. Er leckt sich über die Lippen und räuspert sich laut, setzt an, etwas zu sagen. Zuerst stößt er einen Fluch aus, dann meint er, dass ihm seit einigen Tagen so ein Mistvieh jeden Tag ein Huhn klaut. Das knall ich ab, das verdammte Mistvieh, sagt er. Das muss ich abknallen. Noch ein Fluch.

Schon gestern Abend hatte ich das Gefühl, dass da irgendwas mit einem Fuchs dahintersteckt. Vielleicht hat er wirklich im Hühnerstall nach dem Rechten gesehen, wie er sagte, aber ganz sicher bin ich mir nicht. Neugierig geworden will ich herausfinden, was da im Busch ist.

Komm schon, Wilderer. Du wirst doch nicht irgendwelchen Mist bauen wegen diesem Fuchs, oder?, tadelt ihn die Wirtin Candida, die mitgehört hat.

Verdammt noch mal, Candida, halt doch einfach die Klappe, flucht der Wilderer. Weil ihm so viele Zähne fehlen, hat sein Geknurre etwas Komisches. Der Brenno, wüster Kauz, mager wie eine Zaunlatte, struppiger Bart, flucht so viel, dass inzwischen niemand mehr darauf achtet.

Jenseits der Holzbrücke, oberhalb der Negrentino-Kirche, hat er einen Hühnerhof mit etwa hundert Legehennen, pro Henne dreihundert Eier im Jahr, prahlt er, alles bio, Freilandhaltung. Eier zu siebzig Gramm und Hühner zu drei Kilo. Ihm zufolge die besten Hühner im ganzen Bleniotal. Er zischt mir zu, dass das Mistvieh heute Morgen nicht gekommen ist und dass er sich deshalb morgen früh wieder auf die Lauer legen wird, und todsicher wird er es früher oder später erwischen. Ich antworte, dass ich mitkomme.

Die Tür geht auf, und Subaru und Ford stürmen herein, gefolgt von Gilda. Der Wilderer wirft ihr einen Blick zu und verzieht das Gesicht. Subaru ist ein halber Spürhund, mit dem Brenno Rehe aufstöbert. Ford dagegen, obwohl ein englischer Setter in ihm steckt, schafft es nicht mal, die Hühner aufzuhalten. Die zwei Hunde lassen sich von allen streicheln, und Gilda steuert auf ihren Platz am Kartentisch zu, wo Celso sitzt. Sie sieht ihn scharf an und sagt gedehnt, zieh Leine. Celso hatte es schon kapiert und sich widerspruchslos erhoben. Doch sie, während sie sich setzt, fügt hämisch hinzu, oh Celso, was hast du doch für einen warmen Arsch, und lacht, wenn auch allein.

An den Kartentisch setzen sich nun auch Emilio, Richetto und seine Tochter Candida, die die grüne Spielmatte ausbreitet. Emilio und Candida gegen Gilda und Richetto. Gilda nimmt den Stapel und mischt, lässt dann Emilio abheben, ehe sie austeilt. Beim Austeilen sieht sie Emilio herausfordernd an, auch Candida und Richetto tun das. Als Gilda den Stoß ablegt, scheint sie etwas sagen zu wollen, stockt aber, weil Emilio, der sich bedrängt fühlt, einen Hilfe suchenden Blick in Felices Richtung wirft. Alle in der Bar verfolgen die Szene. Zwei Sekunden lang herrscht Stille. Eine Grabesstille. Nur der Stuhl, auf dem ein verlegener Emilio sitzt, knarrt ein wenig. Dann erwidert Felice Emilios Blick und lächelt Gilda schief an, und da wirft die Wirtin Candida die erste Karte ab, und die vier beginnen schweigend zu spielen. Felice dreht sich zu mir um als wäre nichts, die anderen fangen wieder an, über Wölfe, Füchse und Hühner zu brummeln und Wein und Grappa in sich hineinzuschütten. Ich lasse meinen Blick reihum über alle Anwesenden wandern. Wenn ich wie Felice die Gedanken der Leute lesen könnte, würde ich bestimmt jede Menge abenteuerliche Geschichten über eine rätselhafte Person, ein Bett und eine Truhenbank zu lesen bekommen.

Wir stehen auf und gehen, als Pep gerade seine Brille in die Hemdtasche steckt und eins seiner Volkslieder anstimmt. Draußen vor dem Cedrone warten Priska, Duska, Giulia und der kleine Elia auf den Schulbus. Auch dabei sind Furia und Anselmo. Der auf einem Moped, das einen Höllenlärm macht, Rahmen von Sachs und der Rest weiß nur er aus was für Teilen zusammengebastelt. Lange Gabel, alles frisiert und ohne Nummernschild. Um sich das Warten zu verkürzen, steigen Priska und Duska abwechselnd hinter Anselmo auf, der mit ihnen eine Runde um den Platz dreht. Heute hustet Duska in einem fort.

Sie ist immer krank, dieses Mädchen. Ihre ersten beiden Lebensjahre hat sie zum großen Teil im Krankenhaus verbracht. Weit weg von zu Hause, in Zürich, wohin ihre Mama Sabina auch Priska mitnahm, um Tag und Nacht bei der kleinen Kranken zu wachen. Während Papa Giovanni in Bellinzona arbeitete und abends in dem leeren Haus in Leontica verzweifelte. Der arme Kerl verkraftete diesen langen Leidensweg nicht und drehte durch, er griff zur Flasche und verlor seine Arbeit, und da gab die Lehrerin Sabina ihm den Laufpass.

Giulia, AC/DC-Sweatshirt und enge schwarze Jeans mit Rissen an den Knien, hört Metal über Ohrstöpsel und wackelt dabei mit dem Kopf, während der kleine Elia Furia streichelt. Giovanna kommt, wendet den Kleinbus, zieht die Handbremse, steigt aus und öffnet die Schiebetür. Priska klettert vom Moped, und die vier Jüngsten entschwinden hinunter zur Schule. Die Kirchenglocke schlägt eins. Anselmo, der denselben Namen trägt wie sein armer, am

Tag vor seiner Geburt gestorbener Großvater, flucht laut, weil ihm das Moped abgesoffen ist.

Als Anselmo noch klein war, fing Kevin irgendwann an, ihn Junior zu nennen, wie man es in Amerika macht, wenn ein Sohn nach dem Vater oder Großvater benannt ist. Dieses Junior ging von Mund zu Mund, bis es zum Rufnamen wurde. Das wurmte Sosto, sodass er eines Abends in der Bar für Klarheit sorgte. Er schlug mit der Faust auf die Theke, deutete mit ausgestrecktem Zeigefinger auf alle Anwesenden, als wollte er sie mit einem Dolch bedrohen, und verbot ihnen, seinen Sohn mit diesem amerikanischen Namen zu rufen, weil wir sind hier ja wohl nicht in Amerika, donnerte er, wir sind hier im Tessin. Nicht in Amerika.

Anselmo tritt ein paarmal auf das Startpedal, bis der Motor knatternd anspringt. Er hängt sich den Helm über den Arm und verschwindet, zieht eine dichte, stinkende Wolke von zu fetter Zweitaktmischung hinter sich her. Im Sommer hat er eine Lehre bei einem Autoschlosser unten in Biasca begonnen, aber seit etwa einem Monat sehe ich ihn ziellos umherstreifen. Und Furia trottet ihm immer hinterdrein.

Der Dorfplatz ist nun leer. Meine Gedanken kehren zu den Sommerferien vor fast vierzig Jahren zurück und folgen einer möglichst weit über den Platz gekickten Konservendose, womit diejenigen, die sich in ihrem Versteck hatten finden lassen, befreit wurden. Alle frei, schrien wir, nachdem die leere Tomaten- oder Erbsendose weggeschossen worden war. Eine Konservendose, etwa zwanzig Kinder und Jugendliche und endlose Stunden, um sich zu verstecken, zu suchen, zu finden, zu befreien. Meistens spielten wir nach dem Abendessen, wenn es kühler war. Für einige die Gelegenheit, sich heimlich den ersten Kuss zu geben. Was für Erinnerungen, denke ich, während wir talwärts laufen.

Wohin gehts?

Ach, Hauptsache ein bisschen draußen sein, ist eigentlich egal. Nach Döisc vielleicht.

He?

Döisc. Dongio.

Von einem Haselnussbusch am Straßenrand bricht er einen langen und am Ende krummen Zweig ab und benutzt ihn als Spazierstock. Mit den Bergschuhen aus den vierziger Jahren, die übers Pflaster kratzen, der geflickten Flanellhose und dem zerschlissenen Pullover sieht Felice aus wie ein Landstreicher mit Hirtenstab, aber das sage ich ihm nicht.

Hinter uns kommt ein Auto. Hupen, es hält. Es ist die Lehrerin Sabina. Das Handy in der einen Hand, lässt sie mit der anderen das Fenster herunter. Wart mal 'nen Moment, ja, wart kurz, hier ist nämlich der Felice, schreit sie ins Telefon. Bleib dran. Dann sagt sie uns, dass sie nach Biasca fährt, um neue Turnschuhe für Priska zu kaufen, weil Priska alle drei Wochen ein Paar durchläuft, im Gegensatz zu Duska, die nicht, weil sie ja immer krank ist, das arme Mäuschen, und oft beim Sport nicht mitmachen kann, mit dem Asthma kann sie ja nicht rennen, und deshalb verschleißt sie mir die nicht wie Priska, die sie mir in drei Wochen durchläuft, aber zum Glück kosten sie nur sechs fünfzig unten in der Migros. Soll ich euch mitnehmen?

Felice sagt nein, danke, wir gehen lieber zu Fuß.

Also, denk an heut Abend, ciao Felice.

Ja, ich denk dran.

Halb acht, spätestens Viertel vor komme ich, ruft sie aus dem Fenster, während sie schon losfährt, um es mit den steil abfallenden Serpentinen aufzunehmen.

Wir erreichen das Tal. Die Glocke von Dongio schlägt zwei. Wir gelangen in den Dorfkern über die Kantonsstraße, die von alten, zweistöckigen Steinhäusern flankiert wird, einige davon renoviert, andere verlassen.

Ist gut, was zu machen, auch wenn man nur so dahockt und wartet, sagt Felice und zeigt mit seinem Stock.

Ich drehe mich um. An dem kleinen Platz sitzen drei alte Frauen auf der Bank vor dem Schaufenster der Apotheke, unter dem neongrünen, blinkenden LED-Kreuz, ein Kontrast zur Hausmauer, wo der Kalkputz abblättert. Gesittet und stumm sitzen sie da mit ihren Schals und Kopftüchern und Kittelschürzen, die Füße in Holzschuhen und Hauspantoffeln, als würden sie tatsächlich auf etwas warten, vielleicht die Post, aber wahrscheinlich nur, dass die Zeit vergeht. Eine der drei zieht ein zerknülltes Taschentuch aus dem Schürzenärmel und putzt sich die Nase.

Weiter vorn wird gerade die Tür zum Coop aufgeschlossen, und zwei Frauen, die schon darauf gewartet haben, betreten den Supermarkt. Gegenüber ist die Trattoria Del Cervo Bianco, zum Weißen Hirsch. Felice lehnt den Stock an die Mauer, und wir gehen hinein.

Lateinamerikanische Musik spielt auf voller Lautstärke, eine Art Technosalsa. Die Barfrau Maria, mit freiem Bauchnabel und hochgezogenem Busen, Kolumbianerin, ist letztes Jahr aus Südamerika herübergekommen und seit kurzem mit dem Pöstler von Acquarossa verheiratet. Sie unterhält sich laut auf Spanisch mit einer Landsfrau, auch diese kurvenreich wie die Straße zum Nara hinauf. Sie lachen und scherzen und ziehen die Aufmerksamkeit zweier krummer Alter auf sich, zwei ausgestopfte Bartgeier mit Biergläsern in den Klauen, die die beiden Frauen mit der dunklen Haut und den großen Mündern bewundern. Wir setzen uns etwas abseits, Maria kommt. Hola, ihr Hübschen, sagt sie mit ihrer kecken und zugleich sinnlichen Art. Was kann ich euch bringen?

Felice schrumpft auf seinem Stuhl zusammen, und wenn wir nicht gerade von Leontica herunter lange durch die Kälte gegangen wären, könnte ich schwören, dass er rot wird.

Seit wir losgelaufen sind, haben wir höchstens zwei, drei Worte miteinander geredet. Und auch jetzt, während wir unseren kochend heißen Tee trinken, sagen wir nichts. Auf einmal kommt der Trottel Paolino herein, angezogen als müsste er ins Büro. Er ist um die fünfzig, und weil sie ihn als Kind ständig als Dummkopf beschimpft haben, ist er wirklich einer geworden, ein Dummkopf. Sodass sie ihn bei der Musterung noch vor der Mittagspause nach Hause schickten und er mit einundzwanzig schon Rente wegen Invalidität bezog. Geistige, in seinem Fall.

Er wohnt seit jeher bei seinen Eltern in seinem Geburtshaus in Leontica, jenseits der Tito-Brücke, hinter dem Haus von La Radio. Schon seit Jahren verbringt er seine Tage damit, die Bars und Restaurants im Tal abzuklappern. Er kommt herein und stellt sich an den Tresen, sieht sich um, verlagert das Gewicht von einem Bein aufs andere und gibt vor, an den Unterhaltungen der anderen Gäste teilzunehmen, während er in Wahrheit nur mit seinem schwachsinnigen Grinsen dasteht, ohne den Mund aufzumachen. Wenn Paolino in eine Bar kommt, achtet inzwischen niemand mehr auf ihn, aber früher zogen sie ihn auf und versuchten, ihn zum Trinken zu verleiten.

Vor ein paar Jahren haben wir ihm mal nachspioniert. Um herauszufinden, was er den ganzen Tag so treibt. Gewöhnlich bleibt er zehn Minuten am Tresen stehen, ehe er zu einem anderen Lokal oder nach Hause fährt. Er steigt ins Auto und ab gehts. Ungefähr neunzig Kilometer am Tag. Hin und her, das ganze Bleniotal rauf und runter. Nach Hause, Bar, noch eine Bar, Restaurant, nach Hause, eine andere Bar und so weiter. Alle zwei Stunden fährt er zurück nach Hause, trinkt ein Glas Wasser, geht aufs Klo und nimmt dann seine Runde wieder auf. Seine Eltern, der Vater schon halb einbalsamiert in einem Sessel am Fenster, von wo aus er das Tal mit dem Fernglas beobachtet, die Mutter ständig mit Hausputz beschäftigt, fragen ihn immer, Paolino, wo willst du hin? Worauf er jedes Mal antwortet, ich hab ein paar Dinge zu erledigen, fangt ruhig schon an zu essen, falls es später wird.

Er ist hereingekommen und steht dort neben dem Selecta-Zigarettenautomat, wo er die Barfrau Maria beim Herumlaufen zwischen Tresen und Tischen begafft. Sie geht mehrmals an ihm vorbei, ohne ihn zu beachten. Bis sie endlich fragt, trinkst du was? Daraufhin schüttelt er seine Armbanduhr aus dem Jackenärmel und sagt, nein, er habe noch eine Verabredung und sei schon spät dran, richtet seine Krawatte und geht. Er war zehn Minuten hier, keine Minute länger. Um jetzt wohin zu fahren, in welche Bar?, frage ich mich. Ich will Felice mit dem Ellbogen anstupsen, vielleicht denkt er gerade dasselbe. Doch er blickt unverwandt auf das Poster mit Palmenstrand an der Wand. Er steht auf und sagt, gehn wir zum Eros.

Außerhalb von Dongio, gleich am Brenno, hat Eros eine Forellenzucht zur Wiederbesiedelung der Tessiner Flüsse und Bergseen. Wir müssen über einen schlammigen Weg gehen, am Fluss entlang. Dicke Felsbrocken. Tiefe Strudeltöpfe. Weiße, laute Gischt. Frischer, sauberer Geruch. Am anderen Ufer bewegt sich etwas im Schatten. Ein Hund schnürt im Zickzack durch den Schnee. Nicht weit dahinter kommt ein telefonierender Mann mit einer Leine in der Hand. Auf diesem Abschnitt bildet eine lange Steinmauer optisch den Sockel des Simano, dieses gewaltigen Dreiecks aus Fels, Felsrinnen, Tannen und Eis. Die Strömung des Flusses trägt den Geruch der Fischteiche heran, noch bevor wir sie sehen.

Jetzt sind weiter hinten die eingezäunten äußeren Teiche zu erkennen, ein kleines Lagergebäude und ein Geräteschuppen. In eine Ecke geworfen ein alter Liftsessel.

Rutschhemmende Gummihandschuhe, gelbe Plastikschürze. Wir kommen dazu, als er gerade einen großen Zuchtfisch melkt, dessen Samenflüssigkeit sich in eine Plastikschüssel voller Laich ergießt. Felice verfolgt die Szene so gebannt wie ein Kind einen Zeichentrickfilm. Der Fisch wird anschließend in eine Wanne entlassen, in der ich ein Dutzend große Männchen schwimmen sehe. Dann holt er mit einem Käscher aus einer anderen Wanne ein weiteres, das kraftvoll zappelt.

Also, beginnt Eros ernst, den Blick auf seine Arbeit mit der Schüssel gerichtet. Neulich abends kommt doch dieser Hungerleider von Kaminfeger hier runter und sagt zu mir, Eros, sagt er, hast du nicht zufällig ein paar Abfälle für meinen Kater übrig? Also gebe ich ihm ein paar in einer Tüte, nur so ein paar, damit er die seinem Kater gleich alle zu fressen gibt, denke ich, und basta und amen. Denn er hat ja noch nicht mal einen Kühlschrank, der arme Teufel. Also gebe ich ihm nur so ein bisschen, zwei Handvoll, aber er meint, Eros, meint er, sei kein Geizkragen, du hast doch hier den ganzen Mülleimer voll. Das hat er gesagt. Geizkragen hat er mich genannt. Also sag ich zu ihm, Kaminfeger, hör mal, du wirst die doch nicht etwa selber essen, die Innereien da, sag ich. Und er, nein, Eros, die sind für den Rasta, doch nicht für mich. Da sag ich, also bitte, bedien dich, und er füllt sich den Beutel. Felice, wenn dieser Unglücksmensch sich wieder den Magen verdirbt wie neulich, hab ich diesmal nichts damit zu tun, ja? Weil neulich nämlich war ich dran schuld, weil ich ihm gesagt hab, dass er den Rogen auch roh essen kann, aber er hat ihn erst am Tag danach gegessen, und diesmal hat er sich einen Beutel Innereien mitgenommen, und wenn er die isst und sich vergiftet und krepiert, dann hab ich dir gesagt, dass ich nichts damit zu tun hab, nè?

Angetrieben von der einsetzenden Abenddämmerung und der Kälte, die vom Talgrund aufsteigt, gehen wir nach Leontica hinauf und ziehen unsere langen Schatten auf dem Asphalt hinter uns her. Die letzten Sonnenstrahlen des Tages liebkosen die weißen, mit Grau und Bronze und Schwarz gefleckten Hänge. Schritt für Schritt, ohne den Mund aufzumachen, er mit seinem Hirtenstab, mit dem er den Rhythmus vorgibt, tock, tock, und diesem leichten Gang, als würden seine neunzig Jahre überhaupt nicht auf ihm lasten. Die Schneehaufen am Straßenrand, deren Schmelzwasser quer über den Asphalt hinunterzüngelt, werden Kehre für Kehre höher. In Kürze, wenn die Sonne ganz hinterm Pizzo Erra verschwunden ist, werden sie gefrieren und sich in tückische Fallen verwandeln, vor allem für diejenigen, die auf zwei Rädern unterwegs sind. Zumindest, bis der Traktor mit dem Salz da war.

Als wir durch Corzoneso kommen, blickt uns hinter

dem Fenster eines Natursteinhauses eine weiße Katze entgegen. Felice hält seine Nase an die Scheibe und sagt etwas zu ihr, worauf die Ohren des Tieres aufmerksam zucken.

Wir haben Corzoneso hinter uns gelassen und sind auf halber Höhe des Anstiegs. Vom Tal her ist das Knattern mehrerer Mopeds zu hören. Frisiert. Ohne Schalldämpfer. Das Getöse nähert sich Serpentine für Serpentine. Ab und zu werfe ich einen Blick über meine Schulter. Dann sehe ich sie hinter einer Kurve hervorkommen, zwei Biker, ziemlich schnell trotz der Steigung. Vornweg Anselmo auf seinem Sachs mit der langen Gabel, gefolgt von seiner Freundin mit ihrer roten Puch Maxi und den blonden Haaren im Wind. Sie überholen uns in null Komma nichts und ziehen eine Spur aus Lärm und Zweitaktergestank hinter sich her. Wir sehen ihnen nach, bis sie hinter der nächsten Kurve verschwinden. Eine ganze Weile hören wir sie noch, nur vor den Kehren werden sie leiser, dann lässt der Lärm nach und verhallt schließlich ganz. Wir lauschen, als könnten wir die beiden Mopeds immer noch hören, aber was wir wahrnehmen, ist nur noch die Erinnerung an ihren Radau.

Die Kälber von Kevin mit ihren Glöckchen beobachten uns mit neugierigen Augen, wahren aber einen gewissen Abstand. Te', te', macht Felice. Eines kommt ein paar Schritte auf uns zu. Vielleicht ist es dasselbe, das mit dem Maul in der Tränke stehen geblieben war.

Noch eine halbe Stunde bergauf, dann erreichen wir die letzte Kehre vor Leontica. Felice wirft einen Blick auf den Christophorus mit seinem hübschen Alpenveilchen. Das Grablicht davor ist aus, der Wind bläst es immer aus, morgen wird die Stumme es wieder anzünden.

Im Dorf trinken wir an dem Brunnen auf dem Platz. Celso und Gilda stehen vor dem Cedrone mit einem Glas Wein in der einen Hand und einer Zigarette in der anderen. Sie laden uns ein, etwas mit ihnen zu trinken.

Haben gerade getrunken, antwortet Felice und wischt sich mit dem Handrücken über den Mund. Gilda insistiert und fragt ihn mit ihren nasalen Vokalen und der vom Alkohol schleppenden Stimme, wohin er denn bloß immer rennt, warum er nicht mal einen Augenblick stehen bleibt, um mit ihnen zu quatschen, weil in letzter Zeit kommst du mir ein bisschen wortkarg vor, du wirst uns doch nicht was verheimlichen, sagt sie. Doch wir sind schon weitergegangen und müssen Sosto mit seinem Haflinger Platz machen, der zum Fünf-Uhr-Melken rauf in den Stall fährt.

Am Ende der Gasse flattert Vittorina still und leicht an den Hausmauern entlang, öffnet dann ihre Tür und versteckt sich im Dunkeln ihres Heims. Ich sage zu Felice, dass ich kurz nach Hause gehe, weil mir eingefallen ist, dass ich noch die Autoversicherung bezahlen muss. Er sieht mich verdutzt an.

Mit dem Computer, erkläre ich, ich gehe ins Internet und bezahle sie am Computer.

Aha, dann geh, sagt er, sonst kriegst du noch eine zweite Mahnung.

Jetzt bin ich wieder auf dem Weg zu Felice, trete ein, ohne anzuklopfen. Bu, machen Duska und Priska, die hinter der Tür hervorspringen und dann prustend die schmale und steile Treppe hinauflaufen, um oben zu spielen. Felice kehrt mir den Rücken zu, er ist dabei, etwas auf der Sarina zu kochen. Dem Dunst nach zu urteilen eine Minestrone, dem mangelnden Duft nach hingegen, keine Ahnung. Ich gehe hin, um nachzusehen. Pasta. Felice kocht Maccheroni. Die Mädchen kommen mit zwei Sätzen die Treppe heruntergehüpft.

Felice, sagt Duska. Warum ist immer nie was in deinem Haus hier?

Felice hört auf, die Pasta umzurühren, legt die Gabel ab, denkt kurz nach und sagt dann, wisst ihr, warum? Weil ich schon so viele Jahre hier wohne.

Hm, aber dann müsste es doch voller Sachen sein, entgegnet Priska.

Sie glaubt, du hast wenig Sachen, weil du arm bist, sagt Duska.

Felice sieht die beiden an, legt seine großen Hände auf ihre kleinen Köpfe, lächelt und rührt dann weiter die Maccheroni um.

Er kommt mit einer Handvoll Spinat aus dem Garten. Gießt die Maccheroni in ein Sieb ab, das ich vorher noch nie gesehen habe, gibt Olivenöl von Giuseppe darüber, und wir setzen uns zu Tisch. Die Zwillingsschwestern sitzen auf zwei Stühlen, in denen ich die aus Emilios Sammelsurium wiedererkenne. Priska streckt die Arme aus und nimmt die Hand ihrer Schwester und meine in ihre kleinen Fäuste. Duska nimmt Felices Hand, der wiederum meine nimmt und den Kreis schließt.

Danke, Jesus, dass du uns zu essen gibst, und danke, dass Felice so gut zu uns ist, amen.

Amen, antwortet ihre Schwester.

Gute Kinder, sagt Felice.

Guten Appetit, sage ich.

Iss und sei still, rufen die Zwillinge im Chor.

Die Mädchen schwatzen miteinander, wollen mir aber vor allem alles Mögliche von sich erzählen, als wäre ich ein alter, gerade von einer langen Reise zurückgekehrter Verwandter. Felice und ich haben unsere Maccheroni aufgegessen und machen uns an den Spinat, die Äpfel und den Formaggella, während sie noch nicht mal die Hälfte geschafft haben.

Eigentlich wollten wir wie letzte Woche zu Paolina, um mit Giulia und Anselmo und Elia zu spielen, berichtet Duska. Ihre Schwester übernimmt, aber die Mama hat gesagt, dass es besser ist, hierher zu Felice zu gehen, weil die Paolina sich ausruhen muss. Felice, wann kommt es denn endlich zur Welt?

Na ja, es kommt, wenn es bereit ist zu kommen. Vielleicht wird es ja gerade in diesem Moment geboren, antwortet er und sieht die beiden Mädchen an, die einen Augenblick nachdenklich verstummen.

Und außerdem schwitzt Duska dann wieder und wird krank, sagt Priska. Weil letztens nämlich waren wir drüben bei ihnen und haben draußen gespielt, und am nächsten Tag war Duska wieder krank. Meine Schwester ist immer krank.

Das stimmt nicht, sagt Duska, worauf ihre Schwester erwidert, doch, das stimmt, du bist immer krank. Sie ist immer krank, wiederholt sie, an mich gewandt.

Aber ich kann doch nichts dafür, verteidigt sich Duska.

Niemand kann was dafür, mischt sich Felice ein. Jeder Mensch ist auf seine Art geschaffen, und genau deshalb ist die Welt schön. Es zählt nicht, wer krank ist und wer gesund, wer schön ist und wer hässlich. Es zählt nur die gegenseitige Achtung. Wisst ihr, was das ist, gegenseitige Achtung?

Ich weiß es, ruft Duska. Wenn einer das Einmaleins nicht kann, soll man sich nicht über ihn lustig machen.

Felice, ich will keine Pasta mehr, ich bin satt, sagt Priska.

Ich auch, echot ihre Schwester. Können wir 'nen Joghurt?

Ihr wisst ja, wo sie stehen, antwortet Felice. Also springen sie auf, öffnen das Fenster und nehmen sich jede einen Joghurt vom Sims. Mit drei, vier Gabelvoll essen wir ihre Maccheroni auf. Dann räumen wir zusammen den Tisch ab, und während Felice und ich die Teller spülen und abtrocknen, von zweien weiß ich nicht, wo sie herkommen, bringen die Mädchen die Apfelgehäuse und die Käserinden zum Komposthaufen.

Felice setzt Wasser auf. Die Zwillinge spielen und rennen die Treppe rauf und runter, haben aber Angst, sagen sie, in den Keller zu gehen. Ich gehe mit ihnen. Bang steigen sie die Treppe hinunter mit ihren sauberen Joghurtgläsern, die sie in die Tüte an der Wand tun, dann fangen sie an, überall herumzustöbern und alles zu kommentieren. Ihre Augen leuchten.

Die Lehrerin Sabina kommt, als wir alle wieder am Tisch sitzen und Tee trinken. Priska hat gerade etwas über Heilkräutertees gesagt und dass es Duska vielleicht guttun würde, jeden Tag welchen zu trinken. Die Mädchen stürmen auf sie zu.

Mama, dürfen wir noch bleiben?, fragen sie im Chor.

Ciao, ihr Mäuse. Wart ihr brav bei Felice?

Ja, aber können wir noch bleiben?

Also seht mal, Felice wird müde sein, und außerdem geht er sehr früh ins Bett.

Aber wir wollen gern hier schlafen. Bitte, Mama.

Hier schlafen? Wo denn, auf dem Tisch?

Mama, Felice hat oben ein neues Zimmer gemacht. Es gibt ein neues Bett. Ach komm, bitte, bitte.

Die Lehrerin Sabina sieht zuerst Felice an, dann mich. Sie ist drauf und dran, etwas zu mir zu sagen, lässt es aber. Sondern sagt zu den Mädchen, kommt, Kinder, es ist Zeit, sich auszuziehen, die Zähne zu putzen und dann ab ins Bett. Bedankt euch bei Felice.

Eine Tasse Tee schlägt sie aus, sonst muss ich die ganze Nacht rennen, sagt sie. Bòn, also. Auf. Danke, Felice.

Sie gehen, die Zwillinge winken Ciao mit ihren kleinen Händen. Sie wollten bleiben und in diesem Bett schlafen. Für wen das wohl ist, denke ich. Für wen wohl.

Sechs

Sternenhimmel. Minus fünf Grad. Hinten sehe ich schemenhaft Felice in einer Ecke des Gartens. Von Dampf umhüllt, der in dem Lichtkegel vom Waschhaus aufsteigt. Er pinkelt auf den Komposthaufen.

Wir gehen in den schwarzen Furchen von gestern bergan, weil der Schnee fest geworden ist und es mühsamer wäre, einen neuen Pfad zu treten. Es ist ein mechanisches Vorankommen, wie das einer Zahnradbahn in einem dunklen Tunnel.

Wir erreichen die Gumpe, ohne angehalten zu haben, um Vittorinas Maultier oder Sosto zu begrüßen. Und ohne den Mund aufgemacht zu haben. Felice steigt als Erster hinein, bleibt aber nur wenige Sekunden drin, gerade so lange, um sich nass zu machen und Wasser zu trinken, das er mit beiden Händen schöpft. Ich dagegen liege lange drin, in der Dunkelheit, in dem eiskalten Wasser, das aus dem Nichts kommt, meinen schlotternden Körper streichelt und wieder im Nichts verschwindet.

Ich stelle mich neben ihn auf den Stein, er ist bereits trocken, rührt sich aber nicht. Als ich mich umwende, um mich anzuziehen, atmet er mit offenem Mund tief ein und behält lange die Luft in der Lunge. Die Luft seines Tals.

Als es Tag wird, sinken die letzten Reste der Nacht zu Boden und machen dem Licht Platz, das durch die verschneiten Rinnen des Simano talwärts fließt. Die Schatten erwachen, und die Tannen ragen da unten spitz aus dem dunklen Kiefernwald heraus, ein Eichelhäher stößt einen Schrei aus, dann sehe ich ihn davonfliegen.

Auf dem Rückweg ins Dorf werfe ich einen Blick zur Alten Lärche hin und grüße sie halblaut. Felice bleibt stehen. He?

Nichts, sage ich. Nichts. Das ist der erste Wortwechsel zwischen uns heute Morgen. Es kam ein wenig zögerlich heraus bei ihm, als würde er sich zurückhalten, noch etwas zu sagen. Heute spukt Felice irgendwas im Kopf herum. Ob es die Sache mit dem Bett ist? Die Leute, die hinter seinem Rücken reden? Oder noch etwas anderes …?

Jemand hat das Eis in der Tränke des Mulis aufgeschlagen. Fingerdicke Platten liegen hingeworfen neben der alten Badewanne im Schnee, und das Tier knabbert an einer. Zurück im Dorf, sage ich zu ihm, dass ich noch eine Runde drehe und wir uns später sehen. Er wirft mir einen langen Seitenblick zu, sagt aber nichts.

Ich gehe in Richtung des Sessellift-Parkplatzes, wo ich mich mit Brenno treffen soll. Vor dem Haus der seligen Strega Tartaruga, Hexe Schildkröte, begegnet mir die Stumme, die mit auf dem Rücken verschränkten Händen und gesenktem Blick spazieren geht. Ich grüße sie, und sie murmelt etwas Unverständliches. Ich drehe mich nach ihr um, sie hält ein Sträußchen blaue Skabiosen in den Händen. Auch diesmal ist sie schattengleich vorbeigehuscht, ihren schönen Dutt unter einem Kopftuch verborgen. Noch nie habe ich sie ein Wort sagen hören, diese Frau. Auch nicht lachen oder weinen oder lächeln sehen.

Immer ist sie so, brummt Gemurmeltes und wartet. Wartet und horcht. Horcht und beobachtet das Vergehen der Zeit, der Jahreszeiten. Und so wird sie eines Tages zu ihrem Schöpfer gehen, die Stumme. Murmelnd in ihrer Stummheit.

Die Strega Tartaruga hingegen war eine gelähmte alte Frau, die sich mit der Kraft ihrer Arme aus dem Bett schleppte, um dann den ganzen Tag auf dem Boden vor dem Hauseingang zu verbringen, genau hier, wo ich gerade stehe und mich erinnere. Wo jetzt nur noch Unkraut wächst. Eine Hütte im Halbschatten, abseits gelegen. Immer habe ich sie dort hocken sehen, die Hexe Schildkröte, an die Steinwand gelehnt unter dem Vordach, die Haustür weit offen, in allen vier Jahreszeiten, Tag für Tag.

Als Kind hatte ich wie alle anderen Kinder im Dorf eine Heidenangst vor ihr. Weil sie uns so streng ansah. Ständig murmelte sie unverständliche Worte vor sich hin, Zaubersprüche wahrscheinlich, und ein schwarzes Haar wuchs ihr aus einer dicken Warze im Gesicht wie bei den Hexen im Zeichentrickfilm. Sie war eine magere Alte mit trockener, zerfurchter Gesichtshaut wie dürre Erde. Eine übergroße blaue Kittelschürze bedeckte fast den ganzen Körper, als wollte sie damit ihre Behinderung verbergen. Ein Kopftuch, unter dem lange graue Haare hervorquollen. Im Winter ein wollenes Umhängetuch über die Schultern geworfen.

Dass sie keine Zähne hatte, sah man an der Form ihres Munds. Der an eine Schildkröte erinnerte. Sie sprach nie mit uns, vielleicht, weil sie uns nichts zu sagen hatte, vielleicht aber auch, weil wir Kinder schnurstracks an ihr vorbeiliefen, ohne uns umzudrehen, und dabei noch die Luft anhielten, wie wenn man an einem großen, hinter einem Zaun bellenden Hund vorbeimuss.

Kurze Zeit nach ihrem Tod vor etwa zwanzig Jahren wurde ihr Haus zum Verkauf angeboten. Eine Hütte, das Erdgeschoss aus Stein, das obere Stockwerk aus Holz. Ich sehe zum Dach hinauf, windschief und baufällig unter dem Schnee, der an dem nach Norden zeigenden Giebel gefroren ist. Denn wenn sich die Steinplatten während des Tauwetters im Frühling verschieben und niemand sie zurechtrückt, sickert Jahr für Jahr Wasser herein, sodass die alten Balken faulen und das Dach einem eines schönen Tages auf den Kopf fällt. Meine Dachplatten hat immer Felice zurechtgerückt. Dann hat er es mir beigebracht, und jetzt mache ich es jedes Frühjahr selbst.

Durch die zerbrochenen Fensterscheiben dringen Eidechsen ein, dringen Katzen ein. Dringt der Wind samt Staub und Müll ein. Ich gehe näher heran, um hineinzuspähen. Und erschrecke eine Katze, die auf die Fensterbank springt und sich geduckt davonmacht, als stünde das Haus in Flammen. Sogleich ist der Gestank von Katzenscheiße zu riechen, von Moder. Als meine Augen sich an das Dämmerlicht gewöhnt haben, sehe ich ein Zimmer, leer bis auf einen halb zertrümmerten Tisch, der gegen eine Wand geworfen wurde. Steinwände, der größtenteils abgebröckelte Kalkputz liegt auf den aufgequollenen und wurmstichigen Dielen. Wasserflecken. Glasscherben auf dem Boden und daneben Steine. Kinder, denke ich. Ich habe das auch gemacht. Sobald wir ein verlassenes Haus entdeckten, warfen wir die Fenster mit Steinen ein.

Ein Durchgang in der Wand mit halb herausgerissenem Türpfosten führt in ein anderes Zimmer. Fünf oder sechs Hornissennester hängen wie graue Papierlaternen an den verrottenden Deckenbalken.

Ich ziehe meinen Kopf zurück. Betrachte die verrammelte Haustür. Das Holzschild, auf dem mit roter Schrift Zu Verkaufen und eine Telefonnummer steht. Ich lese diese Nummer zum zigsten Mal. Ich kann nicht anders. Immer, wenn ich hier vorbeikomme, lese ich sie, weil sie von rechts nach links gelesen dieselbe bleibt. Aus einer Ritze in der Mauer wächst ein winziger verkrüppelter Feigenbaum, wie die dürre Hand der armen Hexe Schildkröte, die sich in die Luft krallt.

Weiter vorn ist eine Trafostation, von der Stromgesellschaft im vergangenen Frühjahr gebaut. Eine Art Betonhäuschen mit einer Stützmauer. Ich gehe darum herum und pinkle, wie es Felice macht. Vor mir aus dem Schnee ragen Dutzende brauner Triebe des Japanknöterichs, einer invasiven Pflanze, die bei Wintereinbruch verdorrt und im Frühling wieder austreibt. Aha, die Bauarbeiter haben kontaminierte Erde eingeschleppt. Dieses üble Kraut aus Japan ist bis hier herauf nach Leontica gekommen. Ich pinkle, was es hergibt, auf so viele Pflänzchen, wie ich treffen kann.

Als ich schon fast am Parkplatz bin, kommt Brenno angefahren und überholt mich. In einer hustenden Rostlaube ohne Nummernschild, die einmal ein roter Toyota Land Cruiser war. Ohne Nummernschild. Er hat noch nicht mal einen Führerschein, der Brenno. Ich habe nie herausgekriegt, ob man ihm den abgenommen hat oder ob er ihn nie gemacht hat.

Unter der Rückbank hat der Wilderer ein Geheimfach eingerichtet, aus dem er ein Bündel schmutzstarrende Militärdecken hervorzieht. Er breitet sie auf dem Asphalt aus und entnimmt ihnen sein Schmuckstück. Ein Mauser 77 mit Swarovski-Zielfernrohr, zwölffache Vergrößerung. In einen Lappen eingewickelt ein gelochter Stahlzylinder von der Größe einer Bierdose als Schalldämpfer.

Er zündet sich eine Zigarette an, indem er sie fest zwischen die Lippen klemmt, und zieht daran wie ein zahnloses Kind, das eine Limo mit dem Strohhalm saugt. Dann schraubt er mit flinken Bewegungen den Schalldämpfer auf den umgearbeiteten Gewehrlauf. Das Ganze hat er sich von einem Freund mit einer Drehbank machen lassen, habe ich mal im Cedrone gehört, als ein paar Wilderer aus dem Tal irgendwelches Jägerlatein über Hirsche und Gewehre und Steinböcke und Fallen zum Besten gaben.

Wer hat dir den gebaut?, provoziere ich ihn.

Pah, er flucht und spuckt den Zigarettenstummel weg, Miene eines entsprungenen Irrenhäuslers. Gepetzt wird nicht. Er tritt die Kippe mit den Bergschuhen aus und geht los. Ich folge ihm.

Wir überqueren den Holzsteg, ein kalter Nebel steigt aus der tiefen Schlucht des Negrentino auf wie Dunst aus einem Kochtopf. Gut zwanzig Meter unter unseren Füßen strudelt das Wasser dunkel und schäumend in den Gumpen und zwischen den eisüberzogenen Felsen. Wir steigen zu seinem Hühnerstall hinauf, wo der Wilderer an einer Schnur ziehend die Holztür öffnet, doch es kommt kein Huhn heraus. Schu, schu, brüllt er. Los, raus mit euch, verdammte Hacke hier, verdammte Hacke da. Die ham Angst vor dem Mistvieh, grunzt er. He da, schu. Was ist? Macht mal, los, ich hab nicht den ganzen Tag Zeit. Er geht um den Stall herum und zur Hintertür hinein und scheucht sie unsanft hinaus. Eine Flut von schneeweißen Hühnern samt einem braunen Hahn überschwemmt das weitläufige, halb von einem Wellblechdach geschützte Gehege. Mir scheint sie eher der Wilderer zu verschrecken als der Fuchs, aber das sage ich nicht. Brenno, hattest du im Sommer nicht noch lauter braune?, frage ich, als ich zu ihm hineingehe, obwohl ich die Antwort schon kenne.

Die Livorneser waren dann doch nicht so schmackhaft wie es heißt, erzählt er, während er die Eier einsammelt. Ich helfe ihm, sie für einen Händler, der sie alle drei bis vier Tage abholen kommt, in Eierkartons zu setzen. Wir zählen sie.

Hundertacht, hundertneun, hundertzehn. Bòn. Gestern waren es hundertachtzehn. Sieh mal, hier lies, sagt er und tippt auf die Zahlen in seinem Kalender. Und vorgestern hundertzweiundzwanzig. Bei dem verdammten Mistvieh, das hier rumstreift, legen sie keine Eier mehr, die blöden Hühner. Er trägt die Anzahl von heute ein, schreibt aber hundertneun statt hundertzehn, weil er sich eins nimmt, mit dem Fingernagel zwei kleine Löcher hineinbohrt und es aussaugt. Die Livorneser, fährt er fort, die haben zwar ein paar mehr gelegt als die hier, aber ihr Fleisch war nicht so das beste, war zäh. Waren italienische Hühner, die braunen. Er wirft die Schale weg und verriegelt die Tür. Die hier kommen aus Amerika. Sind Nuhamschier. Schöne Hühner. Spitzenmäßiges Fleisch, dreihundert Eier pro Jahr. Er starrt mich drohend an, als würde ich ihm nicht glauben, oder vielleicht muss er nur eine rauchen. Was denkst du denn, dass sie jeden Tag ein Ei legen, die blöden Viecher?, bellt er, zündet sich eine Zigarette an und zieht so gierig, dass sie gleich halb aufgeraucht ist.

Hundert Meter vom Hühnerhof entfernt steht die Negrentino-Kirche. Er holt einen Schlüssel aus der Hosentasche und schließt die Tür zum Glockenturm auf. Touristen müssen in der Bar Cedrone nach diesem Schlüssel fragen und ihren Personalausweis als Pfand hinterlegen. Wir steigen sechs Holztreppen in dem engen Turm hinauf und kommen bei der Glocke heraus. Mich reizt es, sie mit den Fingerknöcheln anzuschlagen, doch Brenno ahnt meine Absicht und wirft mir einen bösen Blick zu. Zündet sich eine neue Zigarette an. Ich betrachte die im vergangenen Jahr restaurierte Glocke. Sie stammt von sechzehnhundertsechsundsiebzig. So steht es in Reliefziffern am unteren Rand. Er zieht ein fingerlanges Hohlspitzgeschoss aus der Hosentasche, poliert es am Jackenärmel, öffnet das Magazin, schiebt die Patrone ein und lädt durch. Alles ganz selbstverständlich, als würde er sich die Schuhe zubinden.

Brenno, sage ich. Aber damit kannst du ja einen Stier erlegen. Wieder sieht er mich finster an, sodass ich den Blick abwende und ihn erneut auf die Glocke richte. Als Kind bin ich hier heraufgekommen, um sie mit einem Stock zu läuten. Sie hatte einen hässlichen Riss, und die Leute warnten mich, vorsichtig zu sein, weil sie früher oder später zerbrechen und auf mich herunterkrachen würde.

Vor einigen Jahren hat ein vermögender Deutschschweizer Urlauber ein Komitee zur Restaurierung der berühmten Kirche gegründet. Und letztes Jahr an einem Sonntag war die Glocke wieder dieselbe wie vor dreihundert Jahren. Obendrein hat man einen elektronisch betriebenen Hammer angebracht, der sie um acht Uhr abends achtmal schlägt, aber seit ein paar Monaten funktioniert er nicht mehr.

An jenem Sonntag begann die Historische Garde von Leontica um sechs Uhr morgens mit Trommelwirbeln durch die Dorfgassen zu marschieren, um alle zu wecken. Wie es auf den vom Restaurierungskomitee überall angebrachten Aushängen stand, sollte die neue Glocke eingeweiht werden. Schon in den Tagen zuvor hieß es, dass alle sich aufraffen und zahlreich erscheinen sollten, weil auch das Fernsehen kommen und filmen würde. Manche brummten, dass das mit dem Fernsehen totaler Quatsch sei, so sagten sie in der Bar, die wollen, dass wir in die Kirche kommen.

An dem Morgen also alle früh aus dem Bett und im Sonntagsstaat aus dem Haus, auch die, die gemurrt hatten. Manche zur Messe und manche in die Bar. Und da Kirche und Bar nur dreißig Meter voneinander entfernt liegen, vermischten sich die beiden Gruppen zu einer einzigen großen Menschenmenge.

Sämtliche Bewohner von Leontica waren da, dazu zahlreiche Leute aus dem Tal und auch von weiter weg, so viele Fremde hatte man noch nie gesehen. Auch der Bürgermeister Piergiorgio war fein herausgeputzt und samt Gemeinderäten erschienen und die Bürgermeister der angrenzenden Gemeinden und Don Albino und weitere drei Priester aus anderen Pfarreien. Und zu guter Letzt tatsächlich auch Giorgio Fieschi vom Schweizer Fernsehen mit einem Tontechniker und einem Kameramann, um das Ereignis zu filmen, sowie Journalisten von den drei Tessiner Tageszeitungen samt Fotografen.

Die Glocke wurde auf dem Kirchplatz zur Schau gestellt, blank poliert und über und über mit Ostereierschleifen und Blumen geschmückt. Der Pfarrer im festlichen Ornat hielt eine Rede und danach ein Mitglied des Restaurierungskomitees. Und nach der Messe und der Einsegnung mit Weihrauch und Weihwasser luden sich vier Gardisten die Glocke auf die Schultern wie die Statue des heiligen Johannes, und los gings, eine singende und betende Prozession bis zur Negrentino-Kirche auf der anderen Seite der Holzbrücke, von der manche befürchteten, dass sie dem Gewicht all dieser Menschen nicht standhalten würde.

Um die Glocke zu taufen, wollte man ein Ritual abhalten wie für Schiffe. Beim ersten Wurf verfehlte der Bürgermeister Piergiorgio jedoch das Ziel, und die Weinflasche knallte gegen die dahinterliegende Trockenmauer. Gefluche und allgemeines Gegrinse, und Giorgio Fieschi musste, offensichtlich verlegen, das Mikrofon vom Mund des Bürgermeisters wegziehen, die Wirtin Candida eine neue Flasche anbinden. Beim zweiten Wurf holte der Bürgermeister aus Angst, es wieder zu verpatzen, zu zaghaft aus, sodass die Flasche die Glocke zwar traf, aber nicht zerbrach. Dafür ein großes Getöse hervorrief, bei dem der Tontechniker sich die Kopfhörer herunterriss und schmerzhaft das Gesicht verzog und die Hunde jaulten und sich schleunigst verzogen und die Kinder sich die Ohren zuhielten, die Augen zusammenkniffen und die Zähne aufeinanderbissen. Als schließlich, mit einem weiteren ohrenbetäubenden Dröhnen, die Flasche zerbrochen und die Glocke mit Candidas Merlot begossen war, konnte das Fest beginnen.

Das Komitee und der Skiclub Negrentino hatten ein Buffet spendiert. Brot, Käse, Salami und Wein für alle. Zur musikalischen Unterhaltung die kleine Band von Floro. Floro mit der Gitarre und Bongos, Kevin mit dem Akkordeon und Pep mit seinen Volksliedern.

Ein paar Tage später sagte Floro zu mir, dass er nicht im Takt mit Kevin habe bleiben können, weil der nicht alle Lieder kannte, die Pep schmetterte, und Pep auf einmal angefangen hatte, spanische Lieder zu singen, der Blödmann, also hatte Kevin irgendwie nach Gehör begleitet, und Floro musste zusehen, wie er zurechtkam. In Wahrheit waren sie alle drei sturzbetrunken gewesen, wie im Übrigen auch die anderen Gäste bei dem Buffet. Den will ich sehen, der mir sagen kann, was sie gesungen und gespielt haben, diese drei.

Um sieben Uhr abends versammelten wir uns alle im Cedrone, um die Lokalnachrichten zu sehen. Der Bericht über die Glocke wurde jedoch nicht gebracht. Hinterher sagte uns der Bürgermeister Piergiorgio, dass etwas mit dem Ton schiefgelaufen sei.

Die Zigarette im Mund, die gegen den Qualm zusammengekniffenen Augen auf mich fixiert, öffnet er erneut das Magazin, nimmt das Geschoss mit einer knappen Bewegung heraus und hält es mir unter die Nase. Damit niet ich dir einen Elefanten um, flüstert er rau und lässt die Zigarette zwischen seinen Lippen herumhüpfen. Von wegen Stier. Aus einem halben Kilometer Entfernung niet ich dir den um, grunzt er halblaut wie ein Jäger auf Ansitz. Ich blicke auf die Patrone, ohne etwas zu sagen, und dann zum Hühnerhof hinüber. Sehe die Hühner auf der gestampften Erde scharren. Jemand, bestimmt Brenno, hat den Schnee weggeschaufelt. Seine Frau Gilda setzt nie einen Fuß in den Hühnerstall. Der Hahn reckt hin und wieder den Hals, schlägt mit den Flügeln und kräht ein deutliches Kikeriki in die kristallklare Luft, ungeachtet der Gefahr durch den Fuchs und der Fußtritte des Wilderers.

Aber Brenno, der Hahn ist ja immer noch der italienische.

Er wendet sich ab und spuckt aufs Geratewohl aus, der Rotz segelt die Holztreppe hinunter. Gestern Morgen hab ich zwei Stunden hier gewartet, raunt er, meine Bemerkung überhörend. Aber das Mistvieh ist nicht gekommen.

Er schnauft. Sieht sich um. Mit wachsamem und zugleich unbeteiligtem, kaltem Blick. Hohl. Der Blick eines Mannes, der vor rund zehn Jahren seine Seele in zwei kleine, weiß lackierte Särge eingesperrt hat. Der Blick eines Mannes, der sich, da bin ich sicher, lieber selbst in einen Sarg gelegt hätte, um seine beiden Töchter zu retten.

Er zündet sich die vierte Zigarette innerhalb einer halben Stunde an. Oder vielleicht die fünfte. Und dann ist das Mistvieh nachher doch gekommen und hat mir wieder ein Huhn geklaut, zischt er in einem Atemzug. Klick klack, klick klack. Mit einem Finger sichert und entsichert er immer wieder das Gewehr. Nicht mal die Zigarette kann die Nerven dieses Mannes beruhigen. Er ist immer so angespannt, als könnte er jederzeit ein Kalb mit der bloßen Faust erschlagen. Letzten Monat der Falke, seufzt er. Und jetzt dieser verfluchte Fuchs.

Hast du den Falken erwischt?, frage ich, ebenfalls halblaut.

Nee. Schön wärs. Er dreht den Kopf zur Seite und spuckt erneut den Glockenturm hinunter. Doch weil ihm die Schneidezähne fehlen, kommt die Spucke als lang gezogener Faden heraus, der zur Hälfte auf seinem Jackenärmel landet.

Dieses Jahr hab ich erst drei Hirsche erlegt, sagt er und wischt sich mit der Hand über den Mund. Drei, wiederholt er und zeigt mir drei Finger. Aber Prachtkerle, nè. Einer wog dreihundertzwanzig Kilo. Er sieht mich bohrend an, und ich wage keine Erwiderung, ein Hirsch von dreihundertzwanzig Kilo kommt mir ein bisschen übertrieben vor. Rehe, sagt er und zeigt mir vier Finger. Dann ein paar Hasen, ein paar Auerhähne und fünf Gämsen, flüstert er und hebt die offene Hand. Nach einem Moment sagt er,

Rebhühner, und hebt drei Finger. Schnaubt dann. Ist nicht gerade ’n gutes Jahr, stößt er zwischen den Zähnen hervor. Zu heiß. Klick klack, klick klack. Wildschweine, kannste vergessen. Treiben sich keine mehr hier rum. Klick klack. Brenno macht seine Jacke auf und eine übel riechende Dunstwolke von Schweiß und Wildereradrenalin strömt hervor.

Plötzlich taucht der Fuchs aus dem nahe gelegenen Birkenwäldchen auf und springt elegant durch den Schnee. Blitzartig reißt der Wilderer das Gewehr hoch, schaut durch das Fernrohr und zielt. Das Tier will gerade durch ein Loch im Zaun kriechen. Der Schuss kracht, ich zucke zusammen, der Fuchs dreht sich in einem unnatürlichen Hüpfer um sich selbst und bricht zusammen, und die Hühner geraten in Panik.

Verdammtes Mistvieh, brüllt Brenno. Der Knall, obwohl durch den selbst gebauten Schalldämpfer abgeschwächt, lässt leise die Glocke über unseren Köpfen ertönen.

Wir steigen die Treppe hinunter und holen das arme, voll in den Bauch getroffene Tier. Waidwund liegt es da, seine Gedärme dampfend im frischen Schnee, und mir schlägt ein heftiger Gestank nach Verdauungssäften und Scheiße und Blut entgegen, während die Glocken von Leontica das Mittagsläuten anstimmen.

Guck mal, was für ’nen Schwanz der hat, gluckst er erregt. Er holt ein Messer aus der Hosentasche und sticht es dem Fuchs entschieden in die Kehle. Nur wenig Blut fließt heraus.

Aber riech mal, wie der stinkt. Er wird doch nicht krank sein, frage ich.

Ach Quatsch krank, erwidert er und schließt das Loch in der Umzäunung mit einem Draht, der um den danebenstehenden Pfosten gewickelt war. Ich sehe ihn schief von der Seite an. Er grinst, sagt aber nichts. Dieses Schlitzohr von einem Brenno, denke ich. Also doch eine Falle …

Wir fahren mit dem roten Toyota Land Cruiser zu ihm nach Hause, er stellt ihn einfach irgendwo ab und geht direkt hinein, den ausgeweideten Fuchs am Schwanz haltend und mit schlammigen Schuhen. Meine ziehe ich aus. Er wirft das Tier in das Spülbecken der Küche und beginnt, es zu zerteilen. Den abgezogenen Pelz breitet er auf dem Tisch aus, wie es Emilio mit den Kaninchenfellen macht. Der Schwanz ist wirklich lang und buschig. Glänzend. Der Wilderer schneidet ihn mit einem einzigen Hieb ab und hängt ihn zu den vielen anderen Trophäen an die Wand. Die präparierten Köpfe zweier Hirschkälber mit melancholischem Blick beherrschen die Szene über dem Kamin.

Sind das Männchen, die beiden?

Weibchen.

Wieso Weibchen?

Wieso, wieso, schnauzt er gereizt. Guck doch mal, wie die dich anglotzen. Sehen aus wie zwei weinende Mädchen, sehen die aus. Deshalb.

Brenno jagt mir manchmal eine Gänsehaut ein. Ich frage ihn nichts mehr. Höre ihn vor sich hin fluchen, während er mit dem Kadaver des armen Fuchses hantiert. Besser den Mund halten. Tun, als wär nichts. Ihn seinem Rausch überlassen, denn er hat ein Metzgermesser in der Hand, und man weiß schließlich nie.

An den Wänden hängen Hirschgeweihe, Steinbockgehörne, die Köpfe eines Rehs und einer Gämse, ein angenageltes Bündel getrocknete Aspisvipern, Schwänze von Füchsen und Mardern. Auf einer langen Kommode ein Adler mit ausgebreiteten Schwingen und einem Schneehasen in den Klauen, ein Auerhahnpaar, ein Wanderfalke, zwei Eichelhäher, ein Murmeltier, drei Eichhörnchen und noch mehr.

Während ich ein Marderfell streichle, das als Deckchen auf einem Beistelltisch am Kamin dient, legt Brenno die Innereien und den Kopf des Fuchses in eine Plastikschüssel und geht hinaus. Durchs Fenster sehe ich, wie er den Inhalt in den Schnee kippt, zwischen den alten Liftsessel und einen verrosteten Heuwender. Er kommt wieder herein, zerhackt den Fuchs mit einem Beil in sechs oder sieben Teile und füllt sie in Plastikbeutel, die er anschließend in die Gefriertruhe wirft. Die da essen wir heut Abend, sagt er und lässt die beiden Schenkel auf der Arbeitsfläche liegen. Mit Blick auf die beiden präparierten Hirschkalbköpfe fragt er, weißt du, wie sie gestorben sind? Mir ist nicht klar, wen er meint, die Hirsche oder seine Töchter, aber ich sehe ebenfalls zu den beiden Köpfen hin. An einer Lungenentzündung sind sie gestorben. Tödlich verlaufen. Beide haben sie vierzig Fieber gekriegt, der Doktor Gianmaria ist gekommen und hat sie ins Krankenhaus bringen lassen, und am nächsten Tag waren sie tot. Ich sehe ihm in die glänzenden Augen. Die beiden Mädchen sind vor über zehn Jahren gestorben, aber für ihn ist es wie gestern.

Ich gehe zurück zu Felice, der in seiner Küche sitzt. Er beachtet mich nicht und liest weiter sein Buch. Aus seinem Verhalten schließe ich, dass er nicht gerade glücklich darüber ist, dass ich bei der Tötung des Fuchses dabei war. Schon heute Morgen schien ihm eine Laus über die Leber gelaufen zu sein, frei heraus gesagt. Wir haben nicht beim Maultier angehalten, nicht bei Sosto, er redet nicht.

Ich setze Wasser auf und gehe in den Garten, um Rosmarin und Salbei zu pflücken. Während ich nicht da war, hat Felice Schnee geschippt. Wieder in der Küche werfe ich die Kräuter ins kochende Wasser und füge eine Prise Salz hinzu. Er geht hinaus, erntet ein paar Radieschen und setzt sich auf die linke Bank.

Ich nehme die zwei dampfenden Tassen und setze mich auf die rechte. Wir essen Radieschen und schlürfen geräuschvoll den kochend heißen Tee, bis die Tassen leer sind.

Er könnte doch auch, um es klar zu sagen, einen besseren Zaun aufstellen, bemerkt er nach endlosem Schweigen. Das ist so ein bisschen wie das Gerede über den Wolf, fährt er fort. Da sage ich, dass er recht hat und dass ich heute Abend nicht zu Brenno gehen werde, um Fuchs zu essen.

Bòn, na dann. Auf gehts. Wir nehmen den Suzuki und fahren hinunter ins Tal.

Es ist nach eins, wir gehen in die Pizzeria Da Beppe in Acquarossa und bestellen bei Giuseppe das Tagesgericht. Wenn noch was da ist, sagt Felice. Der Pizzabäcker meint, dass wir Glück haben, und verschwindet in der Küche. Wir warten stumm und gelassen wie zwei Spinnen im Netz. Am Kamin wärmen sich Kevin und eine Blonde. Eine umwerfende Schönheit, noch nie zuvor gesehen. Die beiden halten Händchen und blicken in die Flammen. Felice stupst mich an und zwinkert mir zu, wie um zu sagen, sieh dir diesen Tunichtgut von Kevin an, er hat schon wieder eine Neue.

Vielleicht, weil sie sich beobachtet fühlen, vielleicht auch, weil sie sich genug aufgewärmt haben, jedenfalls ziehen Kevin und die Blonde ihre Jacken an, verabschieden sich, er mit einem Ciao und sie mit einem unverständlichen Spruch, und gehen. Vermutlich werden wir sie am nächsten Sonntag zusammen im Gallo Cedrone in Leontica sehen.

Jeden Sonntag kommt Kevin ins Dorf, um bei seinen Eltern zu Mittag zu essen, immer in Begleitung der aktuellen Blondine, und danach auf einen Espresso in die Bar. Die Männer geben sich unbeteiligt, warten aber insgeheim schon auf die Ankunft dieser großen Schwestern, wie sie sie boshaft nennen. Und die Bar füllt sich im Nu wie beim jährlichen Fest der Garde.

An einem Sonntag vor etwa einem Monat war er muskelstrotzend und geschniegelt mit einer Blondine am Arm erschienen, die kein einziges Wort Italienisch sprach. Also haben alle sie bloß angeglotzt, mit weniger Zurückhaltung als sonst.

Sobald das schöne Paar gegangen war, fingen die üblichen Bar-Sprüche an. Einer behauptete, sie hätte gemachte Titten, und in dem Punkt waren sich alle einig. Dann erwähnte ein anderer die Zähne, auch die nicht echt, überkront, sie wird in Rumänien gewesen sein wie der Kevin. Dann die Lippen, aufgespritzt. Als Nächstes gab es eine hitzige Diskussion über ihren Hintern. Zu hoch, meinten einige, zu prall, sagten andere, zu rund, zu merkwürdig, bis Natel Maieta mit dem Kaugummi im Mund aufsprang und alle zum Schweigen brachte, indem er sagte, er hätte im Internet gesehen, dass manche sich auch den Arsch machen lassen, da werden einfach so Silikonpolster reingeschoben wie bei den Titten. Ein paar haben ihn damit aufgezogen, doch am Ende lautete das einhellige Urteil, dass diese große Schwester ein bisschen zu sehr gemacht sei, und wer weiß, was sonst noch alles nicht echt war. Da war Paolina aufgesprungen, die ihren schönen Babybauch mit den Händen stützte und rief, wir sollten aufhören, immer solches Zeug zu reden, es seien schließlich Minderjährige in der Bar. Natel Maieta wies sie darauf hin, dass die Kinder all das, wovon die Rede war, schon längst im Internet gesehen hätten, dass sie doch den ganzen Tag mit dem Handy herumsurfen würden, sagte er. Und als Paolina erwiderte, nein, meine Kinder sehen sich so was nicht an, haben alle schallend gelacht, einschließlich der kleine Elia.

Ein paar Minuten später kommt unser Essen. Steinpilzrisotto, aufgewärmt und ein bisschen verkocht. Und deshalb umso köstlicher. Wir essen schweigend und hören Rete Uno.

Als wir gerade unsere Teller mit einem Stück Brot blank putzen, kommt Giuseppe mit dem großen Topf aus der Küche und füllt uns die Teller noch einmal und unsere Mägen ganz und gar. Um halb zwei, sagt er, ist entweder nichts mehr da, und ich habe schon sämtliche Töpfe gespült, oder es gibt noch Reste, und die bekommt ihr gratis.

Gratis, wiederholt Felice, während er sein Brot kaut.

Als wir fertig gegessen haben, holt er trotzdem einen Zwanziger heraus und schiebt ihn unter ein Glas.

Auf der Rückfahrt nach Leontica hinauf machen wir in Corzoneso bei der alten Frau mit dem Schirm als Gehstock halt. Sie empfängt uns in ihrem etwas chaotischen Erdgeschoss. Auf der einen Seite der brennende Sparherd, ein Tisch ohne Tischdecke und vier Stühle, ein schmutziges, glanzloses Stahlspülbecken, der Kühlschrank und der Küchenschrank. Und auf der anderen ein kleines Sofa an der Wand, die oben in der Ecke mit Feuchtigkeitsflecken gesprenkelt ist, und ein Sessel und das laut gestellte Radio auf einem Tischchen daneben. Es ist sehr warm bei ihr. Bei den Alten ist es immer zu warm, selbst hier oben in den Bergen. Und es riecht gut. In einem Topf brodelt eine Minestrone, in einem kleineren ist Wasser. Die alte Frau öffnet die Ofenklappe und wirft ein Holzscheit in das schon hell lodernde Feuer. Dann gibt sie noch mehr Wasser in den kleinen Topf, ehe sie sich breitbeinig wie ein Mann auf einen Stuhl mit Strohgeflecht setzt, den Blick auf den alten, brummenden Kühlschrank gerichtet, und eine Katze ihr auf den Schoß springt. Wir setzen uns. Die Fenster sind beschlagen, an einem Nagel an der Wand hängt der Kalender einer Metzgerei in Biasca mit einem Olivenzweig.

Als das Wasser in dem Töpfchen überkocht, steht sie mühsam auf, und die Katze verzieht sich mit einem Satz. Aus dem Küchenschrank holt sie zwei Tassen und zwei Teelöffel und stellt alles mitten auf den Tisch, auf dem bereits eine Tasse mit einem Teelöffel steht, außerdem ein Päckchen Zucker und eine Blechdose von diesen dänischen Keksen, die jedoch alle möglichen Sorten Teebeutel enthält. Sie gießt kochendes Wasser in die drei Tassen, stochert dann mit dem Zeigefinger in der Dose herum und wählt einen Beutel Hagebuttentee. Felice nimmt einen Pfefferminztee und ich einen aufs Geratewohl. Während sie fünf Teelöffel Zucker in ihren Tee gibt, sieht sie Felice an und wartet auf eine Bemerkung. Doch der sagt nichts, weil es nichts zu sagen gibt.

Das Risotto stößt mir auf. Ich denke an den Fuchs, an den Moment des Schusses, und Felice zieht eine Grimasse. Mehr denn je bin ich davon überzeugt, dass er meine Gedanken lesen kann. Die Alte trinkt ihren Tee aus, spült die Tasse und schleppt sich wankend zu dem klapprigen Sessel, in den sie sich fallen lässt, als käme sie gerade von einem harten Arbeitstag, mit entspannt herabfallenden Schultern und zur Seite gelegtem Kopf. Sie greift zum Radio hinüber und schaltet es aus. Wir spülen unsere Tassen. Felice rührt die Minestrone um. Wir lassen uns auf dem grünen Samtsofa nieder.

Ich fühle mich wohl und zerbreche mir nicht den Kopf darüber, was ich sagen könnte, nur um die Stille zu füllen. Die Katze kommt aus dem Flur zurück und springt ihr wieder auf den Schoß, und sie streichelt sie, streichelt sie, streichelt sie, macht schließlich die Augen zu und schläft ein. Felice gähnt und tut es ihr nach, den Kopf zurück ans Sofa gelehnt, den Mund offen. Die Zeit vergeht langsam, sachte. Wir haben kein Wort miteinander gesprochen. Eine Stille, die den Geist leer macht. Ich setze mich bequem hin, blicke auf eine Vase mit Trockenblumen und überlasse mich dem Schlaf.

Eine Pendeluhr irgendwo im Haus schlägt drei und weckt uns alle. Aus einem Mundwinkel der alten Frau hängt ein langer Speichelfaden, der sich bis zu ihrem Schürzenärmel zieht. Felice streckt sich, gähnt und unterbricht die Stille. Viola, sagt er zu ihr, heute Morgen hat sich wieder dieser Schmerz hier in der Schulter bemerkbar gemacht.

Sie erhebt sich aus dem Sessel, indem sie sich mit beiden Fäusten abstützt. Du kommst mir heut auch ein bisschen blass vor, pflichtet sie ihm bei und beginnt, ihm die linke Schulter und den Hals zu massieren. Da endlich begreife ich, wer diese Alte ist. Die Viola von Corzoneso. Auch Viola Manidifata, Feenhand, genannt. Die berühmte Heilerin von Verstauchungen und Rückenschmerzen, von der ich schon gehört hatte, der ich aber noch nie begegnet war.

Der übliche Knoten, verkündet sie. Hier, im Trapezmuskel. Zu viel Holz gemacht, he, Felice? Sie öffnet den Kühlschrank und holt ein Stück Speck heraus. Schürt das Feuer und hinkt dann zur Tür, schnappt sich ihren Stock aus dem Schirmständer und geht hinaus. Ich schaue durch das kleine Fenster ohne Gardinen. Hinter der Staubschicht sehe ich sie gebückt im Garten etwas pflücken. Sie kommt schnaufend mit einem Sträußchen Petersilie wieder herein. Auf einem Holzbrett hackt sie mit einem scharfen Messer den Speck und die Petersilie zu einem Gemisch klein, einer Art Salbe. Sie schüttet das restliche Wasser aus dem kleinen Topf, streicht die Paste hinein und wärmt sie auf dem Sparherd an.

Felice zieht Pullover und Unterhemd aus und wartet. Sein Brustkorb hebt und senkt sich mit jedem Atemzug, er verdreht den Hals und betrachtet seine Schultern. Aus einer zupft er ein weißes Haar, das er auf den Boden fallen lässt. Wie wenn man eine Prise Salz in die Suppe gibt. Die Paste beginnt zu brutzeln, Viola kippt sie in ihre schwielige hohle Hand und pustet ein paarmal darauf, ehe sie sie Felice zwischen Hals und Schulter aufträgt, wo der Trapezmuskel sitzt, wie sie gesagt hat. Und fängt sachte an zu massieren, mit ihren krummen arthritischen Fingern, um dann stärker die Handwurzel ihrer kräftigen Hand einzusetzen. Felice überspielt den Schmerz mit einem Grinsen, sein Brustkorb hebt sich ruckartig und senkt sich dann ein wenig, hebt sich wieder zuckend in dem Moment, als ich glaube, ein dumpfes Geräusch aus dem Innern des Trapezmuskels zu hören.

Da haben wirs, sagt Viola.

Aua.

Tut mir leid. Und beginnt, noch fester zu massieren. Sodass tatsächlich ein Knack, Knack zu hören ist, wenn sie über den Knoten walkt, und Felice bei jedem Knack mehr die Zähne zusammenbeißt und länger die Luft anhält. Sein Brustkorb senkt sich überhaupt nicht mehr.

Sie massiert und massiert, und Felice fängt an zu schwitzen. Sie aber auch. Seit sie mit dem Handballen arbeitet, sind kleine Schweißperlen auf ihre schnurrbärtige Oberlippe getreten. Nach endlos erscheinender Marter sagt sie, dass es für heute genügt und er in zwei bis drei Tagen wiederkommen soll. Sie wäscht sich die Hände, und Felice zieht sich wieder an, und die Katze springt auf den Tisch und leckt den Speck mit Petersilie aus dem Töpfchen.

In zwei, drei Tagen?

Aé, Felice, in zwei bis drei.

Bòn, wenn meine Batterie vorher nicht den Geist aufgibt. Also, danke, Viola. Machs gut.

Und die Paolina?

Nichts, es hats nicht eilig.

Sobald es da ist, gebt mir Bescheid.

Bòn, nè. Ciao.

Er hat den Suzuki ebenerdig geparkt, auf einer Wiese am Straßenrand. Die noch aufgeweicht ist von dem Schneeregen. Es gelingt mir nicht, ihn da herauszuschieben. Also steigt Felice aus. Zu zweit schaffen wir es, der Wagen steht wieder auf der Straße, wir springen flugs hinein, nehmen Fahrt auf, und der Motor startet.

In zwei bis drei Tagen, murmelt Felice, laut denkend.

Zurück in Leontica will ich ihn gerade fragen, warum er nicht eine neue Batterie einsetzen lässt, aber er kommt mir zuvor und sagt, Richetto meint, dass er mir eine neue Batterie besorgt. Er war Schlosser, der Richetto, bei der Eisenbahn unten in Bellinzona. Wenn man Hilfe braucht hier im Tal, findet sich immer jemand, der einem unter die Arme greift.

Nachdem wir im Schuppen geparkt haben, drehen wir noch eine Runde, einfach so, um nicht gleich nach Hause zu gehen. Wir begegnen Serafina und Olimpia, die herumspazieren und miteinander tratschen, es werden nur ein Blick und ein kurzer Gruß gewechselt. Wir trinken am Brunnen beim Parkplatz der Sesselliftstation, das Wasser tut an den Zähnen weh. Brennos Hahn kräht. Hinter der Holzbrücke über den Negrentino ist der Hühnerhof zu sehen. Die Hühner scharren. Ich schärfe den Blick und erkenne die Stelle, wo der Wilderer ein Loch in den Zaun gemacht hatte.

Wir gehen ins Cedrone, setzen uns aber nicht und bestellen nichts. Die Kinder trinken Cola mit Strohhalmen aus Glasflaschen. Duska kommt mir heute etwas munterer vor. Wird wohl das Koffein sein. Sie sitzt keinen Augenblick still. Pep und Gilda spielen Scopa und mustern sich feindselig, er über seine Brille hinweg und sich den Bart glatt streichend. Der Fernseher ist auf stumm gestellt, wie immer, wenn keiner hinsieht. Pep wirft eine Herz sechs ab, nimmt einen Schluck aus seinem Glas und sagt, trink feinen Wein und lass den lieben Gott einen guten Mann sein. Solche Sprüche bringt er immer, wenn er ein gewisses Quantum intus hat, und das schon seit Jahren, sodass wir uns mittlerweile nur noch über ihn lustig machen, vor allem die Kinder. Prompt springt der kleine Elia auf und trällert, trink Coca Cola, das hilft dir verdauen, wie Vasco Rossi in dem Song, fügt aber hinzu, und macht, dass er dir steht. Wir lachen und nicken beifällig. Pep lächelt, jedoch nur andeutungsweise.

Wenn er keine Trinksprüche und Gedichte rezitiert, stimmt Pep, um sich als kultiviert, als Mann von Welt auszuweisen, er, der wirklich ein bisschen was von der Welt gesehen hat, häufig Volkslieder an. Vor allem unsere Tessiner Lieder, aber auch welche aus der Lombardei, von den Alpenjägern und die von Auswanderern, um dann stets zu einem französischen oder spanischen überzugehen. Und wenn er dann da am Tresen lehnt, denn zum Singen muss man stehen, wenn er dann da steht und singt, zieht ihn immer irgendwer auf, weil sein Repertoire uns allen zu den Ohren rauskommt.

Eines Tages, als er gerade Boccalino angestimmt hatte, was er fast jeden Tag, den Gott werden lässt, singt, stand er also da, hatte sich geräuspert und mit der ersten Strophe losgelegt, die geht, Io son nato nel Ticino e mi chiamo Boccalin, Im Tessin bin ich geboren und heiße Boccalin, hat Brenno rot gesehen und gebrüllt, hör mir bloß mit diesem verdammten Scheißlied auf. Hat er gebrüllt. Da ist Pep auf einem Stuhl zusammengesunken und hat sich einen Grappa bestellt, für den Blutdruck, wie er sagte, denn er fühle sich ein bisschen erschöpft.

Als wir an Vittorinas Haus vorbeikommen, bleibt Felice stehen, klopft an und geht hinein. Und fragt sie, ob sie etwas braucht. Sie antwortet mit Ja und piepst, dass die Gasflasche schon wieder ausgetauscht werden müsse, aber nicht gleich, vielleicht morgen. Felices Blick wandert zu der roten Flasche, den Gummischlauch hinauf, über die blauen Flämmchen des Gaskochers und verweilt schließlich bei dem Topf, in dem eine Minestrone brodelt. Schnuppernd reckt er den Hals. Vittorina nimmt all ihren Mut zusammen und flüstert etwas, wir sollen zum Essen bleiben, sagt sie.

Felice bewegt sich geräuschlos, sogar, als er das Brot aufschneidet. Als wären wir in der Kirche. Es ist nicht klar, warum, aber wir machen alles leise, halten beinahe den Atem an. Langsam reichen wir die Minestrone herum, stellen die kleinen Käse von Paolina vorsichtig auf den Tisch, dann sehe ich mich neugierig um, ohne einen Schritt zu tun, lasse nur den Blick schweifen. Ein Gaskocher wie zum Campen auf dem kleinen Kühlschrank. Das saubere Edelstahlspülbecken und der Küchenschrank. Vier Stühle. Der kleine brennende Kamin mit drei oder vier Buchenscheiten daneben, die von Brenno. Eine kleine Couch und eine Decke aus zusammengenähten Fellen, Kaninchenfellen. Von Emilio gegerbte Felle. Ein Kreuzworträtsel und eine Lesebrille. Ein altes Telefon an der Wand. Ein Madonnenbild mit einem Olivenzweig und einem Rosenkranz.

Die Zeiger der Wanduhr machen tick tack, zeigen gleich sechs an, und es wird schon dunkel. Während der kurzen Dämmerung draußen, die im Nu das ganze Tal auslöscht, setzen wir uns zu Tisch. In den Bergen, besonders im Winter, hat man immer Appetit.

Jeder schaut in seinen Teller und macht den Mund nur auf, um den Löffel hineinzuschieben. Vittorinas Minestrone ist anders als meine. Mangold, Wirsing, Kartoffeln, Karotten, Zwiebeln, die Pilze, die ich ihr neulich gebracht habe, und noch mehr, alles aus ihrem Garten. Felice und ich leeren den Topf, essen die Käse von Paolina und auch das ganze Brot auf. Vittorina dagegen isst gerade mal zwei, drei Löffel und sagt dann, dass sie schon satt sei.

Aber so ist sie. Sie ernährt sich von anderem, diese Frau. Sie ernährt sich von Großzügigkeit, von Herzensgüte. Manche sagen, dass sie, wenn sie mal stirbt, innerhalb von einer Stunde zu einer schönen Mumie wird und man sie dann dort auf ihrem Bett liegen lassen kann wie eine zu bestaunende Reliquie.

Wir decken den Tisch ab, helfen Vittorina beim Abwaschen, sagen mèrsi fürs Abendessen und gehen.

Es ist Nacht, ein kalter Wind ist aufgekommen. Ich gehe vorgebeugt und verschränke die Arme vor der Brust. Felice biegt unterhalb vom Waschhaus ab, ich folge ihm. In Evelinas Haus brennen sämtliche Lichter und zwei Fenster stehen offen, eines klappert. Felice geht ohne anzuklopfen hinein, schließt die Fenster und löscht die Lichter bis auf das in der Küche. Mit leicht besorgter Miene kommt er wieder heraus.

Alles okay?, frage ich.

Für sie ist jetzt immer alles okay.

Wir schlendern durch die abendliche Ruhe, gestört nur durch die heftigen Windstöße, die die Augen tränen lassen. Wir spazieren durch die Gassen und passen auf, dass es uns nicht so ergeht wie Brenno neulich abends, als er auf den Arsch gefallen ist. Gassen mit Steinen gepflastert und mit Schneematsch bedeckt oder dort, wo die Sonne tagsüber nicht hinkommt, mit kompaktem, verharschtem Schnee. Wir gehen zwischen den Steinhäusern des Dorfs entlang, begleitet vom Licht vereinzelter Straßenlaternen und der warm erleuchteten Fenster hier und da. Und gehen weiter, vielleicht, um zu verdauen, vielleicht auch einfach, um vor dem Schlafengehen noch eine halbe Stunde draußen zu sein.

Wir nähern uns dem Haus von Sosto und Brenno. Auf dem Hof, zwischen aufgeschaufelten Schneehaufen, den Wracks halb zugeschneiter Autos und Plastikplanen zum Schutz von Motorrädern, Mopeds und sonst was, steht der kleine Elia und leuchtet mit einer Werkstatt-Neonröhre seinem großen Bruder Anselmo. Der auf einer Militärplane aus Wachstuch unter dem Haflinger des Vaters liegt und an der Ölwanne herumhantiert.

Tüchtige Kinder sind das, flüstert Felice. Wissen sich schon gut selbst zu helfen.

Ich blicke von dem Haflinger zum Haus hinüber. Vor einem erleuchteten Fenster sind schemenhaft der Bauer und der Wilderer zu erkennen, die an das Geländer gelehnt auf dem Balkon stehen. Zwei rote Punkte glimmen unregelmäßig im Dunkeln auf und lassen ihre Gesichter erglühen, während sie lautlos rauchen, abgesehen von einem Rülpser nach jedem Schluck Bier. Dienstagabends hat die Bar Cedrone geschlossen. Einen Abend in der Woche bleiben alle zu Hause.

Alle außer Floro, der, schwarz gekleidet wie immer, auf einer Bank auf dem Friedhof sitzt und nur dank des bisschen Lichts auszumachen ist, das aus der Küche des Pfarrers fällt. Die Beine übereinandergeschlagen und die Arme ausgebreitet, der Blick verloren. Ich würde stehen bleiben und kurz mit ihm reden, aber wir gehen weiter.

Wenn er so ist, lässt man ihn am besten allein, sagt Felice. Um die Zeit jetzt ist es nämlich dreißig Jahre her, dass seine Eltern gestorben sind, und er kommt nachts hier heraus, um mit ihnen allein zu sein.

Sieben

Ich mache die Tür auf, und die eiskalte Luft trifft mich, noch bevor ich die Nase hinausgesteckt habe. Sternenhimmel. Meine Schuhe knirschen auf dem harten Schnee. Bei Felice brennt Licht. Die Tür steht offen. Ich gehe hinein. Wir frühstücken lange und schweigend. Ich denke an die Ausstellung von Bernasconi in Bellinzona und dass ich Felice gern einladen möchte.

Während wir im Licht der Straßenlaternen, begleitet vom Wiehern des Maultiers, losmarschieren, überlege ich ständig, wie ich es ihm sagen soll. Wir gehen in den Stall. Sosto flucht und schimpft, dass dieser verfluchte Melkapparat wieder nicht richtig saugt. Er schaltet ihn an und aus, bearbeitet ihn mit den Fäusten. Schaltet ihn wieder an, zieht die Saugnäpfe von den Zitzen einer Kuh, bläst hinein, setzt sie auf seine Handfläche und flucht, verdammt, die saugen überhaupt nicht, schreit er. Neben dem Melkapparat ist ein Gewirr aus Schläuchen um den Handwagen für den Transport der Milchkannen gewickelt. Auf dem Boden, sehe ich, unter einer Schicht Heu vermischt mit Kuhscheiße, haben sich einige Schläuche verknotet, vielleicht wird da einer zusammengequetscht. Wir ziehen sie hervor, schütteln kräftig. Das sollte eigentlich kein großes Problem sein. Ist wie beim Angeln, wenn sich die Schnur verheddert.

Himmelherrgottnochmal, sagt Sosto, während er mir beim Hantieren mit den verhedderten Schläuchen zusieht.

Himmelherrgottnochmal, stimmt Felice mit ein. Wir entwirren das Knäuel und finden den Knick. Sosto löst das Kopfstück eines der mit dem Apparat verbundenen Schläuche, und Felice hilft ihm, den Schlauch rückwärts durch die vielen Windungen hindurch herauszulösen. Wir ziehen ihn auf dem Boden lang und bringen ihn in Ordnung, und schließlich verbindet Sosto ihn wieder mit dem Apparat und setzt die Saugnäpfe an die Zitzen der Kuh, und die Milch beginnt zu fließen.

Wir haben gerade einen Fuß in den dunklen Kiefernwald gesetzt, als Felice zum Ave-Maria-Läuten um halb sieben innehält. Ich bin dicht hinter ihm, höre ihn verschnaufen und denke an die Ausstellung, will ihn gerade fragen, atme aber nur die harzduftende Luft ein. Stumm wie Schatten steigen wir den Selvaccia-Wald hinauf.

Im hohen Schnee setzen wir die Bergschuhe in unsere alten Fußstapfen. Wir gehen vorgebeugt, der Anstieg ist mühsam. Felice bleibt erneut stehen. Sonst ist er immer flott und sicher wie ein Hirsch hinaufgelaufen. Er holt zwei-, dreimal tief Atem, betrachtet den heller werdenden Himmel und seufzt. Sein Gesicht wirkt entspannt in diesem spätnovemberlichen Morgenrot. Beim Weitergehen schalten wir einen Gang höher, doch die Verschnaufpause hält nur ein paar Schritte vor.

Wir erreichen die Gumpe, er kurzatmig und ich mit schweren Beinen. Ich steige als Erster hinein, nachdem ich eine dünne Eisschicht eingeschlagen habe. Schnelles Eintauchen und Schrei wegen der Eiseskälte. Ich mache einen Satz auf den Felsen. Stehe dort regungslos, von Kälteschauern geschüttelt. Felice zögert, zieht sich aber schließlich aus und geht hinein. Er bleibt lange drin, nur seine Nase schaut heraus. Als ich mir die Schuhe zubinde, bittet er mich, ihm die Seife zuzuwerfen, die in seiner Jackentasche steckt, sagt er.

Ich bin angezogen, und mir ist warm. Felice steht auf dem Felsen, nackt, den Blick in Erwartung des ersten Sonnenstrahls auf die Simanospitze gerichtet. Die Zeit vergeht, dann blitzt der Strahl herab und trifft uns.

Felice stößt einen seligen Seufzer aus, als seine Augen sich mit leuchtenden Bergen füllen.

Im Kiefernwald, während er vor mir hergeht, finde ich den richtigen Moment. Felice, rufe ich.

Ho, antwortet er.

Felice, heute nehme ich dich mit nach Bellinzona, um eine Ausstellung anzusehen. Er dreht sich ruckartig um. Nach Bellinzona?

Ja, in Bellinzona gibt es eine Ausstellung von Bildern, die ich dir zeigen möchte.

Nach Bellinzona fahr ich schon seit einer Ewigkeit nicht mehr, murmelt er. Als junger Mann bin ich öfter dort gewesen, um Dummheiten zu machen. Er dreht sich um und geht weiter. Ich stehe da mit einem Gesicht wie der ausgestopfte Gämsbock von Brenno. Warum nicht, komm schon, beharre ich. Der Bernasconi stellt aus.

Der Bernasconi?, wiederholt er, ohne stehen zu bleiben. Ein paar Minuten später lehnt er sich an eine Tanne, sieht mich an und fragt, was kostet denn die Ausstellung da?

Da merke ich, dass er mit von der Partie ist. Nichts,

lüge ich. Sie kostet nichts. Und anschließend essen wir in der Stadt zu Mittag, diesmal bezahle ich.

Pause.

Bòn, ist gut, weil heute hab ich ja auch nicht so viel zu erledigen. Aber du fährst.

Zu Hause angekommen, setzen wir uns auf die Granitbänke. Dort bleiben wir eine Weile und tun nichts, so wie wenn man auf einen Zug wartet.

Die Glocken schlagen acht, wir gehen zu Vittorina hinüber. Sie ist nicht da, hat aber die Tür nicht abgeschlossen. Felice schraubt den Gasschlauch ab, lädt sich die leere Flasche auf die Schulter und trägt sie zu Marietto, um sie gegen eine volle einzutauschen. Die er mit einer schwungvollen Bewegung auf seine Schulter hebt, als wäre sie leer, wonach wir zurückgehen, um sie an Vittorinas Gaskocher anzuschließen.

Sie kommt, als wir gerade zur Probe die Flamme anzünden. Da schnappt sie sich eine Papiertüte von Coop und geht hinaus in ihren Garten, um etwas Gemüse als Gegenleistung für den Gefallen zu ernten.

Felice und ich sammeln eine Tüte voll Kaki für La Radio und steigen anschließend in meinen Volvo. Er schnallt sich an und bittet mich, ihm die Sitzlehne etwas höher zu stellen.

Am Brunnen auf dem Dorfplatz sitzt Floro mit einer Miene wie Ihrkönntmichheuteallemal und einem schlammgrünen Militärbarett auf dem Kopf. Er hält seine Füße ins Wasser, raucht und streicht sich den langen Bart glatt. Vielleicht macht er es für den Blutkreislauf. Ich weiß es nicht. Wohl aber weiß ich, dass dieses Militärbarett nicht ihm gehört, weil er aus Gewissensgründen verweigert hat. Ein Jahr lang im Pflegeheim von Acquarossa den Alten den Hintern abgewischt, hat er mir mal erzählt.

Wir sind schon fast unten im Tal, als er sagt, die Kaki. Die Kaki für La Radio. Ich bremse, und er dreht sich um, sie liegen auf der Rückbank. Auf dem Heimweg, denkt er laut, oder morgen nach der Gumpe. Ich gebe Gas, und wir fahren weiter.

Wir schweigen während der gesamten Fahrt. Ein langes, einschläferndes Schweigen. Ich hatte erwartet, dass er etwas sagt, aber nichts da. Felice ist angezogen wie heute früh. Seine genagelten Militärschuhe, Arbeitshose und Wollpullover. Darunter das Unterhemd, das noch nach Speck und Petersilie riecht. Die orange Jacke von der Eisenbahn hat er auf die Rückbank gelegt. Für den Fall, dass es da unten zieht, hat er gesagt, in Bellinzona, da wehte immer ein gemeines Lüftchen.

Ich parke neben dem Gebäude, in dem die Ausstellung gezeigt wird. Wir gehen hinein, und ich kaufe zwei Eintrittskarten. Der große Saal ist voller Schulkinder. Er hat ein solches Selbstvertrauen, achtet gar nicht auf sie, die ihn anstarren und die Nase rümpfen. Die Hände auf dem Rücken verschränkt, geht er von Bild zu Bild. Mehr als die Gemälde bewundere ich ihn. Tick tack, tick tack. Seine genagelten Schritte auf dem Betonboden.

Schöne Bilder, oder?

Die Zeichnungen vom Orazio Picasso, ja, die sind schön, finde ich. Die hier sind mehr so ein Wirrwarr aus lauter Gesichtern mit offenem Mund, nackten Frauen und verrenkten Armen.

Er geht zum nächsten Bild.

Aber die Künstler sind auch alles große Spitzbuben, wenn du mich fragst. Müssen ja auch sehen, wie sie zurechtkommen, so wie alle. Nur der hier, dieser Bernasconi, der ist schon noch ein bisschen mehr Spitzbube als die anderen, mit seinen nackten Frauen. Aber jedem das Seine und amen.

Das Stadtzentrum ist schon weihnachtlich geschmückt, obwohl es noch fast vier Wochen bis zum Fest sind. Lautsprecher verströmen süßliche Weihnachtslieder, die Schaufenster quellen über von greller Opulenz. Felice sieht sich um, steht mitten im Gewühl auf der Piazza Collegiata wie ein Fels, der aus dem reißenden Wasser eines Flusses herausragt. Deutschschweizer Touristen mit Rucksäcken und Gore-Tex-Wanderschuhen, Studierende in der Mittagspause, das Handy in der Hand, einherstolzierende Männer in Anzug und Krawatte, die gerade aus dem Büro kommen und wie Bestatter aussehen, und Frauen, die vorbeidefilieren, als wären sie auf dem Laufsteg. Die Nase himmelwärts gereckt, betrachtet er die Mauern des Castelgrande über den LED-Sternen und grinst hin und wieder verdutzt. Die Sonne scheint mild. Es weht kein Wind.

Was möchtest du essen?, frage ich ihn.

Er beäugt die Terrassentische eines Restaurants, zeigt darauf und sagt, da ists gut.

Wir beschließen, draußen zu essen, unter einem Heizpilz. Eine junge Kellnerin kommt mit gestresstem Gesichtsausdruck und einem Stapel Speisekarten unterm Arm herbeigelaufen. Sie begrüßt uns mechanisch, während sie bereits zu vier Männern in Anzug und Krawatte hinüberschielt, die am Nebentisch Platz nehmen. Sie gibt uns eine Karte und dreht sich zu den vieren um, alle mit ihren Handys beschäftigt, einer sagt, das Übliche für uns und sieht sie dabei nur flüchtig an. Felice blickt der jungen Bedienung nach, als sie von einem Tisch zum anderen geht, um Speisekarten zu verteilen und Bestellungen aufzunehmen, geschäftig wie eine Biene, die von Blüte zu Blüte schwirrt, bis sie mit einer an der verschwitzten Stirn klebenden dunklen Haarsträhne zurückkehrt, Luft holt und uns fragt, haben Sie sich entschieden? Damit sie nicht merkt, dass er sie beobachtet, hatte Felice sein Augenmerk auf die vier Herren nebenan gerichtet. Die immer noch auf ihre Handys starren. Doch jetzt sieht er sie an, sieht mich an und nimmt schließlich die Karte zur Hand.

Ich komme gleich noch mal, sagt die Kellnerin ungeduldig. Und verschwindet.

Kurz darauf kommt sie wieder, wir sind bereit zu bestellen. Felice tippt mit dem Zeigefinger auf seine Wahl, wie ein Tourist, der die Landessprache nicht beherrscht.

Wir essen in Ruhe und ohne zu reden. Als er fertig ist, wickelt er die beiden Apfelgehäuse in eine Papierserviette ein, steckt sie in die Tasche, sagt bòn und steht auf. Ich bezahle, und wir gehen.

Auf den Straßen der Innenstadt sieht Felice sich alles einigermaßen neugierig an, auch wenn nichts ihn etwas anzugehen scheint. Leute, die bummeln, und Leute, die es eilig haben im Chaos und dem Lärm der Stadt. Hupen, Autos, LKWs, Motorräder und Abgasgestank. Ampeln und Zebrastreifen, Parkuhren und Kaugummi auf dem Bürgersteig. Banken, Restaurants, Bars, Geschäfte. Dann aber entdeckt er etwas. Angeleint an einem Haken neben der Schiebetür des Coop, zerrt ein kleiner Hund mit Deckchen zum Eingang hin und winselt nervös, wie es kleine Hunde machen, wenn sie auf Herrchen oder Frauchen warten, die beim Einkaufen sind.

Te', te', macht Felice, um ihn für einen Augenblick abzulenken. Er hockt sich hin und streichelt ihm über den kleinen Kopf. Doch das Tierchen fängt gleich wieder an zu winseln und bellt dann sogar und stellt sich an der Leine zerrend auf die Hinterbeine, als eine mit Einkaufstüten beladene Frau aus dem Geschäft kommt. He, was zum Teufel machst du da, lass meinen Hund in Ruhe, schreit sie.

Felice richtet sich auf, ohne sie auch nur anzusehen, und geht davon.

Wir steigen ins Auto.

Wie war es in Bellinzona, als du jung warst?

Genauso wie jetzt. Ein einziger Rummelplatz, voller Dummköpfe, die sich ausnehmen lassen wie Dorsche.

Ich lege den Gang ein, und wir fahren los. Stumm verlassen wir die Stadt, nehmen die Autobahn Richtung Norden und fahren, immer noch schweigend, bei Biasca ab, dann durch Malvaglia, Motto, Dongio und Acquarossa und dann hinauf, eine Serpentine nach der anderen bis Leontica.

Leontica ist in Aufruhr. Das ganze Dorf hat sich auf dem Platz versammelt und steckt die Köpfe zusammen. Manche mit einem Seil in der Hand, manche mit einem Stock, andere mit einer Mistgabel. Ich bremse und fahre rechts ran. Was ist nur los?, frage ich.

Halt hier, sagt Felice.

Ich parke am Straßenrand. Irgendwas Großes ist da im Gange. Felice nimmt seine Jacke und wirft sie sich über die Schulter, und wir gehen auf die erregte Menge zu. Alle haben etwas zu sagen, alle diskutieren hitzig.

Was ist los?, fragt Felice laut.

Dieses dumme Stück ist abgehauen, antwortet Richetto, worauf Felice sagt, wer?

Er ist abgehauen, dieser Esel, sieht man doch, dass er brünstig ist, und er lässt sich von niemandem einfangen und läuft jetzt rum und richtet nur Unheil an, schreit Floro.

Aber wer denn?, fragt Felice erneut.

Das Muli von Vittorina, schreit Gilda. Das Muli von der Vittorina ist ausgebrochen.

Was heißt hier brünstig, hör auf, Kaminfeger, ist doch ein Maultier, das Vieh. Ist doch sterilisiert, so ein Muli, blafft Sosto. Und außerdem, was willst du schon sehen, du mit deinen Augen. Ich habs dir gesagt, es wird sich mit was vergiftet haben und ist verrückt geworden.

Mag sein, aber trotzdem, die Hengste, wenn die scharf sind und keine Stute finden, sagt Pep und lässt den Satz in der Luft hängen.

Dann machen sies wie der Marietto, ergänzt Kevin, worauf wir grinsen und Marietto mit seinem Tranfunzelgesicht wegsieht, als hätte er etwas Interessantes entdeckt, das vorher nicht da war.

Ach was, Quatsch. Das hier hat sich was geholt und basta, zischt Emilio zwischen den Zähnen hervor.

Ja, aber was hat es denn, das Muli, dass es herumrennt wie besessen und den Bobi durch die Luft geschleudert hat, dass er mir fast krepiert ist, mischt sich die Lehrerin Sabina ein. Es wird sich doch nicht den Rinderwahnsinn geholt haben, oder?

Quatsch, Rinderwahnsinn, ist doch ein Maultier, Sabina.

Ja, aber vielleicht…

Nix vielleicht, hör auf.

Also mir ists passiert, dass mein Hund eines schönen Tages verrückt geworden ist wie dieses Muli, und da hab ich den Brenno gerufen und Friede und amen, sagt Celso.

Moment, Moment. Wo ist denn das Muli jetzt?, fragt Felice.

Also, antwortet Natalina, zuerst war es hinten in meinem Garten und hat mir fast den ganzen Wirsing gefressen, dann kam die Beta und hat es angebellt und beinahe auch einen Tritt abbekommen wie der Bobi.

Und dann ist der Brenno gekommen, fährt Richetto fort, und hat einen Schuss in die Luft abgefeuert, sodass es weggelaufen ist, da runter hinter die Kirche.

Alle Köpfe drehen sich zur Kirche um, und in dem Augenblick taucht der Mann auf, der die Wilderei zu seiner Religion gemacht hat und immer mit umgehängtem Gewehr herumläuft. Eine endlose Abfolge von Flüchen ausstoßend, bahnt sich Brenno mit seinem Mauser einen Weg durch die Schar und baut sich vor Vittorina auf, die ihm gerade mal bis eine Handbreit über dem Bauchnabel reicht. Verdammt noch mal, Vittorina, jetzt werd ich aber auf diesen verfluchten Bastard schießen. Vittorina, ich knall es ab, dieses Muli, weil anders halten wir es nicht mehr auf.

Vittorina bekreuzigt sich und steht dann da wie ein ausgestopfter Buchfink.

Ach komm, Wilderer, das arme Tier, meldet sich die Wirtin Candida zu Wort. Darauf schießen, ist doch nur ein Muli …

Brenno zieht heftig an seiner Zigarette und kommt nicht mehr zu einer Erwiderung, weil plötzlich ein markerschütterndes Wiehern erschallt und das Muli bedrohlich hinter der Friedhofsmauer hervorprescht und wiehernd auf uns zugaloppiert, dabei mit seinen harten Hufen ausschlägt, die auf dem Pflaster der Piazza klappern, gefolgt von den Kindern, die Stöcke schwenken und aus voller Kehle unanständige Wörter schreien. Die erschrockene Versammlung stiebt auseinander, um das Tier durchzulassen, das wild geworden ist wie ein verwundeter Hirsch. Nur Brenno bleibt breitbeinig stehen, unerschütterlich und kaltblütig, entsichert ohne Zögern mit seinem Wildererinstinkt das Gewehr und zielt. Vittorina und Natalina schreien auf, doch Felice streckt den Arm aus und drückt den Gewehrlauf in letzter Sekunde herunter. Ein Schuss löst sich, der aber vom Pflaster abprallt und einen Müllcontainer rechts von dem Maultier trifft.

Der Knall und das Dröhnen des wie ein Gong widerhallenden Containers bringen das Tier abrupt zum Stehen, es stemmt die Beine in den Boden, als wäre es von einem Zauber gebannt. Die Hinterläufe gespreizt und zitternd, die Nüstern vor Schreck gebläht und mit dem Blick eines geprügelten Heiligen. Sosto geht langsam auf es zu, wirft ihm eine Schlinge um den Hals und spricht dann beruhigend auf es ein, streichelt seinen langen Hals.

Nun, da das Muli bei ihm in sicheren Händen ist, atmen wir alle auf und gratulieren uns gegenseitig zu dem guten Ausgang dieses Abenteuers, das böse hätte enden können. Schulterklopfen und Händeschütteln.

Das ganze Dorf geleitet das Maultier zu seinem Pferch, wie die Prozession, wenn die Garde die Statue des heiligen Johannes des Täufers herumträgt. Dort, wo die Straße ansteigt, verabschiedet sich Paolina, die nach Hause will, um ihren Rücken auszuruhen, wie sie sagt, und geht mit ihrem Entengang davon, begleitet von Nonna Gelsomina.

Auf halbem Weg klingelt ein Handy. Hallo, sagt Kevin. Aé, aé... Ja, ja, okay, und legt auf. Kaminfeger, ruft er dann.

Ho, antwortet der, einige Schritte hinter ihm.

Der Bürgermeister Piergiorgio hat gesagt, dass du einen Lattenzaun reparieren sollst, den der Schneepflug eingerissen hat. Du sollst gleich hingehen, weil es der von den Luzernern ist, du weißt schon, sie ganz Hintern und Beine, da oben beim Sessellift, sagt er zu ihm. Und du sollst es ordentlich machen und keine Kosten scheuen, weil es die Versicherung bezahlt.

Aé, antwortet Floro, und Sosto sagt, warum die nur immer Lattenzäune und Maschendraht und Gittertore haben müssen wie in Italien, diese Touristen.

Eh, weil jeder sein eigenes Gärtchen es eifersüchtig hütet, entgegnet Floro, über den Satzbau stolpernd, was ihm einen so bösen Blick von Pep einträgt, als hätte er den schlimmsten aller Flüche ausgestoßen. Dann sperren wir das Maultier in seinen Pferch, wonach manche ins Cedrone und andere nach Hause gehen.

Felice wirft die beiden Apfelgehäuse aus dem Restaurant in Bellinzona auf den Kompost, dann holen wir Holz im Schuppen. An der Haustür hängt ein Zettel. Batterie o. k., liest Felice. Er lächelt. Faltet den Zettel zusammen und steckt ihn ein. Die Batterie ist okay, sagt er versonnen und blickt zu den Bergen auf, die uns umgeben, seinen Bergen. Im Norden der Pizzo Sosto, dann der Adula. Im Osten der Simano. Schließlich blickt er nach Westen. Die Abenddämmerung steigt aus dem Talgrund auf, und der letzte Atemzug des Tages verhaucht über dem Pizzo Erra, wo ein oranger Fleck den Himmel färbt und dann allmählich dunkler wird, bis er ganz verglüht.

Die Schatten ergreifen alles, die Farben erlöschen, und die Kälte beginnt zu beißen, und ein Hund bellt in der Ferne, dass es im Tal widerhallt, und ich verabschiede mich von Felice, der antwortet ciao, machs gut. Und gehe nach Hause.

Acht

Ich ziehe mich an und gehe hinaus. Bei Felice brennt kein Licht. Es schneit nicht, ein kalter und leichter Wind weht, und die Sterne sind zu sehen, minus sieben Grad. Der Tag verspricht sonnig zu werden wie der gestrige. Und dann der Mond, gerade mal die silbrige Andeutung einer Neumondsichel. Ich betrachte sie lange, bis ich denke, wenn das ein Zeichen ist, wird Paolina heute gebären.

Bei jedem Schritt riskiere ich auszurutschen. Vor Vittorinas Haus halte ich inne, gehe zurück, um den Sack mit Streusalz zu holen, und verteile es mit vollen Händen. Das Eis knistert.

Ehe ich zu Felice hineingehe, hole ich drei Holzscheite aus dem Schuppen. In der Küche Geruch nach kalter Asche und Sauberkeit. Wenn es draußen minus sieben sind, dann hier drin höchstens ein paar Grad über null. Ich feuere die Sarina an und setze den kleinen Topf mit Wasser auf. Felice schläft noch wie neulich morgens. Also mache ich ein bisschen Lärm. Gleich wird er die Treppe herunterkommen, splitterfasernackt. Schon bei dem Gedanken lächle ich.

Das Wasser kocht, ich nehme den Topf vom Feuer und werfe eine Handvoll getrocknete Blätter hinein. Vom Schachtelboden fische ich zwei Löwenzahnblüten heraus.

Eine für ihn und eine für mich. Ich setze mich an den Tisch und warte.

Mit dem Löffel rühre ich den Kräutertee um, ich sollte hinaufgehen und ihn wecken. Ich steige ein paar Stufen hinauf und lausche, höre aber nichts. Also gehe ich mit angehaltenem Atem ganz hinauf, die Bohlen knarren unter meinen Füßen, und rufe ihn. Keine Antwort. Lauschend bleibe ich vor der geschlossenen Tür stehen und glaube, ein kaum wahrnehmbares Geräusch zu hören, wie ein Flüstern. Da klopfe ich leise an und rufe ihn erneut und mache schließlich die Tür auf. Ein eisiger weißer Hauch streicht mir übers Gesicht und lässt mich erschauern. Ich mache das Licht an und sehe es. Ich sehe, dass Felice tot ist.

Mit zwei Sätzen springe ich die schmale und steile Treppe hinunter und laufe hinaus, um bei Vittorina anzuklopfen. Das Herz schlägt mir bis zum Hals. Vittorina, rufe ich. Ich klopfe lauter. Nach einem Moment geht ein Licht an, und die Tür wird geöffnet.

Vittorina, Vittorina, Felice ist tot.

Vittorina wird kreideweiß und scheint von einem Augenblick auf den anderen um dreißig Jahre gealtert, sodass ich fürchte, der Schlag könnte sie treffen. Doch sie geht rasch hinein und kommt zurück, zieht mit einem Rosenkranz in der Hand die Gummistiefel an, und wir laufen zusammen hinüber zu Felice.

Sie bekreuzigt sich und kniet nieder und weint leise. Ich gehe hinunter in die Küche, um sie allein zu lassen. Sehe mich um, setze mich hin, stehe wieder auf. Ich weiß nicht, was ich tun soll.

Nach einer Weile kommt sie herunter, mit geschwollenen Augen und einer wiedergefundenen Kraft, die sie wie ausgewechselt erscheinen lässt, und sagt mit fester Stimme, dass sie kurz nach Hause geht, um zu telefonieren. Darauf sage ich, dass ich Emilio wecken gehe.

Ich klopfe an seine Tür. Warte. Nichts. Klopfe an sein Schlafzimmerfensterchen. Im Haus dahinter fängt Bobi an zu bellen, und kurz darauf steckt die Lehrerin Sabina den Kopf zum Fenster heraus und ruft, still, Bobi. Still jetzt.

Ich sehe zu ihr hinauf. Sabina, ich bins, Felice ist tot.

Der Kopf der Lehrerin verschwindet mit einem Klagelaut, und in ihrem Haus gehen die Lichter an. Erneut klopfe ich an Emilios Tür. Die jetzt geöffnet wird. Wir sehen uns einen langen Moment in die Augen. Er schluckt. Und sagt, ich komme.

Ich bin zurück in der Küche, Vittorina ist oben. Gerade habe ich nach ihr gesehen und sie am Fußende des Betts kniend angetroffen, wo sie leise den Rosenkranz betete. Hier hat sich noch niemand blicken lassen. Ich weiß nicht, ob ich das Feuer in der Sarina am Brennen halten soll oder was ich sonst tun könnte. Dann höre ich Schritte draußen. Die Wirtin Candida mit einer Kanne Kaffee und ihre Eltern, Richetto und Natalina, und ihr Hund Beta sind die Ersten, die kommen, obwohl es noch dunkel ist. Sie gehen hinauf.

Beta hat sich neben die Sarina gelegt. Ich streichle sie. Richetto kommt lautlos die Treppe herunter, sieht sich um, sieht zum Hund hin, sieht zum Herd. Dann setzt er sich auf den anderen Stuhl, und wir wechseln einen Blick über den Tisch hinweg. Wir sind drauf und dran, etwas zu sagen, als Paolina mit ihrem Babybauch, der kleine Elia, Giulia und Anselmo und Furia eintreffen. Furia und Beta beschnuppern sich. Der kleine Elia stellt einen Plastikbehälter mit Dutzenden kleinen Käsen auf den Tisch, dann gehen sie alle vier zu Vittorina, Candida und Natalina hinauf, Paolina ganz langsam und vorsichtig.

Die beiden Jungen kommen die Treppe gerade wieder herunter, als der Kaminfeger Floro in voller Länge in der Tür erscheint, mit Evelina am Arm. Floro, rot geränderte Triefaugen, stützt Felices Schwester mühsam mit der rechten Hand, während er in der linken eine Papiertüte von Coop hält. Da sei der gute Anzug von seinem seligen Papa drin, sagt er. Evelina wirft mir einen Blick zu, sieht dann die Hunde und die Kinder und Richetto an, dann wieder mich. Guten Tag, sagt sie, wie man einem Fremden Guten Tag sagt. Floro begleitet sie nach oben und kehrt dann in die Küche zurück, als gerade Gilda und der Wilderer Brenno, gefolgt von ihren Hunden Subaru und Ford, hereinkommen. Gilda bringt zwei Flaschen Wein, und Brenno trägt ein bereits gerupftes Huhn an den Füßen und einen Gefrierbeutel mit etwas Gefrorenem darin. Voluminös. Zwei Kilo Hirschragout, sagt er zur Antwort auf unsere Blicke, während er es zum Auftauen ins Spülbecken legt.

Ich lege Holz in die Sarina nach und gehe einen Moment hinaus, um frische Luft zu schnappen. Vittorinas Maultier beginnt zu wiehern. Wenn Felice nicht gewesen wäre … Mit einem dicken Kloß im Hals setze ich mich auf die rechte Bank. Über dem Simano wird es hell, und die ersten Schatten des Tages fallen kalt und zaghaft. Vom eisigen Wind verwehtes trockenes Laub raschelt über die Straße, überspringt eine niedrige Mauer und bleibt zwischen dem Unkraut liegen, das vor der Wand eines verfallenen Hauses aus dem Harsch ragt. Der erste Schlag des Glockengeläuts um halb sieben erschreckt mich beinahe, so laut und unerwartet kommt er. Ich lasse mich von der Melodie des Ave Maria wiegen. Das irgendwie anders klingt, als könnte ich es von jetzt an nie mehr hören wie zuvor.

Ich bin so in meine Gedanken und den Anblick des dunklen Himmels versunken, dass ich die Ankunft des Bauern Sosto nicht bemerke, der seinen Haflinger samt Anhänger und Milchkannen an der Straße unten parkt. Jo, macht er, sein Gesicht beschattet, als er sich die mistverklebten Stiefel auszieht, die Grappaflasche aus dem Stall in der Hand. Er geht ins Haus, den Geruch seines Stalls hinter sich herziehend, und kommt nach ein paar Minuten schon wieder heraus, weil er die Milch umfüllen müsse, sagt er. Aber ich komm gleich zurück, sobald ich fertig bin, fügt er hinzu und bückt sich, um die Stiefel anzuziehen. Ich sage nichts und sehe ihn nur an, rote Augen, zusammengebissene Zähne, Rotz, der ihm aus der Nase läuft. Vermutlich sehe ich nicht viel anders aus. Ohne meinen Blick zu erwidern, sagt er, so, jetzt hab ich mich ausgeheult, weiter gehts, so ists halt, so ist das Leben, aber er sagt es mehr zu sich selbst und macht sich auf zu seinem Haflinger.

In der folgenden halben Stunde, während es zusehends Tag wird, treten die Stumme, Celso und Orazio Picasso ein, und ich frage mich, ob ich Orazio irgendwann das Foto von der Gumpe geben werde, das ich vor kurzem gemacht habe. Alle bringen etwas mit. Auf dem Tisch stehen schon neun Flaschen Wein, es gibt Brot und Käse und Kaffee und das tote Huhn sowie das Hirschragout im Spülbecken.

Auch Emilio kommt. Er legt drei küchenfertige Kaninchen auf den Tisch und geht schnell die Treppe hinauf und kehrt nach einer Minute mit Tränen in den Augen zurück.

Dann die Lehrerin Sabina mit Priska und Duska und ihrem Hund Bobi, der hinkt von dem Tritt, den Vittorinas Maultier ihm gestern verpasst hat. Sie stellen eine Schachtel Kekse und zwei Thermosflaschen auf den Tisch, dann drücken sich die Zwillinge neben den Küchenschrank. Mit roten Augen und einem zerknüllten Papiertaschentuch in der Hand für den Rotz, der ihnen wie die Schleimspur einer Schnecke aus der Nase rinnt, sagen sie leise zu ihrer Mutter, dass sie nicht hinaufwollen, um Felice zu sehen.

Aber es ist, als würde er schlafen, sagt Sabina zu ihnen, worauf die Zwillinge wieder zu weinen anfangen. Duska, Tränenstreifen auf den blassen Wangen, ist in eine Wolldecke gewickelt. Weil sie heute Morgen krank aufgewacht ist, erklärt uns die Lehrerin Sabina. Komm, setz dich hier neben den Ofen und wärm dich.

Die Kleine tut wie ihr geheißen, trocknet sich dann die Tränen an der Decke ab, holt ihr Asthmaspray hervor, pumpt und inhaliert. Gleich darauf erscheinen Arm in Arm, sich gegenseitig stützend, Serafina und Olimpia. Serafina geht zu ihren beiden Urenkelinnen hin und küsst sie auf die Stirn.

Dann kommen Marietto Del Negozietto, der Brot und Salami mitbringt, die Postbotin Alfonsa mit Viola Manidifata, wackelig auf ihren Schirmgriff gestützt, und der bärtige Pep mit seiner Schwester, einer gewissen Alba oder Alda, ich weiß es nicht, ich bin ihr noch nie begegnet. Einige Momente später erscheint Tito mit seiner Tochter Giovanna Tutta Panna und seiner Kusine Gigliola von der Trattoria Del Passo samt ihrem Mann Mattia. Dann Nonna Gelsomina, die bebrillte Teodolinda und La Radio, deren Kaki noch in meinem Auto liegen.

Kevin, Mister Tessiner Bauer, kommt mit seinem Hund Black, und dann kommen noch andere und immer mehr. Ganz Leontica und auch mehrere Auswärtige aus dem gesamten Tal, von Olivone bis Malvaglia. Manche kennen ihn nur vom Sehen, wie die beiden jungen Bauern, die die

Traktoren mit dem Schneepflug und dem Salzstreugerät gefahren haben, und die drei Alten von der Bank vor der Apotheke in Dongio. Es herrscht ein ständiges Hin und Her von Autos unten auf der Straße, die Haustür bleibt die ganze Zeit offen stehen. Ich sehe Sosto die schmale Treppe heruntersteigen. Er ist schon wieder vom Milchdepot zurück, ich habe ihn gar nicht hereinkommen sehen.

Händeschütteln. Kaffee. Wein, Brot und Salami. Schulterklopfen. Rote Augen. Die Frauen gehen hinauf, um den Rosenkranz zu beten, und die Männer bleiben unten, um zu trinken.

Pep steigt die Treppe hinauf und kommt mit einem Handy in der Hand zurück. Er zieht einen gefalteten Umschlag aus der Hosentasche, entnimmt ihm einige Blätter, kneift die Augen zusammen und versucht angestrengt, das Geschriebene zu lesen. Oh Mamma, murmelt er. Ich habe meine Brille zu Hause vergessen. He, Sosto, siehst du, wo hier eine Telefonnummer steht auf dieser Seite?

Sosto reckt den Hals. Aé, hier, und tippt mit seinem dicken Zeigefinger darauf.

Lies vor. Na los, worauf wartest du?

Was ist das denn für eine Nummer, Pep? In Italien?

Quatsch, Italien. In Zürich. Los, sag schon.

Also. Null...

Warte, unterbricht ihn Pep. Oh Mamma. Wie funktioniert das denn?

Wie, du hast ein Handy und kannst nicht mal damit anrufen?, herrscht ihn Brenno an.

Ist nicht meins, dieses Ding hier. Gehört meiner Schwester. Gut, also?

Der kleine Elia greift ein, wählt die Nummer und reicht das Handy dann Pep, der uns ein Zeichen macht, still zu sein, und mit der Universität Zürich spricht, um Bescheid zu geben, dass Felice aus Leontica gestorben ist und sie kommen können, um ihn zu holen, sagt er in einem Deutsch, das wir alle mehr oder weniger verstehen. Wir sehen uns mit versteinerten Gesichtern an.

Als Pep aufgelegt hat, fragen wir ihn, was das für eine Geschichte mit der Universität Zürich ist, doch ehe er antworten kann, klopft jemand an den Türrahmen. Hand in Hand stehen auf der Schwelle der Pöstler von Acquarossa und seine Frau Maria mit ihren tollen Kurven und dem breiten Mund, die alle begrüßt, wonach die beiden die Treppe hinauf verschwinden. Wir richten unsere Blicke wieder auf Pep.

Der uns enthüllt, dass Felice, wie er ihm anvertraut habe, schon vor Jahren eine Vereinbarung mit dieser Universität getroffen hat, schon bald nach seiner Rückkehr aus Russland, erklärt er und zeigt uns die Unterlagen vom anatomischen Institut. Weil er nicht unter die Erde wollte, sondern seinen Körper lieber den Medizinstudenten überließ, die dann damit machen sollten, was sie wollten, und Friede und amen.

Emilio grinst ungläubig. Brenno flucht. Und Anselmo stößt einen leisen Pfiff aus. Danach sitzen wir lange schweigend da und blicken ins Leere, während jeder auf seine Art versucht, diese Nachricht zu verdauen. Schließlich seufzt Sosto tief, räuspert sich und sagt, nicht mal im Tod wollte er stillhalten, der Felice. Immer auf Achse, sogar jetzt noch.

Wir nicken zustimmend. Jemand wiederholt, immer auf Achse, immer auf Achse.

Nie still gestanden, immer unterwegs, sagt Pep.

Und jetzt geht er da nach Zürich, sagt Richetto.

Es ist das, was er wollte, meint Emilio.

Die schlitzen ihn auf wie ein Schwein und machen mit ihm, was sie wollen, sagt Brenno.

Wir starren in die roten Augen des Wilderers, der uns jäh das Bild von Felices sezierter Leiche auf einem Stahltisch in einem Hörsaal in den Kopf gesetzt hat. Unser Atem geht so schwer, dass er die Stille hier unten in der Küche aufheben würde, wäre da nicht noch der monotone Singsang des Rosenkranzes, der keine Sekunde lang aufhört, über die Treppe zu uns zu dringen. Dann bricht sich Floros Stimme schonungslos Bahn. Bis auf die Knochen und sogar bis ins Mark, sagt er mit verstörter Miene.

Wir sehen ihn an, als hätte er das schwierigste aller Rätsel gelöst oder aber eine von seinen Riesendummheiten von sich gegeben. Sodass er beinahe erschrocken dreinblickt, ehe er vornübergebeugt und sich den Bauch haltend nach oben rennt. Die Tür zum Bad wird aufgerissen und schließt sich mit einem Knall.

Derweil trifft Doktor Gianmaria aus Acquarossa mit einer Ledermappe unterm Arm ein, unmittelbar gefolgt vom Pfarrer Don Albino mit der Stola um die Schultern und dem Weihwasserwedel in der Hand, fünf oder sechs Frauen aus dem Tal unten im Schlepptau. Wir treten einen Moment beiseite, um die Neuankömmlinge durchzulassen, die die Treppe hinaufsteigen.

Halt, wartet, platzt Brenno mit einem deftigen Fluch heraus. Alle mal halt. Der Felice, der hätte doch bestimmt keinen Pfarrer gewollt, oder?

Daraufhin erhebt sich ein großes Palaver unter uns Männern, auf das ein großes Geschrei im oberen Stockwerk folgt, und ohne viel Federlesens wird ein erboster Don Albino mit allen gehörigen Entschuldigungen hinauskomplimentiert. Sein Bruder Marietto spielt den Ahnungslosen und kauert sich wie eine ins Wasser gefallene Spinne in einen Winkel zwischen die Hunde und die Sarina.

Kurz darauf kommt Doktor Gianmaria zusammen mit Floro herunter, der sich die Nase mit einem Blatt Zeitungspapier putzt.

Herzinfarkt mit Todesfolge, erklärt der Arzt. Aber wenigstens hat er nichts davon gemerkt. Ist im Schlaf gestorben. Ich muss das noch unterschreiben, schließt er und nimmt den Totenschein aus seiner Mappe. Er füllt ihn aus, unterschreibt ihn und übergibt ihn Pep, lehnt ein Glas Wein ab, denn es warten noch Patienten auf mich, sagt er, verabschiedet sich und geht.

Sosto entkorkt zwei Flaschen Wein und schenkt aus. Pep schnuppert mit geschlossenen Augen an seinem Glas und will etwas sagen, einen von seinen Trinksprüchen, er macht schon den Mund auf, verkneift es sich dann aber. Alle trinken wir schweigend und im Stehen Merlot. Die fünf Jüngsten streifen herum und erforschen alles. Heute schulfrei, ohne schwänzen zu müssen. Die Hunde winseln und dösen. Vittorina kommt lautlos nach unten geflattert, verschwindet zur Tür hinaus und geht zu sich nach Hause. Floro, bleich im Gesicht, rennt wieder nach oben, eine Hand auf den Bauch gelegt und in der anderen einen Giornale del Popolo. Emilio sieht mich fragend an.

Dünnschiss, antworte ich.

Vittorina kommt mit einem Beutel voll Gemüse und einem schweren Karton zurück. Zwei große Bratentöpfe, eine Pfanne, flache Teller, Suppenteller, Gläser, Löffel, Messer und Gabeln landen auf dem Tisch, das in ihrem Garten geerntete Gemüse kippt sie ins Spülbecken. Ich sage ihr, dass ich die Minestrone kochen werde, worauf sie wieder nach oben geht, von wo weiter das Rosenkranzleiern heruntertönt. Auch Floro kommt herunter, alle Augen richten sich auf ihn. Weil ihm das unangenehm ist, versucht er, uns mit der Frage abzulenken, also für wen ist denn nun dieses Bett da oben? Wir sehen ihn schweigend an, weil niemand die Antwort kennt. Niemand außer Emilio, aber das weiß nur ich. Da sagt Floro, ich glaub, gestern Abend hab ich was Schlechtes gegessen, sagt er. Und wir sehen ihn schief an, wie um zu entgegnen, dass er endlich damit aufhören soll, Forellenabfälle von Eros zu erbetteln. Aber wir sagen nichts.

Ich fülle den großen Wäschetopf, stelle ihn auf die Sarina, schneide das Gemüse klein und werfe es ins Wasser. Brenno nimmt derweil das Huhn aus, und Emilio bereitet die Kaninchen vor.

Sind das die sechs Monate alten?, frage ich ihn.

Ach, schnieft er. Ach, was solls…

Brenno kehrt mir den Rücken zu. Er steht am Spülbecken, um sich die Hände zu waschen, und als ich das Hackbrett und das Messer abspülen will, merke ich, dass er weint. Still und leise, indem er sein Gesicht, seinen Schmerz verbirgt. Dann bemerkt er mich, reißt sich sogleich zusammen und brummt, ja, ja, Scheißleben und endet mit einem Fluch.

Die drei Kaninchen und das Huhn kommen in die beiden Bräter. Wir stellen sie in den Ofen der Sarina. Das inzwischen aufgetaute Hirschragout braten wir in der Pfanne, dann gehe ich hinaus, um frische Luft zu schnappen. Unten an der Straße steht ein Dutzend Autos kreuz und quer geparkt. Ein weiteres kommt herangefahren und vier weitere Fremde springen heraus, grüßen mich und steigen die Treppe hinauf.

Die Sonne steht hoch und strahlend am Himmel, wunderschön. Unermesslich. Wie kann sie weiter so wunderbar auf uns herabstrahlen, wenn Felice tot dort oben liegt? Wie kann etwas so Schönes und Unermessliches ungerührt bleiben angesichts solcher Trauer?

Und die Sonne strahlt und die Glocken läuten zu Mittag und die Hunde jaulen und bellen und jemand beschwert sich laut, dass der Pfarrer das Programm ja auch mal hätte abschalten und die Glocken schweigen lassen können, ausnahmsweise.

Als das Mittagessen fertig ist, taucht Natel Maieta Hand in Hand mit der jungen Bedienung von der Bar Posta in Olivone auf. Beim Eintreten zieht er seine Jacke aus und bringt ein T-Shirt mit einem aufgedruckten riesigen Schweizer Taschenmesser zum Vorschein, aus dem statt der Klingen Frauenbeine mit Stilettopumps herausragen, darunter die Aufschrift Swiss Army Knife.

Wir Männer beginnen mit den Kindern hier unten zu essen. Abwechselnd, um den Rosenkranz nicht zu unterbrechen, kommen auch die Frauen zum Essen herunter. Die Hunde bleiben schön im Warmen bei der Sarina und sperren hin und wieder das Maul auf, um sich Salamipelle und Käserinden hineinwerfen zu lassen.

Auch der Bürgermeister Piergiorgio kommt, zusammen mit Eros von der Forellenzucht, der jedoch keine einzige Forelle mitbringt, weil man Fleisch und Fisch nicht mischen soll, wie er sagt, er habe nämlich gewusst, dass wir Hühner und Kaninchen für eine ganze Armee kochen würden. Einen Augenblick später erscheint auch der Trottel Paolino, in Anzug und Krawatte und mit blank polierten Schuhen. Er kommt herein, steht einen Moment neben der Sarina herum, gerade so lange, um das Gewicht vom rechten Bein aufs linke zu verlagern und wieder aufs rechte. Dann huscht er verstohlen die Treppe hinauf und zwanzig Sekunden später wieder herunter, den Blick auf seine Uhr geheftet, als wäre er spät dran, und geht.

Nachdem Pep seinen Teller ins Spülbecken gestellt hat, streicht er mit der flachen Hand säubernd über seinen Bart, räuspert sich und beginnt, Amici miei zu singen, Freunde mein, sein Bravourstück, und wir fallen mit ein und singen im Chor Amici miei, Freunde mein, immer füreinander da, ob von fern oder nah, so sind die Freunde mein ... Hier unten ist es wie in der Bar, oben wie in der Kirche.

Die Jüngsten sind nun Richtung Waschhaus gezogen, um mit einem Handy herumzuspielen und ein bisschen zu quatschen. Duska scheint sich erholt zu haben. Pep hat ihr vorhin einen Schluck Merlot zu trinken gegeben, der macht gutes Blut, hat er zu ihr gesagt. Giulia mit ihren Ohrstöpseln und einem Scorpions-Sweatshirt ist ganz in ihre Musik versunken.

Ich werfe ein Holzscheit in die Sarina. In der Küche sieht es aus, als sei die Garde von Leontica bei ihrer Heimkehr aus dem Russlandfeldzug durchgekommen. Überall leere Weinflaschen, Kaffeekannen, ausgetrunkene Gläser, schmutzige Teller, Pfannen und Besteck im Spülbecken, die Knochen von den Kaninchen und dem Huhn in einer Plastiktüte, denn nein, die gibt man noch nicht mal den Hunden, weil sie in der Kehle stecken bleiben.

Die Luft ist stickig, gesättigt mit Qualm, Verdauungsgasen und manchem Rülpser. Der hypnotische, einschläfernde Singsang des Rosenkranzes gönnt uns keine Ruhepause. Müdigkeit überfällt uns. Emilio und Celso lümmeln auf den einzigen beiden Stühlen wie zwei alte Kater. Manche lehnen schlaff an der Wand, andere sitzen auf den unteren Stufen der steilen und schmalen Treppe, und wieder andere auf den beiden Bänken draußen. Blicke kreuzen sich, ohne sich zu begegnen. Der Zigarettenrauch zieht nur schwer durch die Tür und die offenen Fenster ab, weil Tiefdruck herrscht, sagt Brenno, kommt schlechtes Wetter. Einige sehen sich im Garten um. Tito pflückt eine Kaki, beißt hinein und kleckert sich voll.

Auf der Türschwelle erscheinen der Pizzabäcker Giuseppe und seine Frau Margareta. Sie legen mehrere noch heiße Pizzas auf den Tisch und gehen nach oben. Kurz darauf kommt der Pizzabäcker wieder herunter und fängt an, eine Margherita zu essen. Wir sehen ihm apathisch zu.

Plötzlich springen die Hunde auf und laufen bellend hinaus. Floro und ich stecken den Kopf zur Tür hinaus. Die Kinder sagen, dass unten auf der Straße gerade ein Lieferwagen mit ZH vorbeigefahren ist. Sie haben noch nicht ausgeredet, als der Transporter mit Zürcher Kennzeichen zurückkommt und mitten auf der Straße hält, zwischen den beiden Autoreihen. Er sieht aus wie einer von diesen Eiswagen. Zwei wie Bestatter gekleidete Männer steigen aus, gähnen und strecken sich, indem sie sich auf die Zehenspitzen stellen. Dann öffnen sie die Hecktür und holen einen zusammenklappbaren Rollwagen für einen Sarg heraus, ziehen das Ziehharmonikagestell aus. Sie heben die Köpfe und sehen uns, das steile Stück Kopfsteinpflaster neben dem Waschhaus zwischen uns und ihnen. Also klappen sie den Rollwagen wieder zusammen, laden sich den Edelstahlsarg auf die Schultern und tragen ihn in die Küche und setzen ihn auf dem Tisch ab, der ruckzuck von den Überresten des üppigen Mahls freigeräumt wurde. Die Kinder sehen fasziniert zu. Pep nimmt sich der Sache an und übergibt einem von ihnen den Totenschein und die

Blätter, die er in dem Umschlag hatte. Der Mann holt einen Stapel Formulare aus seiner Mappe, füllt sie aus und reicht einige davon Pep, der sie seinerseits ausfüllt und unterschreibt, indem er sie gegen die Wand hält. Danach nehmen die beiden Fahrer den angebotenen Espresso an, ehe sie nach oben gehen. Mühsam, mithilfe des Leichensacks, den sie aus dem Sarg genommen haben, tragen sie Felice die schmale und steile Treppe hinunter, legen ihn in den Sarg und arrangieren ihn ordentlich, treten schließlich beiseite, sodass wir ihn alle sehen können. Angezogen und zurechtgemacht, wie die Lebenden die Toten zurechtmachen. Die Frauen haben ihm den Sonntagsanzug von Floros seligem Vater angelegt. Sie haben ihn sogar rasiert, was Felice nur ab und zu mal machte. Niemand hat ihn je so herausgeputzt erlebt, aber wenigstens haben sie ihn nicht mit Parfüm bespritzt oder ihm das Gesicht gepudert.

Die Stille lastet schwer. Sie drückt auf das Brustbein. Es tut weh. Alle stehen wir wie erstarrt um den Sarg. Machtlos. Rote Augen, Schniefen. Leise raschelnd drängt sich Vittorina zwischen Anselmo und Margareta hindurch und stellt sich neben den Sarg. Sie legt Felice zart die Hand auf die Stirn und stimmt ein Kirchenlied an. Alle fallen mit ein. Ich bekomme eine Gänsehaut.

Mèrsi, Felice. Mèrsi, flüstert sie, als das Lied zu Ende ist. Der Reihe nach verabschieden sich alle auf ihre Art von Felice und danken ihm. Seine Schwester Evelina mit abwesendem Blick, an den Armen gestützt von der Wirtin Candida und dem Bürgermeister Piergiorgio, drückt ihm einen zittrigen Kuss auf die Stirn. Floro nimmt eine Handvoll Heilkräuter aus der Pappschachtel und streut sie in den Sarg. Priska und Duska haben vorhin hier in der Küche ein Bild gemalt, das die Lehrerin Sabina nun unter Felices

Hände schiebt. Emilio legt ihm die Hand auf die Brust, zieht die Nase hoch und sagt, wenigstens musst du dich nicht mehr plagen. Ich nehme das Buch aus der Schublade des Küchenschranks, das Felice gelesen hat, und stecke es in den Sarg. Gilda legt ihre Hand auf die von Emilio, die Wirtin Candida schließt sich an, und so machen wir es nacheinander alle.

Die beiden Bestatter trinken dankbar noch einen Kaffee. Paolina macht eine Pausendose mit Brot und Salami und Käse zurecht und gibt ihnen auch eine Flasche Wasser für die Fahrt mit. Einer der beiden deutet auf ihren Bauch und fragt sie auf Deutsch, wann es so weit ist, worauf sie mit einer Geste antwortet, die wohl besagt, es kommt, wann es kommt, vielleicht jetzt, vielleicht morgen.

Sie schließen den Sarg, alle bekreuzigen sich. Die beiden Bestatter und Brenno und Sosto nehmen ihn an den Griffen, und wir sehen gefasst zu, wie er aus dem Haus getragen wird, zwischen den Beeten im Garten hindurch, dann vorsichtig das lange steile Stück Kopfsteinpflaster neben dem Waschhaus hinunter, wie er in den Transporter geschoben wird und in der Abenddämmerung dieses letzten Novembertages Leontica für immer verlässt, verfolgt von den heulenden Hunden.

Ich blicke ihm nach, bis der Transporter hinter der Kurve verschwindet, dann lasse ich den Kopf hängen, weil es nichts mehr zu sehen gibt. Nichts mehr zu sehen.

Neun

Noch immer stehe ich um Viertel nach fünf auf. Weihnachten kam und ging, und heute ist Neujahr. Am Tag nach Felices Tod hat Paolina ein Mädchen zur Welt gebracht. Sie haben sie Felicità genannt.

Ich ziehe mich warm an und gehe nach unten. Setze Wasser auf, mache das Licht im Aquarium an und füttere die Fische. Das Wasser im Topf kocht, ich nehme es von der Platte und streue getrocknete Kräuter und Blüten hinein, die ich in Felices Keller gefunden habe. Ich esse Brot und einen Joghurt und etwas Schokolade und trinke den Heilkräutertee. Heute Morgen habe ich Brennnesselblätter genommen und dieses Kraut mit dem orangenen Saft, das gut für die Augen ist, und eine Löwenzahnblüte und eine Prise Salz. Aber nur eine Prise, weil zu viel Salz nicht gut ist.

Ich putze mir ausgiebig die Zähne. Bergschuhe und Jacke und dann aus dem Haus. Minus sechs Grad. Sternenhimmel. Ich nehme den Sack mit Streusalz und verteile einige Handvoll bis zu Vittorinas Tür. Gestern hatte es ein bisschen geschneit, und ich habe Schnee geschippt. Jetzt schaufle ich gerade so viel weg, dass man zu Fuß von Vittorina bis hinunter zur Straße gelangen kann, ein Pfad inmitten der Gasse, eine Schaufel breit.

Ohne lange zu überlegen, gehe ich los. Das Haus von Vittorina, das Waschhaus, in dem es trotz des Frosts murmelt, und dann das Haus des seligen Felice. Ich bleibe stehen und betrachte es im Licht der Straßenlampe. Der Gemüsegarten und der Komposthaufen, von Schnee bedeckt, der Kakibaum, der zum Tal geneigte Birnbaum, die Granitbänke zu beiden Seiten der Tür, die zwischen dem Kakibaum und dem Nagel in der Wand gespannte Leine. Das Haus des seligen Felice. In dem jetzt Olmo wohnt, sein aus Russland zurückgekehrter Bruder. Ein kleiner, sympathischer Mann von dreiundachtzig Jahren, dem sie im Dorf sogleich den Spitznamen Der Russe gegeben haben.

Er hatte das Tal Anfang der fünfziger Jahre verlassen, um als Kaminfeger zu arbeiten, zuerst einige Jahre in Paris und dann ein Leben lang in Moskau. Bis Ende der sechziger Jahre hatte er hin und wieder nach Hause geschrieben, dann war er in der Versenkung verschwunden. Alle hielten ihn für tot. Neulich abends im Cedrone habe ich ihn gefragt, ob er einmal mit zur Gumpe komme, doch er sagte, er habe jeden Morgen bis zum Tag seiner Abreise in der Moskwa gebadet, und jetzt habe es keinen Sinn mehr, es im Gurundin zu tun. Diejenigen hatten also recht, die meinten, dass Felice mit dem Baden in der Gumpe nach seiner Russlandreise begonnen habe. Niemand allerdings war auf den Gedanken gekommen, dass er es tat, um auf diese Weise mit Olmo in Kontakt zu bleiben.

In dem Brief, den er Felice im November geschickt hatte, schrieb er, dass er, in der Hoffnung, ihn noch lebend anzutreffen, an Heiligabend nach Hause zurückkehren werde, um den Rest seiner Tage in seinem geliebten Tal zu verbringen. Und er bat ihn dringend, niemandem etwas davon zu erzählen, weil es eine Überraschung für diejenigen sein sollte, die ihn nach fast sechzig Jahren noch wiedererkennen würden. Vor allem solle er Evelina nichts sagen, falls sie noch lebe, schrieb er und hatte das zweimal unterstrichen. Natürlich hatte Olmo keine Ahnung vom Alzheimer seiner Schwester. Die zu ihm sagte, als er an ihre Tür klopfte, dass sie nichts von einem Bruder wisse und nie Brüder gehabt habe, ihm aber immerhin einen Kaffee anbot.

Die Fenster sind dunkel. Der Russe schläft noch. Ich gehe weiter. Das Haus der Lehrerin Sabina, Bobi schlägt kurz an. Dann das Haus von Emilio, der seit Felices Tod aufgehört hat, Scopa im Cedrone zu spielen, und sich ein bisschen gehen lässt, sodass ich ihm dabei helfen muss, die Kaninchen zu versorgen. Ich frage mich, ob er sich je wieder erholen wird.

Von Olmos Rückkehr hatte Felice nur Emilio erzählt, wohl aus dem Bedürfnis heraus, diese Nachricht mit seinem alten Freund zu teilen. Der es dann übernommen hat, das Bett und die Decken und die Sitztruhe zu besorgen, ohne etwas durchsickern zu lassen. Obwohl sie im Dorf natürlich schnell spitzgekriegt haben, dass da was im Busch war.

Mit flottem Schritt und auf dem Rücken verschränkten Händen komme ich zu Vittorinas Maultier, bei dem ich anhalte, um es zu streicheln. Brich nicht wieder aus, flüstere ich ihm zu. Brich nie wieder aus.

Die Wirtin Candida war der Meinung gewesen, dass Felices Frau zurückkehren werde, die Deutsche, die nur wenige Monate nach der Hochzeit aus dem Dorf verschwunden war. Doch Celso erwiderte darauf, dass die doch inzwischen bestimmt längst tot sei.

Sinnierend gehe ich weiter. Ich werfe einen Blick auf Floros ärmliche Hütte. Alles dunkel. Er schläft noch.

Auch Kevin war skeptisch, was die Frau betraf. Es könne nicht seine Frau sein, sagte er, weil er das andere Zimmer hergerichtet habe. Was hat das denn damit zu tun, entgegnete Tito, nach so vielen Jahren, die sie sich nicht gesehen haben, meinst du, die schlafen gleich wieder im selben Bett?

Bei der Alten Lärche bleibe ich stehen, berühre ihren Stamm und spreche mit ihr. Erzähle ihr, was ich gestern gemacht habe, was ich heute Nacht geträumt habe. Dann frage ich sie, ob sie zufällig Felice vorbeikommen gesehen hat. Wenn dieser Baum sprechen könnte, wer weiß, was er mir alles zu erzählen hätte…

Ich gehe über die Schotterstraße und die Weiden der Pian di Sella. Schaue bei Sosto herein, der mir entgegenkommt und mir Grappa in eine Tasse einschenkt. So sitzen wir da, in dem starken Stallgeruch, ohne ein Wort zu sagen, sitzen auf zwei Heuballen und trinken und blicken zu Boden.

Gilda hatte daraufhin die Vermutung geäußert, dass seine Frau vielleicht gerade schwanger geworden war, als sie ihn verließ, dass sie noch nichts davon wusste und jetzt der Sohn oder die Tochter herkomme. Oder gar ein Enkelkind. Diese Hypothese blieb tagelang die verbreitetste.

Ich überquere die Brücken über den Altaniga und den Gurundin. Schwenke nach rechts ab und steige den dunklen Selvaccia-Wald hinauf. Manchmal höre ich immer noch das Krachen des Zweigs und das Getrappel des flüchtenden Hirschs. Er ist voll von Hirschen.

Dann, eines Morgens im Cedrone, als Felice und ich in Bellinzona bei der Ausstellung waren, hatte die Postbotin Alfonsa beim Hinausgehen gesagt, dass sie Felice vor ein paar Tagen einen merkwürdigen Brief gebracht habe, einen

Brief aus China vielleicht. Da sprang Pep auf, gebildeter Mann von Welt, der er ist, und sagte, dass Felice so sicher wie das Amen in der Kirche irgendeinen kommunistischen Dissidenten beherbergen wolle, einen politischen Flüchtling, wahrscheinlich einen Journalisten, wartets nur ab, ich weiß, was in der Welt vor sich geht.

Das Ave-Maria-Läuten um halb sieben berührt mich jedes Mal, verursacht mir einen Kloß im Hals. Nach dem letzten Glockenschlag muss ich mir die Augen mit dem Jackenärmel abwischen.

Kurzum, fast eine Woche lang gab jeder in Leontica seinen Senf dazu. Dieser Brief hatte es geschafft, das ganze Dorf in Aufruhr zu versetzen, ohne dass Felice etwas davon mitbekam, so dachte man. Noch mehr als damals, als das Fernsehen zur Einweihung der neuen Glocke für die Negrentino-Kirche gekommen war.

Nach Felices Tod versiegten die Gerüchte nach und nach, und von der vermeintlichen Frau, den vermeintlichen Söhnen oder Töchtern oder Enkelkindern und auch von dem russischen Dissidenten war nicht mehr die Rede.

Bis ich an Heiligabend wie immer morgens vor sechs das Haus verließ, um zur Gumpe zu gehen, und Emilio draußen antraf. Er wartete im Dunkeln auf mich, um mir zu sagen, dass Olmo am Nachmittag am Bahnhof von Bellinzona ankommen werde, ob ich ihn abholen könne. Und dass er mitkommen wolle, weil er ihn vielleicht wiedererkennen werde.

Jenseits des Kiefernwalds liegt eine bleigraue schimmernde Decke über allem, die Sterne am Himmel beobachten mich, und die kalte Luft hüllt mich ein wie im Traum. Ich ertaste die Trittspuren von gestern in dem festen Schnee unter meinen Schuhen. Der Gurundin murmelt in seiner ewigen Einsamkeit, das dahinströmende Wasser zwischen den Steinen an den vereisten Ufern. Und dann die Gumpe, die kaum zu erkennen ist und halblaut mit mir spricht. Sie ist von einer Eisschicht bedeckt, die mit jedem Tag dicker wird. Jeden Morgen seit Felices Tod komme ich hier herauf und stehe reglos auf dem Stein.

Ich stehe reglos auf dem Felsen, die Hände in den Taschen. Die in Zeitungspapier eingewickelte Seife in der einen Faust und den Stein, den ich aus der Gumpe geholt hatte, in der anderen und den Blick hinunter ins Tal gerichtet.

Meine Gedanken fliegen Felice hinterher. Ich sehe wieder die Marroni und die Feigen und die Täublinge und die trockenen Kuhfladen, die wir gesammelt haben. Sehe das Klümpchen Spinnweben auf meiner Wunde, das Bündel Zwanzigfrankenscheine und die Plastiktüten, die er aus der Tasche zieht. Ich sehe seine Heilkräuter und die vier Hirschkühe auf der Straße und die Katze, die ein Stück Brot von ihm wollte. Ich sehe seine knorrigen, schwieligen Füße und seinen Rücken und seine starken Arme, wenn wir Holz machten. Sehe seinen Suzuki mit der kaputten Batterie, seine Militärschuhe, seinen Topf mit Lochdeckel, seine aufgehängte, gefrorene Wäsche, seinen Keller und sein Buch und seine Wollsocken und seine Sarina. Und ich sehe ihn wieder an jenem Morgen, eingerahmt vom Fenster wie ein Gemälde.

Und dann höre ich seine Worte, seine Geschichten, die von seiner Mutter, die Gnocchi für das Sonntagsessen kochte, von der Gumpe in Russland und von der erschossenen Kuh beim Militär und dass die Welt voller Dummköpfe ist, die sich ausnehmen lassen wie Dorsche, dass die Welt in den Händen der größten Gauner dieser Erde ist. Und dass er nur an gegenseitige Achtung glaubt und basta.

Ich seufze tief und sehe nach oben, und lebhaft kommt mir die Frage in den Sinn, die Floro mir einmal gestellt hat. Hast du nie das Bedürfnis, draußen im Dunkeln zu sein, allein, in der Stille?, hat er mich in jener Nacht auf der Bank gefragt. Damals wusste ich keine Antwort darauf. Jetzt aber verstehe ich, was er meinte, denn hier, in diesem Moment, glaube ich wirklich, dass Felice bei mir ist. Felice, der sein Leben von Anfang bis Ende ohne Stillstand gelebt hat, klar und bestimmt wie ein Gebirgsbach, der zum Meer fließt.

Da fliege ich ihm noch einmal mit den Erinnerungen hinterher, bleibe aber reglos auf dem Stein, in der Kälte, in der Dunkelheit, allein mit mir selbst und still in der Stille. Weil es nichts mehr zu sagen gibt.

EDITION BLAU

Belletristik im **Rotpunktverlag.**

Ein Dorf, eingebettet in die Linien der Berge, klebt am Hang, sein Kirchturm ragt wie eine Kerze in die Höhe – eine Spannung zwischen Horizontale und Vertikale, ein typischer Tessiner Moment.

Fabio Andina widmet sein neues Buch den kleinen großen Momenten im Tessin: das erste Morgenlicht, der laut rauschende Gebirgsbach, die Schwere einer Kuh im Gras und ein Dachziegel, der seit dem letzten Winter herunterzufallen droht.

Im Zusammenspiel mit den Zeichnungen von Lorenzo Custer, der mit wenigen Strichen das Wirkungsgefüge Mensch-Natur der Tessiner Landschaft festhält, wird in den kurzen Erzählungen das Wesentliche dieser geheimnisvollen Welt erkennbar.

Fabio Andina, Lorenzo Custer
Tessiner Horizonte – Momenti ticinesi
Aus dem Italienischen von Karin Diemerling
Zweisprachig Italienisch – Deutsch
Mit Zeichnungen von Lorenzo Custer
128 S., geb., 2021, ISBN 978-3-85869-922-0

»Der Autor schont seine Figur nicht, er zeigt sie in ihren vielen Schwächen und Nöten wie auch in den raren glücklichen Momenten. Aber gerade aus dieser Unbestechlichkeit gewinnt das Buch seine Überzeugungskraft und aus der lakonischen Luzidität seine Zartheit.«

Roman Bucheli,
Neue Zürcher Zeitung

Alexandre Hmine
Milchstraße
Aus dem Italienischen von Marina Galli
256 S., geb., 2021, ISBN 978-3-85869-905-3

»Lafons Geschichte aus der französischen Provinz wurde von Andrea Spingler melodisch und suggestiv übersetzt, und so ist daraus geworden, was ein Roman im glücklichen Falle sein kann: eine literarische Erfahrung.«

Elke Schmitter,
Der Spiegel

Marie-Hélène Lafon
Die Annonce
Aus dem Französischen von Andrea Spingler
176 S., geb., 3. Aufl. 2021, ISBN 978-3-85869-888-9

www.rotpunktverlag.ch